J. M. G. Le Clézio

Étoile
errante

Gallimard

Aux enfants capturés

Estrella errante
Amor pasajero
Sigue tu camino
Por mares y tierras
Quebra tus cadenas

(Chanson péruvienne)

Hélène

Saint-Martin-Vésubie, été 1943

Elle savait que l'hiver était fini quand elle entendait le bruit de l'eau. L'hiver, la neige avait recouvert le village, les toits des maisons et les prairies étaient blancs. La glace avait fait des stalactites au bout des toits. Puis le soleil se mettait à brûler, la neige fondait et l'eau commençait à couler goutte à goutte de tous les rebords, de toutes les solives, des branches d'arbre, et toutes les gouttes se réunissaient et formaient des ruisselets, les ruisselets allaient jusqu'aux ruisseaux, et l'eau cascadait joyeusement dans toutes les rues du village.

C'était peut-être ce bruit d'eau son plus ancien souvenir. Elle se souvenait du premier hiver à la montagne, et de la musique de l'eau au printemps. C'était quand ? Elle marchait entre son père et sa mère dans la rue du village, elle leur donnait la main. Son bras tirait plus d'un côté, parce que son père était si grand. Et l'eau descendait de tous les côtés, en faisant cette musique, ces chuintements, ces sifflements, ces tambourinades. Chaque fois qu'elle se souvenait de cela, elle avait envie de rire, parce que c'était un bruit doux et drôle comme une caresse. Elle riait, alors,

15

entre son père et sa mère, et l'eau des gouttières et du ruisseau lui répondait, glissait, cascadait...

Maintenant, avec la brûlure de l'été, le ciel d'un bleu intense, il y avait un bonheur qui emplissait tout le corps, qui faisait peur, presque. Elle aimait surtout la grande pente herbeuse qui montait vers le ciel, au-dessus du village. Elle n'allait pas jusqu'en haut, parce qu'on disait qu'il y avait des vipères. Elle marchait un instant au bord du champ, juste assez pour sentir la fraîcheur de la terre, les lames coupantes contre ses lèvres. Par endroits, les herbes étaient si hautes qu'elle disparaissait complètement. Elle avait treize ans, elle s'appelait Hélène Grève, mais son père disait : Esther.

L'école avait fermé ses portes au début de juin, parce que le maître, Seligman, était tombé malade. Il y avait aussi le vieux Heinrich Ferne, qui donnait des classes le matin, mais il ne voulait pas venir seul. Pour les enfants, les vacances qui avaient commencé allaient être longues. Ils ne savaient pas que, pour beaucoup d'entre eux, elles s'achèveraient dans la mort.

Chaque matin, au lever du jour, ils sortaient pour ne revenir qu'à l'heure du déjeuner, à la hâte, puis ils repartaient courir dans les champs, ou jouer dans les ruelles du village, avec un vieux ballon qui avait crevé plusieurs fois et qui avait été réparé avec des rustines de vélo.

Au début de l'été, la plupart des enfants étaient pareils à des sauvages, visages, bras et jambes hâlés par le soleil, cheveux emmêlés d'herbes, vêtements déchirés, tachés par la terre. Esther aimait partir avec les enfants chaque matin, dans cette troupe hétéroclite où étaient mêlés filles et garçons, enfants juifs et enfants du village, tous bruyants, dépenaillés, la classe de M. Seligman. Avec eux elle courait dans les ruelles encore fraîches, tôt le matin, puis à travers la grande place où ils faisaient aboyer les chiens et grogner les vieux assis au soleil. Tout le long de la rue du ruisseau, ils descendaient vers la rivière, coupant à travers champs, jusqu'au cimetière. Quand le soleil était fort, ils se baignaient dans l'eau glacée du torrent. Les garçons restaient là, et les filles remontaient le torrent pour se cacher derrière les gros blocs de rocher. Mais elles savaient que les garçons venaient à travers les broussailles pour les épier, elles entendaient leurs ricanements étouffés, et elles leur jetaient de l'eau au hasard, en poussant des cris stridents.

Esther était la plus sauvage de toutes, avec ses cheveux noirs et bouclés coupés court, son visage hâlé, et quand sa mère la voyait rentrer pour manger, elle lui disait : « Hélène, tu as l'air d'une gitane ! » Son père aimait bien cela, il disait alors son nom en espagnol : « Estrellita, petite étoile. »

C'était lui qui lui avait montré la première fois les grands champs d'herbes en haut du village, au-dessus du torrent. Plus loin, commençait la route vers les montagnes, la sombre forêt des mélèzes, mais c'était un autre monde. Gasparini disait qu'il y avait des loups dans la forêt en hiver, et que si on écoutait dans la nuit, on pouvait les entendre hurler, très loin. Mais Esther avait beau écouter, la nuit, dans son lit, elle n'avait jamais entendu leurs hurlements, peut-être à cause du bruit de l'eau qui courait sans cesse dans le ruisseau, au milieu de la rue.

Un jour, avant l'été, son père l'avait emmenée jusqu'à l'entrée de la vallée, là où la rivière devient un filet d'eau bleue qui bondit de rocher en rocher. De chaque côté de la vallée, les montagnes étaient dressées, pareilles à des murailles, couvertes de forêts. Son père lui avait montré le fond de la vallée, le chaos de montagnes serrées, et il avait dit : « Par là, c'est l'Italie. » Esther cherchait à deviner ce qu'il y avait de l'autre côté des montagnes. « Est-ce que c'est loin, l'Italie ? » Son père avait dit : « Si tu pouvais voler comme un oiseau, tu y serais ce soir même. Mais pour toi, il faudrait marcher longtemps, deux jours peut-être. » Elle aurait bien aimé être un oiseau, pour arriver le soir même. Après cela, son père n'avait plus jamais parlé de l'Italie, ni de rien de ce qu'il y avait de l'autre côté des montagnes.

Les Italiens, on les voyait seulement dans le village. Ils habitaient l'hôtel Terminus, une grande bâtisse blanche à volets verts qui donnait sur la place. La plus grande partie du temps, ils restaient dans l'hôtel, dans la grande salle à manger du rez-de-chaussée, à parler et à jouer aux cartes. Quand il faisait beau, ils sortaient sur la place, et ils se promenaient de long en large, par groupes de deux ou trois, policiers et soldats. Les enfants se moquaient à voix basse de leurs chapeaux ornés d'une plume de coq. Quand Esther passait devant l'hôtel avec d'autres filles, les carabiniers plaisantaient un peu, en mêlant des mots de français à l'italien. Une fois par jour, les Juifs devaient faire la queue devant l'hôtel, pour faire enregistrer leur présence et contrôler leurs cartes de rationnement. Chaque fois, Esther accompagnait sa mère, et son père. Ils entraient dans la grande salle sombre. Les carabiniers avaient installé une des tables du restaurant près de la porte, et chaque personne qui entrait disait son nom pour que le policier pointe sur sa liste.

Pourtant, le père d'Esther n'en voulait pas aux Italiens. Il disait qu'ils n'étaient pas méchants comme les Allemands. Un jour, pendant une réunion dans la cuisine de la maison d'Esther, quelqu'un avait dit du mal des Italiens, et son père s'était fâché : « Taisez-vous, ce sont eux qui nous ont sauvé la vie, quand le préfet Ribière a donné l'ordre de nous livrer aux Allemands. » Mais il ne parlait presque jamais de la guerre, de tout cela, il ne disait presque jamais : les Juifs, parce qu'il ne croyait pas à la religion, et qu'il était communiste. Quand M. Seligman avait voulu inscrire Esther à l'instruction religieuse, là où les enfants juifs allaient tous les soirs, dans le chalet en haut du village, son père avait refusé. Alors les autres enfants s'étaient moqués d'elle, ils avaient même dit : *goy*, ce qui veut dire « païen ». Ils avaient dit aussi : « communiste ! » Esther s'était battue avec eux. Mais son père n'avait pas cédé. Il s'était contenté de dire : « Laisse-les. Ils se lasseront plus vite que toi. » En effet, les enfants de la classe de M. Seligman avaient oublié, ils ne disaient plus « païen », ni « communiste ». Il y avait d'ailleurs d'autres enfants qui n'allaient pas à l'instruction religieuse, comme Gasparini, ou comme Tristan, qui était à moitié anglais, et dont la mère était italienne, une jolie femme brune qui portait de grands chapeaux.

M. Heinrich Ferne, Esther l'aimait beaucoup, à cause du piano. Il habitait le rez-de-chaussée d'une vieille villa un peu délabrée, en contrebas de la place, dans la rue qui descendait vers le cimetière. Ce n'était pas une belle maison, plutôt sinistre on aurait dit, avec son jardin à l'abandon envahi par les acanthes, et les volets de l'étage toujours fermés. Quand M. Ferne n'enseignait pas à l'école, il restait enfermé dans sa cuisine, et il jouait du piano. C'était le seul piano du village, et peut-être même qu'il n'y en avait plus d'autre dans aucun village des montagnes jusqu'à Nice et à Monte-Carlo. On racontait que lorsque les Italiens s'étaient installés à l'hôtel, le capitaine des carabiniers, qui s'appelait Mondoloni et qui aimait la musique, avait voulu installer le piano dans la salle à manger. Mais M. Ferne avait dit : « Vous pouvez emporter le piano, naturellement, puisque vous êtes les vainqueurs. Mais sachez que jamais je ne jouerai pour vous là-bas. »

Il ne jouait pour personne. Il vivait seul dans cette villa délabrée, et quelquefois, l'après-midi, quand elle passait, Esther entendait la musique qui s'envolait par la porte de la cuisine. C'était comme le bruit des ruisseaux au printemps, un bruit doux, léger, fuyant, qui semblait sortir de partout à la fois. Esther s'arrêtait dans la rue, près de la grille, et elle écoutait. Quand c'était fini, elle s'en allait vite, pour qu'il ne la voie pas. Un jour, elle avait parlé du piano à sa mère, et sa mère avait dit que M. Ferne avait été un pianiste célèbre, autrefois, à Vienne, avant la guerre. Il donnait des concerts le soir, dans des salles où venaient les dames en robe du soir et les messieurs en veste noire. Quand les Allemands étaient entrés en Autriche, ils avaient mis en prison tous les Juifs, et ils avaient emmené la femme de M. Ferne, et lui avait pu s'échapper. Mais depuis ce jour, il ne voulait plus jouer du piano pour personne. Quand il s'était installé au village, il n'y avait pas de piano. Il avait pu en acheter un sur la côte, il l'avait fait venir en camionnette, caché sous des bâches, et il l'avait installé dans sa cuisine.

Maintenant qu'elle savait cela, Esther osait à peine s'approcher de la grille. Elle écoutait les notes de musique, le glissement doux des notes, et il lui semblait qu'il y avait quelque chose de triste, qui faisait monter les larmes dans ses yeux.

Cet après-midi-là, il faisait chaud, et tout semblait dormir dans le village, Esther est allée jusqu'à la maison de M. Ferne. Dans le jardin, il y avait un grand mûrier. Esther est montée sur le mur, en s'agrippant à la grille, à l'ombre du mûrier. Par la fenêtre de la cuisine, elle a vu la silhouette de M. Ferne penchée sur le piano. Les touches d'ivoire luisaient dans la pénombre. Les notes glissaient, hésitaient, repartaient, comme si c'était un langage, comme si M. Ferne ne savait plus très bien par où commencer. Esther regardait de toutes ses forces à l'intérieur de la cuisine, jusqu'à avoir mal aux yeux. Alors la musique a commencé vraiment, elle a jailli tout d'un coup du piano et elle a empli toute la maison, le jardin, et la rue, elle a tout rempli de sa force, de son ordre, puis elle est devenue douce, mystérieuse. Maintenant elle bondissait, elle se répandait comme l'eau dans les ruisseaux, elle allait droit jusqu'au centre du ciel, jusqu'aux nuages, elle se mêlait à la lumière. Elle allait sur toutes les montagnes, elle allait jusqu'aux sources des deux torrents, elle avait la force de la rivière.

Les mains agrippées à la grille rouillée, Esther écoutait le langage de M. Ferne. Il ne parlait plus comme le maître d'école, à présent. Il racontait de drôles d'histoires, dont elle ne pouvait pas se souvenir, des histoires comme celles des rêves. Dans ces histoires, on était libre, il n'y avait pas de guerre, il n'y avait pas d'Allemands ni d'Italiens, rien qui pouvait faire peur ou arrêter la vie. Pourtant, c'était triste aussi, et la musique ralentissait, interrogeait. Il y avait des moments où tout se déchirait, se brisait. Puis le silence.

La musique reprenait, elle écoutait attentivement chaque parole qui s'échappait. Jamais rien n'avait eu tant d'importance, sauf peut-être quand sa mère chantait une chanson ou quand son père lui lisait les passages des livres qu'elle préférait, comme l'entrée de M. Pickwick dans la prison de Londres, ou la rencontre de Nicolas Nickleby avec son oncle.

Esther a poussé la grille, elle a traversé le jardin. Sans faire de bruit, elle est entrée dans la cuisine et elle a marché jusqu'au piano. Elle regardait chaque touche d'ivoire s'enfoncer avec précision, sous les doigts nerveux du vieil homme, elle écoutait attentivement chaque parole.

Tout à coup M. Ferne s'est arrêté, et le silence est devenu lourd, menaçant. Esther commençait à reculer, mais M. Ferne s'est tourné vers elle. Son visage blanc était éclairé par la lumière, avec sa drôle de barbiche de chèvre.

Il a dit :

« Comment t'appelles-tu ? »

« Hélène », a dit Esther.

« Eh bien, entre. »

Comme si c'était naturel, comme s'il connaissait la jeune fille.

Puis il a recommencé à jouer, sans s'occuper d'elle. Elle l'écoutait, debout à côté du piano, sans oser respirer. Jamais la musique ne lui avait paru aussi belle. Dans la pénombre, le piano noir effaçait tout. Les longues mains du vieil homme couraient sur les touches, s'arrêtaient, repartaient. De temps à autre M. Ferne cherchait sur une pile de cahiers, où il y avait écrit des noms mystérieux.

Sonaten für Pianoforte
von W. A. Mozart

Czerny
Etudes de petite vélocité, op. 636

Beethoven
Sonaten, vol. II, par Moszkowski

Liszt
Klavierwerke, Band IV

Bach
Englische suiten, 4-6

Il s'est tourné vers Esther :

« Est-ce que tu voudrais jouer ? »

Esther l'a regardé avec étonnement.

« C'est que je ne sais pas. »

Il a haussé les épaules.

« Ça n'a pas d'importance. Essaie, regarde comment vont mes doigts. »

Il l'a fait asseoir sur le banc, à côté de lui. Il avait une façon étrange de faire courir ses doigts sur le clavier, comme un animal maigre et nerveux.

Esther a essayé de l'imiter, et à sa grande surprise elle est arrivée à l'imiter.

« Tu vois ? C'est simple. L'autre main, maintenant. »

Il la suivait, il avait l'air impatient.

« Bon, il faudrait te donner des leçons, tu pourrais peut-être jouer. Mais c'est un travail. Essaie les accords. »

Il plaçait les mains d'Esther, il écartait ses doigts. Il avait lui-même des mains longues et fines, non pas des mains de vieillard, mais des mains jeunes, fortes, avec des veines qui saillaient. Les sons des accords jaillissaient, magiques. Vibraient sous les doigts de la jeune fille, jusqu'à son cœur.

Quand la leçon fut finie, M. Ferne se mit à chercher fébrilement dans la liasse de feuilles en équilibre sur le piano. Il en tira une qu'il tendit à Esther :

« Il faut que tu apprennes à lire les notes. Quand tu sauras, tu reviendras me voir. »

Depuis ce jour, Esther revenait dès qu'elle pouvait, les après-midi. Elle poussait la grille de la villa, elle entrait sans faire de bruit dans la cuisine, pendant que M. Ferne jouait. A un moment, sans tourner la tête, il savait qu'elle était là. Il disait : « Entre, assieds-toi. »

Esther s'asseyait à côté de lui sur le banc, et elle regardait les longues mains qui couraient sur le clavier comme si c'étaient elles qui fabriquaient les notes. Cela durait si longtemps qu'elle oubliait tout, même l'endroit où elle était. M. Ferne lui montrait comment faire glisser ses doigts sur les touches. Sur du papier blanc, il avait écrit les notes, il voulait qu'elle les chante en même temps qu'elle les jouait. Ses yeux brillaient, sa barbiche de chèvre s'agitait. « Tu as une jolie voix, mais je ne sais pas si tu pourras vraiment jouer du piano. » Quand elle se trompait, il se mettait en colère. « C'est fini pour aujourd'hui, va-t'en, laisse-moi tranquille ! » Mais il la retenait par le bras, et pour elle il jouait une sonate de Mozart, ce qu'il préférait.

Quand Esther sortait dans la rue, elle était éblouie par le soleil et par le silence, il lui fallait quelques secondes pour retrouver son chemin.

La fin de l'après-midi, Esther voyait M. Ferne sur la place du village. Les gens venaient le saluer, mais il parlait de tout sauf de musique. C'étaient les gens riches qui habitaient les chalets, de l'autre côté du torrent, au milieu des jardins plantés de grands châtaigniers. Le père d'Esther ne les aimait pas trop, mais il n'acceptait pas qu'on dise du mal d'eux, parce qu'ils aidaient les pauvres qui venaient de Russie ou de Pologne. M. Ferne saluait tout le monde cérémonieusement, il échangeait quelques mots avec chacun, puis il retournait dans sa maison délabrée.

Vers le soir, la place s'animait, les gens arrivaient de toutes les rues de Saint-Martin, les gens fortunés des villas et les pauvres qui vivaient dans des chambres d'hôtel, les fermiers revenus de guerre, les villageoises en tablier, les jeunes filles qui se promenaient trois par trois sous le regard des carabiniers et des soldats italiens, les diamantaires, les tailleurs, les fourreurs venus du nord de l'Europe. Les enfants couraient à travers la place, ils s'amusaient à bousculer les filles, ou bien ils jouaient à cache-cache derrière les arbres. Esther restait assise sur le petit mur qui longeait la place, elle regardait tous les gens. Elle écoutait le bruit des voix, les appels. Les cris des enfants éclataient tout d'un coup comme des clameurs d'oiseaux.

Puis le soleil se cachait derrière la montagne, il y avait une sorte de brume laiteuse qui estompait le village. La place était envahie par l'ombre. Tout paraissait étrange, lointain. Esther pensait à son père, qui marchait dans les hautes herbes, quelque part dans la montagne, au retour de ses rendez-vous. Elizabeth ne venait jamais sur la place, elle attendait chez elle, en tricotant avec des bouts de laine, pour tromper son inquiétude. Esther n'arrivait pas à comprendre ce que tout cela signifiait, ces hommes et ces femmes, tellement différents, parlant toutes ces langues, venant de toutes les régions du monde sur cette place. Elle regardait les vieux Juifs vêtus de leurs longs manteaux noirs, les femmes du pays, avec leurs vêtements usés par les travaux des champs, et ces jeunes filles qui tournaient autour de la fontaine dans leurs robes claires.

Quand la lumière avait disparu, la place se vidait lentement. Chacun retournait chez soi, les voix s'éteignaient les unes après les autres. On entendait le glouglou de la fontaine, et les cris des enfants qui se poursuivaient à travers les rues. Elizabeth arrivait sur la place. Elle prenait Esther par la main, et ensemble elles descendaient vers le petit appartement obscur. Elles marchaient au même rythme, leurs pas résonnaient à l'unisson dans la rue. Esther aimait cela. Elle serrait bien fort la main de sa mère, c'était comme si elles avaient toutes les deux treize ans, et toute la vie devant elles.

Tristan se souvenait toujours des mains de sa mère jouant sur le piano noir, l'après-midi, quand tout semblait dormir alentour. Dans le salon, il y avait parfois des invités, il entendait les voix, les rires des amies de sa mère. Tristan ne savait plus leurs noms. Il ne voyait que le mouvement des mains sur les touches du piano, et la musique s'échappait. C'était il y avait très longtemps. Il ne savait pas quand elle lui avait dit le nom de cette musique, *La Cathédrale engloutie*, avec le bruit des cloches qui résonne au fond de la mer. C'était à Cannes, dans un autre temps, dans un autre monde. Alors il voulait retourner à cette vie, comme dans un rêve. La musique du piano grandissait, emplissait la petite chambre de l'hôtel, s'échappait dans les couloirs, gagnait chaque étage. Elle résonnait fort dans le silence de la nuit. Tristan sentait son cœur palpiter au rythme de la musique, et tout d'un coup il sortait de son rêve, effrayé, le dos trempé de sueur, il se redressait dans son lit pour écouter, pour être sûr que personne d'autre n'avait entendu la musique. Il écoutait le souffle calme de sa mère endormie, et de l'autre côté des volets, le bruit de l'eau dans le bassin de la fontaine.

Ils habitaient au premier étage de l'hôtel Victoria,

une petite chambre avec un balcon donnant sur la place. Les étages étaient tous occupés par des familles pauvres, que les Italiens avaient assignées à résidence, et il y avait tant de monde que dans la journée l'hôtel bourdonnait comme une ruche.

Quand Mme O'Rourke était arrivée à Saint-Martin par l'autocar, Tristan était un garçon de douze ans solitaire, timide. Ses cheveux blonds et raides étaient coupés autour de sa tête, « au bol », il portait de curieux habits anglais, un short de flanelle grise trop long, des chaussettes de laine, de drôles de gilets. Tout en lui était étranger. A Cannes, ils avaient vécu dans le cercle fermé des Anglais en villégiature, que la guerre avait encore restreint. La guerre avait éclaté, et le père de Tristan, qui était commerçant en Afrique équatoriale, s'était engagé dans les forces armées coloniales. Depuis, on ne savait plus rien de lui. Tristan avait cessé d'aller à l'école, et c'était sa mère qui lui avait donné des leçons. Aussi, quand ils étaient arrivés dans la montagne, Mme O'Rourke n'avait pas voulu inscrire son fils à l'école de M. Seligman. Le premier souvenir qu'Esther avait de lui, c'était sa silhouette, dans ses habits bizarres, tandis qu'il restait devant la porte de l'hôtel à regarder passer les enfants qui allaient à l'école.

Mme O'Rourke était belle. Ses longues robes et ses grands chapeaux contrastaient avec le sérieux de son visage, l'expression un peu mélancolique de son regard. Elle parlait un français très pur, sans accent, et on disait qu'elle était vraiment italienne. On disait qu'elle était une espionne au service des carabiniers, ou qu'elle était une criminelle qui se cachait. C'étaient surtout les filles qui racontaient des histoires à voix basse. C'était comme quand elles parlaient de Rachel, qui allait voir en cachette le capitaine des carabiniers.

Alors, au début, Tristan ne voulait pas se mêler aux

autres enfants. Il se promenait tout seul dans le village ou bien, quelquefois, il allait dans les champs, il descendait la pente jusqu'à la rivière. Quand il y avait d'autres enfants, il remontait, sans se retourner. Peut-être qu'il avait peur d'eux. Il voulait montrer qu'il n'avait besoin de personne.

Le soir, Esther le voyait marcher sur la place, donnant cérémonieusement le bras à sa mère. Ils marchaient ensemble sous les platanes, jusqu'au bout de la place, là où étaient les carabiniers. Puis ils recommençaient en sens inverse. Les gens ne parlaient pas trop à Mme O'Rourke. Mais elle échangeait quelques mots avec le vieux Heinrich Ferne, parce qu'il était musicien. Elle n'allait jamais avec les autres, pour faire pointer son nom sur la liste, à l'hôtel Terminus. Elle n'était pas juive.

Le temps avait passé, l'été arrivait. Maintenant, tout le monde savait que Mme O'Rourke n'était pas riche. On disait même qu'elle n'avait plus du tout d'argent, parce qu'elle était allée voir les diamantaires pour leur emprunter de l'argent en échange de ses bijoux. On disait qu'elle n'avait presque plus rien à échanger, seulement quelques médaillons, des colliers en ivoire, des colifichets.

Tristan regardait sa mère comme s'il ne l'avait jamais vue. Il voulait se souvenir du temps de la maison de Cannes, les mimosas dans la lumière de l'après-midi, le chant des oiseaux au-dehors, la voix de sa mère, et toujours les mains qui jouaient *La Cathédrale engloutie*, la musique tantôt si violente, tantôt si triste. C'était un paysage qui s'estompait, qui s'éloignait.

Tristan ne pouvait plus tenir dans la chambre de l'hôtel. Le soleil avait brûlé son visage, ses mains, avait blanchi ses cheveux trop longs. Ses habits étaient abîmés et salis par les courses à travers les broussailles. Un jour, sur la route, à la sortie du village, il s'était battu avec Gasparini, parce que le garçon faisait la cour à Esther. Gasparini était plus âgé, plus fort, il avait bloqué le cou de Tristan par une clef, son visage était contracté par la haine, il disait : « Répète que tu es un con ! Répète ! » Tristan avait résisté jusqu'à l'évanouissement. A la fin, Gasparini l'avait relâché, il avait fait croire aux autres que Tristan avait avoué.

Depuis ce jour, tout avait changé. Maintenant, c'était l'été, les journées étaient devenues longues. Tristan sortait de l'hôtel chaque matin, pendant que sa mère dormait encore dans la chambre étroite. Il ne revenait qu'à midi, affamé, les jambes griffées par les ronces. Sa mère ne disait rien, mais elle avait bien deviné. Un jour, quand il partait, elle avait dit, d'une drôle de voix : « Tu sais, Tristan, cette jeune fille, elle n'est pas pour toi. » Il s'était arrêté : « Comment, de quoi parles-tu ? Quelle jeune fille ? » Elle avait seulement répété : « Elle n'est pas pour toi, Tristan. » Mais ils n'en avaient plus jamais parlé.

Le matin, Tristan était sur la place du village, à l'heure où les Juifs faisaient la queue devant la porte de l'hôtel Terminus. Les hommes et les femmes attendaient d'entrer à tour de rôle, pour qu'on marque leurs noms sur le registre, et pour recevoir leurs cartes de rationnement.

A demi caché derrière les arbres, Tristan regardait Esther et ses parents qui attendaient. Il avait un peu honte, parce que sa mère et lui n'avaient pas besoin de faire la queue, ils n'étaient pas comme les autres. C'était ici, sur la place, qu'Esther l'avait regardé pour la première fois. Il pleuvait par à-coups. Les femmes se serraient dans leurs châles, ouvraient leurs grands parapluies noirs. Les enfants restaient auprès d'elles, sans courir, sans crier. Dans l'ombre des platanes, Tristan regardait Esther, au milieu de la file d'attente.

Elle était tête nue, les gouttes de pluie brillaient dans ses cheveux noirs. Elle donnait le bras à sa mère, et son père paraissait très grand à côté d'elle. Elle ne parlait pas. Personne ne parlait, pas même les carabiniers debout devant la porte du restaurant.

Chaque fois que la porte s'ouvrait, Tristan apercevait un peu de la grande salle éclairée par les portes-fenêtres ouvertes sur le jardin. Les carabiniers étaient debout près des fenêtres, ils fumaient. L'un d'eux était assis à une table, avec un registre ouvert devant lui, il pointait les noms. Il y avait quelque chose de terrible, de mystérieux, pour Tristan, comme si les gens qui entraient dans la salle n'allaient pas repartir. Du côté de la place, les fenêtres de l'hôtel étaient fermées, les rideaux tirés. Quand la nuit tombait, les Italiens fermaient les volets et se barricadaient dans l'hôtel. La place devenait noire, comme inhabitée. Personne n'avait le droit de sortir.

C'était le silence qui attirait Tristan devant l'hôtel. Il avait quitté la chambre tiède où sa mère respirait doucement, le rêve de musique et de jardins, pour venir voir Esther au milieu des silhouettes noires qui attendaient sur la place. Les carabiniers écrivaient son nom. Elle entrait avec son père et sa mère, et l'homme au registre marquait son nom sur le cahier, à la suite des autres noms. Tristan aurait voulu être avec elle, dans la file, avancer avec elle jusqu'à la table, il ne pouvait pas dormir dans la chambre de l'hôtel Victoria pendant que cela se passait. Le silence de la place était trop fort. On n'entendait que le bruit de l'eau dans le bassin de la fontaine, un chien qui aboyait quelque part.

Ensuite, Esther est ressortie. Elle a marché sur la place, un peu à l'écart de son père et de sa mère. Quand elle est passée devant les arbres, elle a vu Tristan, et dans ses yeux noirs il y avait une flamme, comme de colère, ou de dédain, une flamme violente qui a fait battre trop fort le cœur du garçon. Il a reculé. Il voulait dire, vous êtes belle, je ne pense qu'à vous, je vous aime. Mais les silhouettes se hâtaient déjà vers les ruelles.

Le soleil montait dans le ciel, la lumière brûlait entre les nuages. Dans les champs, l'herbe coupait, les broussailles fouettaient les jambes. Tristan courait pour s'échapper, il descendait jusqu'au ruisseau glacé. L'air était plein d'odeurs, de pollen, de mouches.

C'était comme s'il n'y avait jamais eu d'autre été avant celui-là. Le soleil brûlait les champs d'herbes, les pierres du torrent, et les montagnes semblaient lointaines, contre le ciel bleu sombre. Esther allait souvent vers la rivière, au fond de la vallée, là où les deux torrents s'unissaient. A cet endroit, la vallée devenait très large. Le cercle des montagnes paraissait encore plus lointain. Le matin, l'air était lisse et froid, le ciel absolument bleu. Puis, après midi, les nuages faisaient leur apparition au nord et à l'est, au-dessus des cimes, gonflant leurs volutes éblouissantes. La lumière vibrait au-dessus de l'eau de la rivière. La vibration était partout, quand on tournait la tête, elle s'unissait au bruit de l'eau et au chant des criquets.

Un jour, Gasparini était venu jusqu'à la rivière avec Esther. Comme le soleil était au centre du ciel, Esther commençait à remonter la pente pour retourner chez elle, et Gasparini lui avait pris la main : « Viens, on va voir mon cousin faucher, en bas, à Roquebillière. » Esther hésitait. Gasparini : « Ce n'est pas loin, c'est juste en bas, on va y aller avec la charrette de mon grand-père. » Esther avait déjà vu la moisson autrefois, avec son père, mais elle n'était pas sûre de se souvenir comment était le blé. Finalement, elle était montée dans la charrette. Il y avait des femmes avec des foulards sur la tête, des enfants. C'était le grand-père Gasparini qui guidait le cheval. La charrette avait suivi la route, descendant les lacets jusqu'à la vallée. Il n'y avait plus de maisons, seulement la rivière qui brillait au soleil, les champs d'herbes. La route était défoncée, la charrette cahotait, et ça faisait rire les femmes. Un peu avant Roquebillière, la vallée était large. Avant de voir quoi que ce soit, Esther avait entendu : des cris, des voix de femmes, des rires aigus qui arrivaient dans le vent chaud, et une rumeur sourde, régulière, comme le bruit de la pluie. « On arrive, les champs de blé sont là », avait dit Gasparini. Alors le chemin rejoignait la route, et Esther avait vu tout d'un coup tous ces gens au travail. Il y avait beaucoup de monde, des charrettes arrêtées, avec les chevaux en train de brouter l'herbe des talus, des enfants qui jouaient. Près des charrettes, des hommes âgés étaient occupés à charger le blé à l'aide de fourches en bois. La plus grande partie des champs était déjà fauchée, les femmes coiffées de fichus étaient penchées sur les gerbes qu'elles liaient, avant de les repousser sur la route près des charrettes. Près d'elles, des bébés, des marmots s'amusaient avec les épis tombés par terre. D'autres enfants, plus grands, gla-naient dans le champ, enfournaient les épis dans des sacs de jute.

C'était au fond du champ que les jeunes hommes travaillaient. A quelques pas les uns des autres, ils formaient une ligne, comme des soldats, et ils avan-çaient lentement dans les blés en balançant leurs faux. C'étaient eux qu'Esther avait entendus de loin, quand elle était arrivée. Avec une régularité mécanique, les faux se levaient en arrière, leurs longues lames étincel-lant au soleil, un bref instant immobiles, puis retom-baient d'un coup en crissant dans les blés, et les hommes faisaient un bruit sourd avec leur gorge et leur poitrine, un ran ! qui résonnait dans la vallée.

Esther s'était cachée derrière les charrettes, parce qu'elle ne voulait pas qu'on la voie, mais Gasparini l'avait tirée par la main et l'avait forcée à marcher au milieu du champ. Les chaumes étaient durs et piquants, ils traversaient leurs espadrilles de corde, ils écorchaient leurs chevilles. Il y avait une odeur surtout, une odeur qu'Esther n'avait jamais respirée auparavant, et c'était peut-être à cause d'elle qu'elle avait eu peur, en arrivant. Une odeur âcre de poussière et de sueur, une odeur mêlée d'homme et de plante. Le soleil éblouissait, il brûlait les paupières, le visage, les mains. Autour d'eux, dans le champ, il y avait des femmes et des enfants vêtus pauvrement, qu'Esther n'avait jamais vus auparavant. Avec une sorte de hâte fiévreuse, ils ramassaient les épis tombés des gerbes, et les mettaient dans leurs sacs de toile. « Eux, ils sont italiens », avait dit Gasparini, avec une nuance de condescendance dans la voix. « Il n'y a pas de blé chez eux, alors ils viennent glaner ici. » Esther regardait avec curiosité les jeunes femmes en haillons, leur visage presque dissimulé par des chiffons fanés. « D'où viennent-ils ? » Gasparini avait montré les montagnes, au fond de la vallée. « Ils viennent de Valdieri, de Santa Anna (il disait Santanna), ils sont venus en marchant à travers la montagne, parce qu'ils ont faim chez eux. » Esther était étonnée, jamais elle n'avait imaginé que les Italiens pouvaient être comme ces femmes et ces enfants. Mais Gasparini l'entraînait vers la ligne des faucheurs. « Regarde, lui, c'est mon cousin. » Un jeune homme en tricot de corps, visage et bras rougis par le soleil, s'était arrêté de balancer sa faux. « Alors ? Tu me présentes ta fiancée ? » Il avait éclaté de rire, et les autres hommes aussi s'étaient arrêtés pour les dévisager. Gasparini avait haussé les

qu'il y avait longtemps qu'elle voulait parler à Rachel, sans oser. Esther aimait ses cheveux roux, longs et libres sur ses épaules. Cela choquait beaucoup de gens au village, les femmes du pays et aussi les religieux juifs, parce que Rachel n'allait plus aux cérémonies, et qu'elle parlait souvent avec les carabiniers italiens, devant l'hôtel. Mais elle était si belle qu'Esther pensait que ce n'était pas important qu'elle ne fasse pas comme les autres. Souvent, Esther l'avait suivie sans qu'elle s'en rende compte, dans les rues du village, quand elle allait faire des courses, ou quand elle se promenait l'après-midi sur la place avec son père et sa mère. Les gens racontaient des choses sur elle, les garçons disaient qu'elle sortait la nuit, malgré le couvre-feu, et qu'elle allait se baigner toute nue dans la rivière. Les filles racontaient des choses moins extraor-dinaires, mais plus venimeuses. Elles disaient que Rachel fréquentait le capitaine Mondoloni, qu'elle allait le voir, à l'hôtel Terminus, et qu'elle partait avec lui sur les routes, dans l'auto blindée. Quand la guerre serait finie, et quand les Italiens auraient été battus, on lui couperait ses beaux cheveux et on la fusillerait, comme tous les agents de la Gestapo et de l'armée italienne. Esther savait bien qu'elles racontaient cela parce qu'elles étaient jalouses.

Ce jour-là, Esther et Rachel sont restées ensemble un long moment, à parler et à regarder la pluie qui picotait les flaques. Quand la pluie a cessé, les gens sont venus sur la place, comme chaque matin, les femmes du pays en tablier et en galoches, les Juives avec leurs manteaux et leurs fichus, et les vieux avec leurs longs caftans noirs et leurs chapeaux. Les enfants aussi commençaient à courir, la plupart en haillons et pieds nus.

Puis Rachel a montré M. Ferne. Il était lui aussi sur la place, caché de l'autre côté de la fontaine. Il regardait du côté de l'hôtel, comme s'il allait pouvoir apercevoir son piano. Sa silhouette maigre, qui se faufilait d'un arbre à un autre, tendant le cou pour essayer de voir à l'intérieur de l'hôtel, pendant que les carabiniers fumaient devant la porte, cela avait quelque chose de risible et de pitoyable à la fois, qui faisait honte à Esther. Tout d'un coup, elle en a eu assez. Elle a pris la main de Rachel et elle l'a entraînée vers la rue du ruisseau, et elles sont allées jusqu'à la route, au-dessus de la rivière. Elles ont marché ensemble sur la route encore luisante de pluie, sans rien dire, jusqu'au pont. En dessous, les deux torrents se rencontraient, avec des tourbillons. Un chemin conduisait jusqu'au confluent, où il y avait une plage étroite de galets. Le bruit des torrents était assourdissant, mais Esther trouvait que c'était bien. A cet endroit, il n'y avait rien d'autre au monde, et on ne pouvait pas se parler. Les nuages s'étaient écartés, le soleil brillait sur les pierres, faisait étinceler l'eau rapide.

Esther et Rachel sont restées un long moment assises sur les pierres mouillées, à regarder l'eau tourbillonner. Rachel a sorti des cigarettes, un paquet bizarre, écrit en anglais. Elle a commencé à fumer, avec la fumée âcre douce de la cigarette qui tournait autour d'elle, et qui attirait les guêpes. A un moment, elle a donné la cigarette à Esther pour qu'elle essaie, mais la fumée l'a fait tousser, et Rachel s'est mise à rire.

Ensuite, elles ont remonté le talus, parce qu'elles avaient froid, et elles se sont assises sur le petit mur, au soleil. Rachel a commencé à parler de ses parents, avec une drôle de voix, dure et presque méchante. Elle ne les aimait pas, parce qu'ils avaient toujours peur, et qu'ils s'étaient enfuis de chez eux, en Pologne, et qu'ils s'étaient cachés en France. Elle ne parlait pas des Italiens, ni de Mondoloni, mais tout d'un coup, elle a fouillé dans la poche de sa robe, et elle a montré une bague dans sa main ouverte.

« Regarde, on m'a donné ça. »

C'était une bague ancienne très belle, avec une pierre bleu sombre qui luisait au milieu d'autres petites pierres très blanches.

« C'est un saphir », a dit Rachel. « Et les petites, autour, ce sont des diamants. »

Esther n'avait jamais vu rien de pareil.

« C'est beau ? »

« Oui », a dit Esther. Mais elle n'aimait pas cette pierre sombre. Elle avait un éclat étrange, qui faisait un peu peur. Esther pensait que c'était comme la guerre, comme le piano que les carabiniers avaient emmené de la maison de M. Ferne. Elle n'a rien dit, mais Rachel a compris, et elle a remis tout de suite la bague dans sa poche.

« Qu'est-ce que tu feras, quand la guerre sera finie ? » a demandé Rachel. Et avant qu'Esther n'ait eu le temps de réfléchir, elle a continué :

« Moi, je sais ce que je voudrais faire. Je voudrais faire de la musique, comme M. Ferne, jouer du piano, chanter. Aller dans les grandes villes, à Vienne, à Paris, à Berlin, en Amérique, partout. »

Elle a allumé une autre cigarette, et pendant qu'elle parlait de cela, Esther regardait son profil, auréolé par sa chevelure rouge, lumineuse, elle regardait ses bras, ses mains aux ongles longs. Peut-être à cause de la fumée de la cigarette, à cause du soleil, Esther sentait sa tête tourner un peu. Rachel parlait des soirées à Paris, à Varsovie, à Rome, comme si elle avait vraiment connu tout cela. Quand Esther a parlé de la musique de M. Ferne, Rachel s'est mise en colère tout à coup. Elle a dit que c'était un vieil imbécile, un clochard, avec son piano dans sa cuisine. Esther n'a pas protesté, pour ne pas détruire l'image de Rachel, son profil si fin et son auréole de cheveux roux, pour rester le plus longtemps possible à côté d'elle et sentir l'odeur de sa cigarette. Mais c'était triste de l'entendre parler comme cela, et de penser au piano de M. Ferne tout seul dans la grande salle enfumée de l'hôtel Terminus, avec les carabiniers en train de boire et de jouer aux cartes. Cela faisait penser à la guerre, à la mort, à l'image qui revenait sans cesse dans l'esprit d'Esther, son père qui marchait dans les grands champs d'herbes, loin du village, qui disparaissait, comme s'il n'allait jamais revenir.

Quand Rachel a eu fini sa cigarette anglaise, elle a jeté le bout dans le fond de la vallée, et elle s'est levée, en essuyant ses fesses avec les mains. Ensemble, sans parler, elles sont retournées vers le village où les cheminées fumaient pour le repas du midi.

On était déjà en août. Chaque soir, à présent, le ciel se remplissait de gros nuages blancs ou gris, qui montaient en dessinant des formes fantastiques. Depuis plusieurs jours, le père d'Esther partait tôt le matin, vêtu de son complet-veston de flanelle grise, un petit cartable d'écolier à la main, celui-là même qu'il prenait autrefois pour aller enseigner l'histoire-géo au lycée, à Nice. Esther regardait avec anxiété son visage tendu, sombre. Il ouvrait la porte de l'appartement, en contrebas de la ruelle encore dans l'ombre, et il se retournait pour embrasser sa fille. Esther un jour lui a demandé : « Où est-ce que tu vas ? » Il a répondu, presque sèchement : « Je vais voir des gens. » Puis il a ajouté : « Ne me pose pas de questions, Estrellita. Il ne faut pas parler de cela, jamais, tu comprends ? » Esther savait qu'il allait aider les Juifs à passer les montagnes, mais elle n'a rien demandé. Pour cela, l'été semblait terrifiant malgré la beauté du ciel bleu, malgré les champs d'herbes si grands, malgré le chant des criquets et le bruit de l'eau sur les pierres des torrents. Esther ne pouvait pas rester une minute en place dans l'appartement. Sur le visage de sa mère, elle lisait sa propre inquiétude, le silence, le poids de l'attente. Alors, aussitôt qu'elle avait bu le bol de lait chaud du petit déjeuner elle ouvrait la porte de l'appartement, elle montait l'escalier vers la rue. Elle était dehors quand elle entendait la voix de sa mère qui disait : « Hélène ? Tu sors déjà ? » Jamais sa mère ne l'appelait Esther quand on pouvait l'entendre du dehors. Un soir, dans son lit, dans la chambre obscure, Esther avait entendu sa mère se plaindre de ce qu'Esther passait son temps à vagabonder, et son père avait seulement répondu : « Laisse-la, ce sont peut-être les derniers jours... » Depuis, ces mots étaient restés dans son esprit : les derniers jours... C'étaient eux qui l'attiraient au-dehors, irrésistiblement. C'étaient eux qui faisaient le ciel si bleu, le soleil si éclatant, les montagnes et les champs d'herbes si envoûtants, si dévorants. Depuis l'aube, Esther guettait la lumière à travers les interstices du carton bouchant la fenêtre du soupirail, elle attendait les cris brefs des oiseaux qui l'appelleraient, le pépiement des moineaux, les cris aigus des martinets, qui l'inviteraient au-dehors. Quand elle pouvait enfin ouvrir la porte et sortir dans l'air frais de la rue, avec le ruisseau glacé qui courait au centre des pavés, elle ressentait une impression extraordinaire de liberté, un bonheur sans limites. Elle pouvait aller jusqu'aux dernières maisons du village, voir l'étendue de la vallée, immense encore dans la brume du matin, et les mots de son père s'effaçaient. Alors elle se mettait à courir à travers le grand champ d'herbes, au-dessus de la rivière, sans prendre garde aux vipères, et elle arrivait à l'endroit où le chemin partait vers la haute montagne. C'était là que son père s'en allait, chaque matin, vers l'inconnu. Les yeux éblouis par la lumière du matin, elle cherchait à apercevoir les plus hautes cimes, la forêt des mélèzes, les gorges, les ravins dangereux. En bas, au fond de la vallée, elle entendait les voix des enfants dans la rivière. Ils s'amusaient à pêcher les écrevisses, dans l'eau froide jusqu'à mi-cuisses, enfoncés dans les creux sablonneux du torrent. Esther entendait distinctement les rires des filles, leurs appels stridents : « Maryse ! Maryse !... » Elle continuait à avancer dans le champ d'herbes, jusqu'à ce que les voix et les rires s'amenuisent, disparaissent. De l'autre côté de la vallée, il y avait la pente sombre de la montagne, les éboulis de pierres rouges semés de buissons d'épines. Dans le champ d'herbes, déjà, le soleil brûlait, et Esther sentait la sueur couler sur son visage, sous ses bras. Plus loin, à l'abri de quelques blocs de rochers, il n'y avait pas de vent, pas un souffle, pas un bruit. C'était ce silence qu'Esther venait chercher. Quand il n'y avait plus un seul bruit d'homme, seulement les crissements aigus des insectes, et de temps à autre le cri bref d'une alouette, et la vibration des herbes, Esther se sentait bien. Elle écoutait son cœur battre à grands coups lents, elle écoutait même le bruit de l'air qui sortait de ses narines. Elle ne savait pas pourquoi elle voulait ce silence. Simplement, c'était bien, c'était nécessaire. Alors, petit à petit, la peur s'en allait. La lumière du soleil, le ciel où les nuages commençaient à gonfler, et les grands champs d'herbes où les mouches et les abeilles restaient suspendues dans la lumière, les murailles sombres des montagnes et des forêts, tout cela pouvait continuer, encore, encore. Ce n'était pas déjà le dernier jour, elle le savait alors, tout cela pouvait encore rester, encore continuer, personne n'allait l'arrêter.

Esther, un jour, avait voulu montrer cet endroit, ce

secret, à quelqu'un. Elle avait conduit Gasparini à travers les herbes, jusqu'aux blocs de rocher. Heureusement, Gasparini n'avait pas parlé des vipères, peut-être pour montrer qu'il n'avait pas peur. Mais quand ils étaient arrivés près des éboulis, Gasparini avait dit, très vite : « Ce n'est pas bien ici, moi je redescends. » Et il était reparti en courant. Mais Esther n'était pas fâchée. Elle était simplement étonnée d'avoir compris pourquoi le garçon s'était sauvé si vite. Lui, il n'avait pas besoin de savoir que tout cela allait durer, que tout cela devait continuer jour après jour, pendant des années et des siècles, et que personne ne pourrait l'arrêter.

Ce n'étaient pas les champs d'herbes à vipères qui faisaient peur à Esther. Ce qui l'effrayait, c'étaient les moissons. Les champs de blé étaient comme les arbres qui perdent leurs feuilles. Une fois, Esther était retournée vers les moissons, là où elle était allée avec Gasparini, en bas de la vallée, du côté de Roquebillière.

Maintenant, les champs étaient presque entièrement fauchés. La ligne des hommes armés de leurs grandes lames étincelantes s'était disjointe, il n'y avait plus que quelques groupes isolés. Ils fauchaient en haut des champs, à flanc de colline, sur les restanques étroites. Les enfants liaient les dernières gerbes. Les femmes et les enfants pauvres erraient dans les chaumes, mais leurs sacs restaient vides.

Esther restait assise sur le talus, à regarder les champs pelés. Elle ne comprenait pas pourquoi elle ressentait cette tristesse, cette colère, avec le ciel si bleu et le soleil qui brûlait au-dessus des chaumes. Gasparini venait s'asseoir à côté d'elle. Ils ne se parlaient pas. Ils regardaient les moissonneurs avancer le long des restanques. Gasparini avait une poignée d'épis, et ils croquaient les grains de blé, savourant longuement le doux-amer. A présent, Gasparini ne parlait plus jamais de la guerre, ni des Juifs. Il avait l'air tendu, inquiet. C'était un garçon de quinze ou seize ans, mais déjà large et fort comme un homme, avec des joues qui rougissaient facilement comme celles des filles. Esther se sentait très différente de lui, mais elle l'aimait bien quand même. Quand ses camarades passaient sur la route, le long des champs, ils lui criaient des lazzis, et lui les regardait avec colère, il se relevait à moitié, comme s'il voulait se battre.

Un jour, Gasparini est venu chercher Esther chez elle, tôt le matin. Il a descendu le petit escalier en contrebas de la rue, il a frappé à la porte. C'est la mère d'Esther qui a ouvert la porte. Elle l'a regardé un instant sans comprendre, puis elle l'a reconnu, et elle l'a fait entrer dans la cuisine. C'était la première fois qu'il entrait chez Esther. Il a regardé autour de lui, la pièce étroite et sombre, la table en bois et les bancs, le poêle en fonte, les casseroles en équilibre sur une planche. Quand Esther est arrivée, elle a failli éclater de rire en le voyant si penaud devant la table, le regard fixé sur la toile cirée. De temps en temps, il chassait les mouches d'un revers de sa main.

Elizabeth a apporté la bouteille de jus de cerise qu'elle avait préparé au printemps. Gasparini a bu le verre de jus, puis il a sorti un mouchoir de sa poche pour s'essuyer la bouche. Le silence, dans la cuisine, faisait durer encore plus le temps. A la fin, il s'est décidé à parler, d'une voix un peu enrouée. « Je voulais demander la permission d'emmener Hélène à l'église, vendredi, pour la fête. » Il regardait Esther debout devant lui, comme si elle pouvait l'aider. « Quelle fête ? » a demandé Elizabeth. « C'est la fête de la Madone, vendredi », a expliqué Gasparini. « La Madone doit retourner dans la montagne, elle va

quitter l'église. » Elizabeth s'est tournée vers sa fille :
« Eh bien ? C'est à toi de décider, je suppose ? » Esther
dit avec sérieux : « Si mes parents sont d'accord,
j'irai. » Elizabeth a dit : « Je te donne la permission,
mais il faudra demander aussi à ton père. »

La cérémonie a eu lieu le vendredi, comme prévu.
Les carabiniers avaient donné l'autorisation et, dès le
matin, les gens ont commencé à arriver sur la petite
place, devant l'église. Dans l'église, les enfants ont
allumé des cierges et accroché des bouquets de fleurs.
Il y avait surtout des femmes et des hommes âgés,
parce que la plupart des hommes étaient prisonniers,
et n'étaient pas revenus de la guerre. Mais les jeunes
filles sont venues avec leurs robes d'été, décolletées, et
jambes nues, les pieds chaussés d'espadrilles, avec
seulement un châle sur les cheveux. Gasparini est venu
chercher Esther. Il portait un complet à culotte de golf
gris clair, qui appartenait à son frère aîné, et qu'il
n'avait mis que le jour de sa communion solennelle.
C'était la première fois qu'il mettait une cravate, en
tissu rouge lie-de-vin. La mère d'Esther a eu un sourire
un peu moqueur pour le jeune paysan endimanché,
mais Esther l'a regardée avec reproche. Le père
d'Esther a serré la main de Gasparini en lui disant
quelques mots aimables. Gasparini était très impres-
sionné par la haute taille du père d'Esther, et parce
qu'il était professeur. Quand Esther avait demandé
l'autorisation à son père, il avait dit sans hésiter :
« Oui, c'est important que tu ailles à cette fête. » Il
avait dit cela d'un air si sérieux qu'Esther en avait été
intriguée.

Maintenant, en voyant l'église pleine de monde, elle
comprenait pourquoi c'était si important. Les gens
étaient venus de tous les côtés, même des fermes
isolées de la montagne, des bergeries du Boréon, ou de
Mollières. Sur la grand-place, devant l'hôtel Terminus

surmonté du drapeau italien, les carabiniers et les soldats regardaient passer la foule.

Vers dix heures, la cérémonie a commencé. Le prêtre est entré dans la chapelle, suivi par une partie de la foule. Au milieu, il y avait trois hommes en complet-veston bleu sombre. Gasparini a chuchoté à l'oreille d'Esther : « Regarde, là, c'est mon cousin. » Esther a reconnu le jeune homme qui fauchait les blés dans le champ, près de Roquebillière. « Quand la guerre sera finie, c'est lui qui emmènera la Madone en haut, dans la montagne. » L'église était comble, et les enfants ne pouvaient plus entrer. Ils sont restés sur le parvis de l'église, au soleil, à attendre. Quand la cloche s'est mise à tinter, il y a eu un mouvement dans la foule, et les trois hommes sont apparus, portant la statue. C'était la première fois qu'Esther voyait la statue de la Madone. C'était une petite femme au visage couleur de cire qui tenait dans ses bras un bébé qui avait un curieux regard d'adulte. La statue était vêtue d'un grand manteau en satin bleu qui brillait au soleil. Ses cheveux aussi brillaient, ils étaient noirs et épais comme du crin de cheval. La foule s'est écartée pour laisser passer la statue qui tanguait au-dessus des têtes, et les trois hommes sont retournés vers l'intérieur de l'église. Dans le brouhaha, on entendait le refrain de l'Ave Maria. « Quand la guerre sera finie, mon cousin ira avec les autres, ils emmèneront la statue jusqu'au sanctuaire, dans la montagne. » Gasparini répétait cela avec une sorte d'impatience. Quand la cérémonie a été finie, tout le monde est allé sur la place. Sur la pointe des pieds, Esther a cherché à voir les soldats italiens. Leurs uniformes gris faisaient une drôle de tache, à l'ombre des tilleuls. Mais c'était Rachel qu'Esther voulait voir.

Un peu à l'écart, les vieux Juifs regardaient aussi. On les voyait de loin, à cause de leurs vêtements noirs, de leurs chapeaux, les fichus des femmes, la pâleur de leurs visages. Malgré la chaleur du soleil intermittent, les vieux avaient gardé leurs caftans. Ils regardaient sans se parler, en caressant leurs barbes. Les enfants juifs ne se mêlaient pas à la foule endimanchée. Ils restaient auprès de leurs parents, sans bouger.

Tout d'un coup, Esther a vu Tristan. Il était au bord de la place, avec les enfants juifs. Il ne bougeait pas, il regardait. Son visage avait une drôle d'expression, une grimace figée par le soleil.

Esther a senti le sang affluer sous sa peau. Elle s'est dégagée de la main de Gasparini, elle a marché droit vers Tristan. Son cœur cognait fort, elle croyait que c'était de colère. « Pourquoi tu me regardes toujours ? Pourquoi tu me surveilles ? » Lui a reculé un peu. Ses yeux bleu sombre brillaient, mais il ne répondait rien. « Va-t'en ! Va t'amuser, laisse-moi, tu n'es pas mon frère ! » Esther a entendu la voix de Gasparini qui l'appelait : « Hélène ! Viens, où est-ce que tu vas ? » Le regard de Tristan exprimait une telle anxiété qu'elle s'est arrêtée un instant, sa voix s'est radoucie pour lui dire : « Je reviens, excuse-moi, je ne sais pas pourquoi je t'ai dit ça. » Elle a fendu la foule, tête baissée, sans répondre à Gasparini. Les filles s'écartaient pour la laisser passer. Elle a commencé à descendre la rue du ruisseau, maintenant déserte. Mais elle ne voulait pas rentrer chez elle, elle ne voulait pas avoir à répondre aux questions de sa mère. Loin de la place, elle entendait grandir le bruit des voix humaines, les rires, les appels, et par-dessus tout comme un bourdonnement, la voix du prêtre qui psalmodiait dans l'église, *Ave, Ave, Ave Mari-i-ia...*

Vers la fin de l'après-midi, Esther est revenue sur la place. La plupart des gens étaient partis mais, du côté des tilleuls, il y avait un groupe de garçons et de filles.

Quand elle s'est approchée, Esther a entendu le bruit de la musique d'accordéon. Au milieu de la place, près de la fontaine, il y avait des femmes qui dansaient entre elles, ou bien avec de très jeunes garçons qui leur arrivaient à l'épaule. Les soldats italiens étaient debout devant l'hôtel, ils fumaient en écoutant la musique.

C'était Rachel qu'Esther cherchait, maintenant. Lentement, elle marchait dans la direction de l'hôtel, le cœur battant. Elle regardait vers la grande salle, et par la porte ouverte elle voyait les soldats et les carabiniers. Sur le piano de M. Ferne, il y avait un gramophone en train de tourner, et ça faisait une musique de mazurka lente et nasillarde. Dehors, les femmes tournaient sur elles-mêmes, leurs visages rouges brillant au soleil. Esther passait devant elles, devant les garçons, devant les carabiniers, elle approchait de la porte de l'hôtel.

Le soleil était très bas dans le ciel, il éclairait en plein la grande salle, par les fenêtres ouvertes sur le jardin. La lumière faisait mal à Esther, lui donnait le vertige. C'était peut-être à cause de ce qu'avait dit son père, que tout devait s'arrêter. Quand Esther est entrée dans la salle, elle a senti un soulagement. Mais son cœur continuait à battre à grands coups dans sa poitrine. Elle a vu Rachel. Elle était avec les soldats emplumés, au centre de la salle dont les tables et les chaises avaient été repoussées contre les murs, et elle dansait avec Mondoloni. Il y avait d'autres femmes dans la salle, mais Rachel était la seule qui dansait. Les autres la regardaient, comme elle virevoltait, avec sa robe claire qui se soulevait et montrait ses jambes minces, et son bras nu posé légèrement sur l'épaule du soldat. Par moments, les carabiniers et les soldats s'arrêtaient devant elle, et Esther devait se mettre sur la pointe des pieds pour la voir. A cause du bruit de la musique, Esther n'entendait pas sa voix, mais il lui semblait percevoir de temps en temps une interjection, un éclat de rire. Jamais Rachel ne lui avait paru aussi belle. Elle avait dû boire déjà passablement, mais elle était de ces gens qui maîtrisent bien leur ivresse. Simplement, elle se tenait très droite, tandis qu'elle tournait et tournait au son de la mazurka, et sa longue chevelure rouge sombre balayait son dos. En vain, Esther cherchait à capter son regard. Son visage mat était renversé en arrière, elle était partie, ailleurs, dans un autre monde, emportée par le bruit de la musique et par la danse. Les soldats et les carabiniers étaient tournés vers elle, ils la regardaient en fumant et en buvant, et Esther croyait entendre leurs rires. Devant la porte, les enfants s'arrêtaient pour chercher à voir, les femmes se penchaient pour distinguer la silhouette claire qui dansait dans la grande salle. Alors les carabiniers se tournaient vers le dehors, ils faisaient des gestes, et tout le monde s'écartait. Dehors, sur la place, les jeunes gens restaient à l'écart, de l'autre côté de la fontaine. Personne ne semblait faire attention. C'est cela qui faisait battre le cœur d'Esther. Elle sentait que ce n'était pas normal, qu'il y avait comme un mensonge quelque part. Les gens faisaient semblant de ne rien voir, mais c'était à Rachel qu'ils pensaient, ils la haïssaient au fond d'eux-mêmes, plus encore que les soldats italiens.

La musique ne cessait pas, avec sa voix nasillarde, les polkas rythmées sur le piano de M. Ferne, la voix étranglée de la clarinette qui s'emberlificotait dans l'air.

Quand Esther a quitté l'hôtel, Gasparini s'est arrêté devant elle. Il avait les yeux brillants de colère. « Viens, on va se promener. » Esther secouait la tête. Elle descendait la ruelle, jusqu'à l'endroit où on voit la vallée. Elle voulait être seule, ne plus entendre la

musique, ni les voix. A un moment, Gasparini a pris
son poignet, et il l'a attirée vers lui, maladroitement,
en la tenant par la taille, comme s'il voulait danser.
Son visage était rouge de chaleur, la cravate l'étran-
glait. Il s'est penché vers Esther, il a cherché à
l'embrasser. Esther a senti son odeur, une odeur
lourde, qui lui faisait peur et l'attirait en même temps,
une odeur d'homme. Elle a commencé à le repousser,
d'abord en répétant, « laisse-moi tranquille, laisse-
moi ! » puis elle s'est débattue avec rage, elle l'a griffé,
et il est resté debout au milieu de la rue, sans
comprendre. Autour d'eux les garçons riaient. Alors
Tristan a sauté au cou de Gasparini, il cherchait à lui
faire une prise, mais il était trop léger, il restait
suspendu, ses pieds battant dans le vide, et Gasparini
l'a rejeté d'une simple bourrade et l'a envoyé rouler
par terre. Il criait : « Espèce de petit merdeux, tu
recommences, je te casse la tête ! » Esther s'est mise à
courir à travers les rues, le plus vite qu'elle a pu, puis
elle est descendue à travers champs jusqu'au torrent.
Elle s'est arrêtée de courir, elle a écouté les coups de
son cœur dans sa poitrine, dans sa gorge. Même là,
auprès de la rivière, elle entendait encore la musique
triste et geignarde de la fête, la clarinette qui répétait
sans cesse la même phrase sur le disque, tandis que
Rachel tournait avec Mondoloni, son visage blanc
impassible et lointain comme celui d'une aveugle.

Les nuits étaient noires, à cause du couvre-feu. Alors, il fallait tirer les rideaux devant les fenêtres, boucher tous les interstices avec des chiffons et du carton. Les hommes du maquis arrivaient quelquefois dans l'après-midi. Ils s'installaient dans la cuisine étroite, sur les bancs, autour de la table couverte de toile cirée. Esther les connaissait bien, mais elle ne savait pas leurs noms, pour la plupart. Il y avait ceux du village, ou des environs, qui repartaient avant la nuit. Il y avait ceux qui venaient de loin, de Nice, ou de Cannes, les envoyés d'Ignace Finck, Gutman, Wister, Appel. Il y en avait même qui venaient des maquis italiens. Parmi eux, il y en avait un qu'Esther aimait vraiment bien. C'était un garçon aux cheveux aussi roux que ceux de Rachel, et qu'on appelait Mario. Il venait de l'autre côté des montagnes, là où les paysans et les bergers italiens se battaient contre les fascistes. Quand il venait, il était si fatigué qu'il restait à dormir là, sur des coussins, par terre, dans la cuisine. Il ne parlait pas beaucoup avec les autres du maquis. Il s'amusait plutôt avec Esther. Il lui racontait de drôles d'histoires, moitié en français, moitié en italien, qu'il ponctuait de grands éclats de rire. Il avait de petits yeux d'un vert surprenant, des yeux de serpent, pensait

53

Esther. Quelquefois, quand il avait passé la nuit dans la cuisine, à l'aube il emmenait Esther se promener autour du village, sans se soucier des soldats de l'hôtel Terminus.

Avec lui elle allait jusqu'aux champs d'herbes, au-dessus de la rivière. Ensemble ils entraient dans les hautes herbes, lui devant, et elle le suivant dans le sillage qu'il faisait dans les herbes. C'était lui qui lui avait parlé des vipères, la première fois. Mais il n'avait pas peur d'elles. Il disait qu'il pouvait les apprivoiser, et même les attraper, en les sifflant comme des chiens.

Un matin, il a emmené Esther encore plus loin dans les champs d'herbes, au-delà du confluent des deux torrents. Esther marchait derrière lui, le cœur battant, écoutant Mario qui faisait ses drôles de sifflements, doux et aigus, une musique qu'elle n'avait jamais entendue auparavant. La chaleur du soleil tourbillonnait déjà dans les herbes, et les montagnes, autour de la vallée, ressemblaient à des murailles géantes, d'où naissaient les nuages. Ils ont marché longtemps à travers les herbes, avec les sifflements doux de Mario qui semblaient venir de tous les côtés à la fois, qui donnaient un peu le vertige. Tout d'un coup, Mario s'est arrêté, la main en l'air. Esther est arrivée juste derrière son dos, sans faire de bruit. Mario s'est retourné vers elle. Ses yeux verts brillaient. Dans un souffle, il a dit : « Regarde ! » A travers les herbes, sur la plage de sable et de galets, au bord de la rivière, Esther a vu quelque chose qu'elle n'a pas bien compris. C'était si étrange que son regard ne pouvait plus s'en détacher. Cela ressemblait à une épaisse corde, faite de deux brins torsadés et courts, couleur de feuille morte, et qui brillait au soleil comme si on venait de la sortir de l'eau. Soudain Esther a frissonné : la corde bougeait ! Horrifiée, Esther regardait à travers les herbes les deux vipères enlacées qui glissaient et se tordaient sur la plage. A un moment, leurs têtes se sont détachées, leur mufle court, leurs yeux à la pupille verticale, leurs gueules entrouvertes. Les vipères restaient soudées l'une à l'autre, regardant fixement, comme en extase. Puis leurs corps ont recommencé à se tordre sur la plage, glissant entre les cailloux, formant lentement des anneaux de côté, unis l'un à l'autre par des nœuds qui glissaient de haut en bas, se défaisaient en agitant leurs queues comme des fouets. Elles continuaient à glisser, à rouler, et malgré le fracas de la rivière, Esther croyait entendre le crissement des écailles les unes sur les autres. « Elles se battent ? » a demandé Esther, en faisant un effort pour parler à voix basse. Mario regardait les vipères. Son visage épais était tout entier dans son regard, dans ses deux yeux étroits et fendus comme ceux des serpents. Il s'est retourné vers Esther, il a dit : « Non. Elles s'aiment. » Alors Esther a regardé avec encore plus d'attention les deux vipères unies qui glissaient sur la plage, entre les cailloux, sans s'apercevoir de leur présence. Cela a duré très longtemps, les serpents parfois immobiles et froids comme des morceaux de branches, puis soudain tremblants et fouettant le sol, noués si étroitement qu'on ne voyait plus leurs têtes. A la fin, leurs corps se sont calmés, et leurs têtes sont retombées, chacune de son côté. Esther voyait la pupille fixe, pareille à une meurtrière, et la respiration qui gonflait leurs corps, faisait briller leurs écailles. Très lentement, une des vipères a défait le nœud, elle a glissé au loin, et elle a disparu à travers les herbes, le long de la rivière. Quand l'autre a commencé à ramper, Mario s'est mis à siffler à sa façon étrange, entre ses dents, presque sans ouvrir les lèvres, un sifflement fin, léger, presque inaudible. Le serpent a redressé la tête, et il a regardé fixement Mario et Esther debout devant lui dans les herbes.

Sous son regard, Esther a senti son cœur tressaillir. La vipère a hésité un instant, sa tête large formant un angle droit avec son corps dressé. Puis en un clin d'œil, elle a disparu à son tour à travers le champ d'herbes.

Mario et Esther sont retournés vers le village. Tout le long du chemin, à travers les hautes herbes, ils n'ont rien dit, attentifs seulement à ce qui se trouvait sous leurs pieds. Quand ils sont arrivés sur la route, Esther a demandé : « Tu ne les tues jamais ? » Mario s'est mis à rire. « Si, si, je sais les tuer aussi. » Il a pris un petit bâton au bord du chemin, et il lui a montré comment il faut faire, en donnant un coup sec sur le cou du serpent, près de la tête. Esther a demandé encore : « Et là, tu aurais pu les tuer ? » Mario a eu une expression étrange. Il a secoué la tête. « Non, là, je ne pouvais pas. C'était mal de les tuer. »

C'était pour cela qu'Esther aimait bien Mario. Un jour, au lieu de lui raconter des histoires, il lui avait raconté un peu sa vie, par bribes. Avant la guerre, il était berger, du côté de Valdieri. Il n'avait pas voulu partir à la guerre, il s'était caché dans la montagne. Mais les fascistes avaient tué tous ses moutons et son chien, et Mario était entré dans le maquis.

Maintenant, Esther avait des faux papiers. Un après-midi, des hommes étaient venus, avec Mario, dans la cuisine, et ils avaient mis sur la table les cartes d'identité pour tout le monde, pour Esther, pour son père et sa mère, pour Mario aussi. Esther avait regardé longuement le bout de carton jaune qui portait la photo de son père. Elle avait lu les mots écrits :

Nom : JAUFFRET. Prénoms : Pierre, Michel
Né le : 10 avril 1910   A : Marseille (Bouches-du-Rhône)
Profession : Commerçant

Signalement :
Nez : dos : rectiligne.
   Base : moyenne
   Dimension : moyenne
Forme générale du visage : long
   Teint : clair
   Yeux : verts
   Cheveux : châtains

Puis la carte de sa mère, au nom de : LEROY épouse JAUFFRET, prénoms : Madeleine, née le 3 février 1912 à Pontivy (Morbihan), sans profession. Et la sienne propre, JAUFFRET Hélène, née le 22 février 1931, à Nice (Alpes-Maritimes), sans profession, signalement : Nez : dos : rectiligne, base : moyenne, dimension : moyenne, forme générale du visage : ovale, teint clair, yeux : verts, cheveux : noirs.

Les hommes parlaient longtemps, autour de la table, leurs visages éclairés de façon fantastique par la lumière de la lampe à pétrole. Esther essayait d'écouter ce qu'ils disaient, sans comprendre, comme si c'étaient des voleurs en train de préparer un méfait. Elle regardait le visage large de Mario, ses cheveux rouges, ses yeux étroits et obliques, et elle se disait qu'il rêvait peut-être aux vipères dans les champs d'herbes, ou aux lièvres qu'il attrapait dans ses pièges, les nuits de pleine lune.

Quand les hommes parlaient avec son père, il y avait toujours un nom qui revenait, un nom qu'elle ne pouvait pas oublier, parce qu'il résonnait bien, comme le nom d'un héros des livres d'histoire de son père : Angelo Donati. Angelo Donati avait dit ceci, fait cela, et les hommes approuvaient. Angelo Donati avait préparé un bateau à Livourne, un grand bateau à voile et à moteur qui emmènerait tous les fugitifs, qui les sauverait. Le bateau traverserait la mer et conduirait les

Juifs à Jérusalem, loin des Allemands. Esther écoutait cela, allongée par terre sur les coussins qui servaient de lit à Mario, et elle s'endormait à moitié en rêvant au bateau d'Angelo Donati, au long voyage à travers la mer jusqu'à Jérusalem. Alors Elizabeth se levait, elle entourait Esther de ses bras, et ensemble elles marchaient jusqu'à la petite chambre en alcôve, où se trouvait le lit d'Esther. Avant de dormir, Esther demandait : « Dis, quand est-ce qu'on partira sur le bateau d'Angelo Donati ? Quand est-ce qu'on ira à Jérusalem ? » La mère d'Esther l'embrassait, elle lui disait en plaisantant, mais à voix basse, avec l'inquiétude dans sa gorge : « Allons, dors, ne parle jamais d'Angelo Donati, à personne, tu comprends ? C'est un secret. » Esther disait : « Mais c'est vrai que le bateau va emmener tout le monde à Jérusalem ? » Elizabeth disait : « C'est vrai, et nous aussi nous partirons, peut-être, nous irons à Jérusalem. » Esther gardait les yeux ouverts dans le noir, elle écoutait le bruit des voix qui résonnaient sourdement dans la petite cuisine, le rire de Mario. Puis les pas s'éloignaient au-dehors, la porte se refermait. Quand son père et sa mère se couchaient dans le grand lit, à côté d'elle, et qu'elle entendait le bruit de leur respiration, elle s'endormait.

C'était déjà la fin de l'été, avec les pluies, chaque après-midi, et le bruit de l'eau qui ruisselait sur les toits et dans tous les caniveaux. Le matin, le soleil brillait au-dessus des montagnes, et Esther prenait à peine le temps de boire son bol de lait pour être plus vite dehors. Sur la place, devant la fontaine, elle attendait Tristan, et avec les autres enfants ils descendaient en courant par la rue du ruisseau jusqu'à la rivière. L'eau du Boréon était à peine troublée par les pluies, violente, froide. Les garçons restaient en bas, et Esther remontait avec les autres filles, jusqu'à l'endroit où le torrent cascade entre les blocs de pierre. Elles se déshabillaient dans les buissons. Comme la plupart des filles, Esther se baignait en culotte, mais il y en avait, comme Judith, qui n'osaient pas enlever leur combinaison. Ce qui était bien, c'était d'entrer dans l'eau là où le courant était le plus fort en s'agrippant aux rochers, et de laisser l'eau couler le long de son corps. L'eau lisse descendait, pesait sur les épaules et sur la poitrine, glissait sur les hanches et le long des jambes, en faisant son bruit continu. Alors on oubliait tout, l'eau froide vous lavait jusqu'au plus profond, vous débarrassait de tout ce qui vous gênait, vous brûlait. Judith, l'amie d'Esther (ce n'était pas vraiment son amie, pas comme Rachel, mais elles étaient assises à côté dans la classe de M. Seligman), avait parlé du baptême qui efface les fautes. Esther pensait que ça devait être ainsi, une rivière lisse et froide qui coulait sur vous et vous lavait. Quand Esther sortait du torrent, au soleil, et qu'elle restait debout sur la roche plate en titubant, elle avait l'impression d'être neuve, et que tout le mal et toute la colère avaient disparu. Ensuite elles redescendaient là où étaient les garçons. Ils avaient fouillé en vain les trous du torrent à la recherche d'écrevisses, et pour se venger de n'avoir rien pêché, ils envoyaient de l'eau sur les filles.

Alors on s'asseyait tous sur une grande roche plate, au-dessus du torrent, et on attendait en regardant l'eau. Le soleil montait dans le ciel encore sans nuages. La forêt de bouleaux et de châtaigniers s'éclairait. Il y avait des guêpes irritées qui tournaient, attirées par les gouttes d'eau accrochées dans les cheveux, sur la peau nue. Esther faisait attention à chaque détail, à chaque ombre. Elle regardait avec un soin presque douloureux tout ce qui était près ou lointain, la ligne de crête des Caïres sur le ciel, les pins hérissés au sommet des collines, les herbes épineuses, les pierres, les moucherons suspendus dans la lumière. Les cris des enfants, les rires des filles, chaque mot résonnait en elle bizarrement, deux ou trois fois, comme les aboiements des chiens. Ils étaient étrangers, incompréhensibles, Gasparini avec son visage rouge, ses cheveux coupés court, ses épaules larges d'homme, et les autres, Maryse, Anne, Bernard, Judith, maigres dans leurs habits mouillés, avec leur regard caché par l'ombre des orbites, leurs silhouettes à la fois fragiles et lointaines. Tristan, lui, n'était pas comme les autres. Il était si gauche, il avait un regard si doux. Maintenant, quand ils allaient se promener autour du village, Esther tenait sa main. Ils jouaient à être amoureux. Ils descendaient jusqu'au torrent, et elle l'entraînait vers la gorge, en sautant de roche en roche. C'était cela qu'elle savait le mieux faire dans sa vie, pensait-elle : courir à travers les rochers, bondir légèrement en calculant son élan, choisir le passage en un quart de seconde. Tristan voulait la suivre, mais Esther était trop rapide pour lui. Elle bondissait si vite que personne n'aurait pu la suivre. Elle sautait sans réfléchir, pieds nus, ses espadrilles à la main, puis elle s'arrêtait pour écouter la respiration haletante du garçon qui n'arrivait pas à la suivre. Quand elle avait remonté très loin le torrent, elle s'arrêtait au bord de l'eau, cachée par un bloc de rocher, et elle guettait tous les bruits, les craquements, les vibrations des insectes, qui se mêlaient au fracas du courant. Elle entendait des chiens aboyer très loin, puis la voix de Tristan, qui criait son nom : « Hélène ! Hé-lè-ne !... » Ça lui plaisait de ne pas répondre, de rester blottie à l'abri du rocher, parce que c'était comme si elle était maîtresse de sa vie, qu'elle pouvait décider de tout ce qui lui arriverait. C'était un jeu, mais elle n'en parlait à personne. Qui aurait compris cela ? Quand Tristan était enroué à force de crier, il redescendait le torrent, et Esther pouvait quitter sa cachette. Elle escaladait la pente, jusqu'au sentier, et elle arrivait jusqu'au cimetière. Là, elle faisait de grands gestes et elle criait, pour que Tristan la voie. Mais quelquefois, elle retournait toute seule au village, et elle rentrait chez elle, elle se jetait sur son lit, la figure dans l'oreiller, et elle pleurait. Elle ne savait pas pourquoi.

C'était la fin, le plus brûlant de l'été, quand les champs d'herbes devenaient jaunes, et que les chaumes fermentaient au bout des champs, avec une chaleur âcre. Esther est allée au plus loin, seule, passé l'endroit où les bergers enfermaient les bestiaux pendant l'hiver, des huttes de pierre sèche sans fenêtre, des caves voûtées pareilles à des grottes.

Tout à coup, les nuages sont apparus, éteignant la lumière comme si une main géante s'était ouverte dans le ciel. Esther est allée si loin qu'elle se croyait perdue, comme dans les rêves, quand son père disparaissait dans les champs d'herbes hautes. Ça n'était pas vraiment terrifiant, cette impression d'être perdue, à l'entrée des gorges, dans l'intérieur sombre de la montagne. Cela faisait frissonner, à cause des histoires de loups. Mario avait raconté les loups qui marchaient dans la neige, l'hiver, en Italie, les uns derrière les autres, et qui descendaient dans les vallées pour arracher des agneaux, des chevreaux. Mais c'était peut-être le vent de la pluie qui faisait frissonner Esther. Debout sur un rocher, au-dessus des broussailles, elle voyait les nuages gris qui couvraient les flancs des montagnes, qui remontaient la vallée étroite. Le rideau avalait les parois rocheuses, les forêts, les blocs de pierre. Le vent s'est mis à souffler fort, un froid coupant après la chaleur des herbes fermentées. Esther a commencé à courir pour essayer de retourner jusqu'aux huttes de bergers avant la pluie. Mais déjà les gouttes glacées, épaisses, frappaient la terre. C'était la vie qui se vengeait, qui rattrapait le temps qu'Esther avait volé dans ses cachettes. Elle courait, et son cœur battait très fort dans sa poitrine.

La bergerie était immense, comme une grotte. Elle formait un long tunnel à l'intérieur de la montagne. Sur le plafond obscur, il y avait des chauves-souris. Esther s'est blottie dans l'entrée à demi barrée par un massif de ronces. Maintenant que la pluie tombait, Esther se sentait plus calme. Les éclairs brillaient dans les nuages. L'eau a commencé à ruisseler le long de la colline, en faisant de grands ruisseaux rouges. Bientôt M. Seligman allait rouvrir les portes de l'école, les journées seraient de plus en plus courtes, et la neige tomberait sur les montagnes. Esther pensait à cela en regardant la pluie tomber et les ruisseaux couler vers le bas. Elle pensait qu'on allait vers autre chose, qu'on ne savait pas.

Ces jours-là, les derniers jours, les gens n'étaient plus les mêmes. Ils avaient une sorte de hâte, quand ils parlaient, quand ils bougeaient. C'étaient surtout les enfants qui avaient changé. Ils étaient impatients, irritables, quand ils jouaient, quand ils allaient pêcher ou se baigner dans le torrent, quand ils couraient sur la place. Gasparini a dit à nouveau : « Les Allemands vont venir bientôt, ils emmèneront tous les Juifs. » Il a dit cela comme une certitude, et Esther a senti sa gorge se serrer encore une fois, parce que c'était cela que le temps apportait, et qu'elle voulait empêcher. Elle a dit : « Alors, moi aussi, ils m'emmèneront. » Gasparini l'a regardée avec attention : « Si tu as des faux papiers, ils ne t'emmèneront pas. » Il a dit : « Hélène, ce n'est pas un nom juif. » Esther a dit tout de suite, sans crier, froidement : « Je ne m'appelle pas Hélène. Je m'appelle Esther. C'est un nom juif. » Gasparini a dit : « Si les Allemands arrivent, il faudra te cacher. » Pour la première fois, il avait l'air troublé. Il a dit aussi : « Si les Allemands arrivent, je te cacherai dans la grange. »

Sur la place, les garçons parlaient à propos de Rachel. Quand Esther s'est approchée, ils l'ont repoussée avec des bourrades : « Va-t'en ! Toi, tu es trop petite ! » Mais Anne savait de quoi ils parlaient, parce qu'il y avait son frère aîné dans le groupe. Elle les avait entendus dire qu'ils avaient vu où le capitaine Mondoloni allait, avec Rachel, dans une vieille grange, de l'autre côté du pont, près de la rivière. C'était midi, mais au lieu d'aller déjeuner, Esther a couru sur la route jusqu'au pont, puis à travers champs vers la grange. Quand elle est arrivée, elle a entendu les cris des corbeaux dans le silence, et elle a cru que les garçons avaient raconté une histoire. Mais quand elle s'est approchée de la vieille grange, elle les a vus qui étaient embusqués derrière des buissons. Il y avait plusieurs garçons, des grands, et des filles aussi. La grange était bâtie à cheval sur deux terrasses, en contrebas de la route. Esther est descendue le long du talus, sans faire de bruit, jusqu'à la grange. Trois garçons étaient allongés dans l'herbe, et ils regardaient à l'intérieur de la grange par une ouverture en haut du mur, juste sous le toit. Quand Esther est arrivée, ils se sont relevés, et ils ont commencé à la battre, sans dire un mot. Ils lui ont donné des coups de pied et des coups de poing, pendant que l'un d'eux la maintenait par les bras. Esther se débattait, les yeux pleins de larmes, sans crier. Elle a essayé de faire une clef au cou de celui qui la tenait, et il s'est reculé en titubant. Le garçon reculait, avec Esther agrippée de toutes ses forces à son cou, pendant que les autres la bourraient de coups dans le dos pour lui faire lâcher prise. A la fin, elle est tombée par terre, les yeux voilés par un nuage de sang. Les garçons ont remonté le talus et se sont sauvés sur la route. Puis la porte de la grange s'est ouverte, et à travers le nuage rouge, Esther a vu Rachel qui la regardait. Elle avait sa belle robe claire, le soleil faisait briller ses cheveux comme du cuivre. Puis le capitaine est sorti derrière elle, en rajustant ses habits. Il avait son revolver à la main. Quand il a vu Esther sur le talus, et les garçons qui s'enfuyaient, il a éclaté de rire, et il a dit quelque chose en italien. A ce moment, Rachel s'est mise à crier, elle aussi, avec une drôle de voix aiguë et vulgaire qu'Esther ne reconnaissait pas. Elle montait la pente du talus, avec sa chevelure étincelante, et elle ramassait des cailloux et elle les lançait maladroitement vers les garçons qui s'enfuyaient, sans arriver à les atteindre. La douleur empêchait Esther de se relever. Elle a commencé à remonter le talus en rampant, cherchant désespérément un trou pour se cacher, pour arrêter la honte et la peur. Mais Rachel est venue, elle s'est assise dans l'herbe à côté d'elle, elle a caressé ses cheveux et son visage, elle disait avec une drôle de voix enrouée à force d'avoir crié : « Ce n'est rien, ma chérie, c'est fini... » Alors elles sont restées seules sur la pente d'herbe, au soleil. Esther tremblait de froid et de fatigue, elle regardait la lumière dans les cheveux rouges de Rachel, elle sentait l'odeur de son corps. Ensuite, elles sont descendues jusqu'au torrent, et Rachel l'a aidée à laver soigneusement sa figure où le sang avait gercé. Esther était si fatiguée qu'elle a dû s'appuyer sur Rachel pour remonter la pente, jusqu'au village. Elle aurait voulu qu'il pleuve maintenant, que la pluie ne cesse pas de tomber jusqu'à l'hiver.

C'est le soir qu'Esther a appris la mort de Mario. Dans la nuit, il y a eu les coups légers frappés à la porte, et le père d'Esther a fait entrer des hommes, un Juif nommé Gutman et deux hommes qui venaient de Lantosque. Esther est sortie de son lit, elle a entrebâillé la porte de la chambre, les yeux plissés à cause de la lumière de la cuisine. Elle est restée dans l'encadrement de la porte, à regarder les hommes en train de chuchoter autour de la table, comme s'ils parlaient à la lampe à huile. Elizabeth était assise avec eux, elle aussi regardait la flamme de la lampe, sans rien dire. Esther a tout de suite compris qu'il se passait quelque chose de grave. Quand les trois hommes sont repartis dans la nuit, le père d'Esther l'a vue, debout en chemise de nuit dans l'encadrement de la porte, et il lui a dit d'abord, presque durement : « Qu'est-ce que tu fais là ? Retourne au lit ! » Puis il est venu jusqu'à elle, il l'a serrée dans ses bras, comme s'il regrettait d'avoir crié. Elizabeth s'est approchée, avec des larmes qui coulaient de ses yeux. Elle a dit : « C'est Mario qui est mort. » Son père a raconté ce qui s'était passé. C'étaient juste des mots, et pourtant, pour Esther, ils n'en finissaient pas, c'était une histoire qui recommençait sans cesse, comme dans les rêves. Cet après-midi, pendant qu'Esther descendait la route vers la grange abandonnée, là où Rachel avait rendez-vous avec le capitaine Mondoloni, Mario marchait dans la montagne, son sac à dos rempli de plastic et de crayons détonateurs à retardement, et aussi des cartouches de tolamite, pour rejoindre le groupe qui allait faire sauter la ligne électrique de Berthemont, où les Allemands venaient d'installer leur quartier général. Le soleil brillait sur les herbes, là où Esther marchait vers la grange abandonnée, et au même moment Mario avançait tout seul dans les champs, au pied des montagnes, et sûrement en marchant il sifflait doucement les vipères, selon son habitude, et il regardait le même ciel qu'elle, il entendait les mêmes cris des corbeaux. Mario avait les cheveux aussi rouges que ceux de Rachel, Rachel debout au soleil, avec sa robe claire dégrafée dans le dos, ses épaules blanches qui luisaient au soleil, si vivantes, si attirantes. Mario aimait bien Rachel, c'est lui-même qui l'avait dit un jour à Esther, et quand il s'était confié, il avait rougi, c'est-à-dire qu'il était devenu écarlate, et Esther avait éclaté de rire à cause de la couleur de ses joues. Il avait dit à Esther que, quand la guerre serait finie, il emmènerait Rachel danser le samedi, et Esther n'avait pas eu le courage de lui dire la vérité, que Rachel n'aimait pas les gens comme lui, qu'elle aimait les officiers italiens, qu'elle dansait avec le capitaine Mondoloni, et que les gens disaient qu'elle était une putain, et qu'on lui couperait les cheveux quand la guerre serait finie. Mario allait porter le sac d'explosifs aux hommes du maquis, du côté de Berthemont, il marchait vite à travers les champs pour arriver avant le soir, parce qu'il voulait retourner dormir à Saint-Martin cette nuit-là. Quand les trois hommes avaient frappé à la porte, c'est pour cela qu'Esther s'était levée, parce qu'elle croyait que c'était Mario. Esther glissait à travers l'herbe dure, vers la grange en ruine. Dans la grange chaude et humide, Rachel était couchée contre le capitaine, et lui, l'embrassait sur la bouche, dans le cou, partout. C'étaient les filles qui racontaient cela, mais elles n'avaient rien vu du tout, parce que la grange était trop noire. Seulement, elles avaient écouté les bruits, les soupirs, le froissement des vêtements. Alors, quand ils avaient fini de battre Esther, les garçons s'étaient sauvés en courant jusqu'à la route, ils avaient disparu, et elle se traînait dans l'herbe, sur le talus, avec ce nuage rouge devant les yeux. Et c'est à ce moment-là qu'elle avait entendu le bruit de l'explosion, là-bas, très loin, au fond de la vallée. C'était pour cela que le capitaine était sorti de la grange, son revolver à la main, parce que lui aussi, il avait entendu l'explosion. Mais Esther n'y avait pas fait attention, parce que, au même instant, Rachel était debout devant la grange, avec sa chevelure rouge qui luisait comme une crinière, et elle criait ses insultes aux garçons, et elle s'asseyait à côté d'Esther. Et le capitaine s'était mis à rire, et il était parti sur la route, pendant que Rachel s'asseyait dans l'herbe, pour caresser les cheveux d'Esther. Il y avait eu une seule explosion, si terrible qu'Esther sentait ses tympans s'enfoncer. Quand les hommes du maquis étaient arrivés, ils n'avaient vu qu'un grand trou dans l'herbe, un trou béant aux bords brûlés qui sentait la poudre. En cherchant dans les herbes, alentour, ils avaient trouvé aussi une touffe de cheveux rouges, et c'est comme cela qu'ils avaient su que Mario était mort. C'est tout ce qui restait de lui. Rien qu'une touffe de cheveux rouges. Maintenant, Esther pleurait dans les bras de son père. Elle sentait les larmes qui débordaient de ses yeux et coulaient sur ses joues, le long de son nez et de son menton, qui dégoulinaient sur la chemise de son père. Lui disait des choses à propos de

Mario, de tout ce qu'il avait fait, de son courage, mais Esther ne pleurait pas vraiment à cause de cela. Elle ne savait pas pourquoi elle pleurait. Peut-être que c'était à cause de tous ces jours passés à courir à travers les herbes, au soleil, de toutes ces fatigues, et aussi à cause de la musique de M. Ferne. Peut-être à cause de l'été qui finissait de brûler, les moissons, et le chaume qui pourrissait, les nuages noirs qui s'accumulaient chaque soir et la pluie qui tombait avec des gouttes froides, qui faisait naître les ruisseaux rouges et qui ravinait la montagne. Elle était si fatiguée. Elle voulait dormir, tout oublier, être ailleurs, être quelqu'un d'autre, avec un autre nom, un vrai, pas un nom inventé sur une carte d'identité. C'est sa mère qui l'a prise dans ses bras, qui l'a emmenée lentement, vers l'alcôve obscure où était le lit. Son front brûlait, elle grelottait comme si elle avait la fièvre. D'une voix rauque, risible, elle a demandé : « Quand est-ce que le bateau d'Angelo Donati va partir ? Quand est-ce qu'il va nous emmener à Jérusalem ? » Elizabeth murmurait, comme une chanson : « Je ne sais pas, mon amour, ma vie, dors maintenant. » Elle s'asseyait sur le lit à côté d'Esther, elle lui caressait les cheveux comme quand elle était petite. « Parle-moi de Jérusalem, s'il te plaît. » Dans le silence de la nuit, la voix d'Elizabeth murmurait, répétait la même histoire, celle qu'Esther entendait depuis qu'elle comprenait les paroles, le nom magique qu'elle avait appris sans le comprendre, la ville de lumière, les fontaines, la place où se rejoignaient tous les chemins du monde, Eretz-raël, Eretzraël.

Au fond de la gorge, tout était mystérieux, nouveau, inquiétant. Jamais Tristan n'avait ressenti cela auparavant. Au fur et à mesure qu'il remontait le torrent, les rochers devenaient de plus en plus grands, de plus en plus noirs, en chaos comme si un géant les avait jetés du haut des montagnes. La forêt aussi était sombre, elle descendait presque jusqu'à l'eau, et dans les creux des pierres vivaient des fougères et des ronces, emmêlées, empêchant le passage, pareilles à des animaux. Ce matin, Tristan a suivi Esther plus loin encore. Le groupe des garçons et des filles était resté à l'entrée des gorges. Pendant un moment Tristan a entendu leurs cris, leurs appels, puis leurs voix ont été recouvertes par le bruit de l'eau qui cascadait entre les rochers. Au-dessus de la vallée, le ciel était d'un bleu total, une couleur dure et tendue qui faisait mal aux yeux. Tristan a suivi Esther dans la gorge, sans l'appeler, sans rien dire. C'était un jeu, et pourtant il sentait son cœur battre plus vite, comme si c'était vrai, comme si c'était une aventure. Il sentait la pression de son sang dans les artères de son cou, dans ses oreilles. Ça faisait un tremblement bizarre, qui résonnait dans la terre aussi, qui s'unissait à la vibration de l'eau du torrent. Dans la gorge, l'ombre était froide, mais quand Tristan respirait, l'air déchirait l'intérieur de son corps, sifflait comme par une fenêtre, par une brèche dans la montagne. C'était pour cela que tout était si nouveau, ici, mystérieux et inquiétant. C'était un endroit comme il n'en avait jamais imaginé, même en écoutant sa mère lui lire des livres, le Cinquième voyage de Sinbad le Marin, quand il arrive près de l'île déserte où vivent les rocs.

C'était au fond de lui, une douleur, un vertige, il ne comprenait pas bien. Peut-être que ça venait du ciel trop bleu, du fracas du torrent où s'engloutissaient tous les autres bruits, ou bien des arbres noirs suspendus au-dessus de la vallée. Au fond du ravin, l'ombre était froide, Tristan sentait l'odeur étrange de la terre. Les feuilles mortes pourrissaient entre les rochers. Sous ses pas, il y avait des marques où bouillonnait une eau noire.

Devant lui, par instants, fuyait la silhouette légère de la jeune fille. Elle bondissait de roche en roche, disparaissait dans les creux, reparaissait plus loin. Tristan aurait voulu l'appeler, crier son nom : « Hélène !... » comme faisaient les autres garçons, mais il ne pouvait pas. C'était un jeu, il fallait bondir parmi les rochers, le cœur battant, le regard aux aguets, cherchant chaque recoin d'ombre, devinant les traces.

A mesure qu'ils remontaient le torrent, les gorges devenaient plus étroites. Les blocs de pierre étaient énormes, sombres, usés par l'eau. C'était comme si la lumière du soleil y restait enfermée. Ils semblaient des animaux gigantesques, pétrifiés, autour desquels l'eau du torrent tourbillonnait. Au-dessus d'eux, les parois de la gorge étaient couvertes d'une forêt épaisse, noire. Tout était sauvage. Tout disparaissait, était emporté, lavé par l'eau du torrent. Il ne restait que ces pierres, ce bruit d'eau, ce ciel cruel.

Il a rejoint Esther au centre d'un cercle de rochers

sombres, où l'eau du torrent formait un bassin. Elle était accroupie au bord de l'eau, elle lavait ses bras. Puis, avec des gestes rapides, elle a enlevé sa robe et elle a plongé dans le bassin, non pas les pieds d'abord comme font habituellement les filles, mais tête la première, en se bouchant le nez. L'éclat de la lumière sur son corps très blanc a fait tressaillir Tristan. Il est resté en haut des rochers, sans bouger, épiant Esther qui nageait. Elle avait une façon bien particulière de nager, jetant un bras par-dessus sa tête, et disparaissant sous l'eau. Quand elle est arrivé à l'autre bout du bassin, elle a relevé la tête et a fait signe à Tristan de la rejoindre.

Après une hésitation, Tristan s'est déshabillé maladroitement entre les rochers, et il est entré à son tour dans l'eau glacée. Le torrent descendait lentement le bassin, dans un bruit de cataracte. Tristan a nagé de toutes ses forces vers l'autre bord, en avalant beaucoup d'eau.

Sur l'autre bord du bassin, il y avait un grand rocher qui dominait la gorge. Esther est sortie de l'eau, et Tristan a regardé encore l'éclat de la lumière sur sa peau blanche, son dos, ses jambes minces. Elle secouait ses cheveux noirs, éparpillant les gouttelettes en arrière. Avec agilité, elle a escaladé le rocher et s'est installée au sommet, au soleil. Tristan avait honte de son corps nu, de sa peau blanche. Il est monté lentement jusqu'en haut du rocher, pour s'asseoir à côté d'Esther. Après la nage à travers le bassin, il sentait sa peau brûler.

Esther était assise en haut du rocher, les jambes dans le vide. Elle le regardait comme si tout cela était naturel. Son corps était long et musclé comme celui d'un garçon, mais il y avait déjà la douceur des seins, une ombre légère, une palpitation.

Le bruit de l'eau qui coulait emplissait l'étroite

vallée, jusqu'au ciel. Il n'y avait personne d'autre qu'eux, ici, dans cette gorge, ils étaient comme seuls au monde. Pour la première fois de sa vie, Tristan ressentait la liberté. Cela faisait vibrer tout son corps, comme si, d'un seul coup, le reste du monde avait disparu et qu'il ne restait que ce rocher sombre, une espèce d'îlot au-dessus de la sauvagerie du torrent. Tristan ne pensait plus à la place où les silhouettes noires attendaient sous la pluie avant d'entrer dans l'hôtel Terminus. Il ne pensait plus à sa mère, à son visage tendu et triste quand elle allait essayer de vendre ses colliers de pacotille aux diamantaires, pour acheter du lait, de la viande, des pommes de terre.

Sur le rocher lisse, Esther était appuyée en arrière, les yeux fermés. Tristan la regardait, sans oser s'approcher, sans oser poser ses lèvres sur les épaules qui brillaient, pour goûter à l'eau des gouttes encore accrochées à la peau. Il pouvait oublier le regard âpre des garçons, les paroles médisantes des filles sur la place, quand elles parlaient de Rachel. Tristan sentait son cœur battre très fort dans sa poitrine, il sentait le rayonnement de la chaleur de son sang, toute cette lumière du soleil qui était entrée dans les rochers noirs et qui irradiait leurs corps. Tristan a pris la main d'Esther, et tout à coup, sans comprendre comment il osait, il a posé ses lèvres sur celles de la jeune fille. Esther a d'abord tourné son visage, puis soudain, avec une violence incroyable, elle l'a embrassé sur la bouche. C'était la première fois qu'elle faisait cela, elle fermait les yeux et elle l'embrassait, comme si elle captait son souffle et éteignait ses paroles, comme si la peur qu'elle ressentait devait disparaître dans cette étreinte, qu'il n'y aurait plus rien avant ni après, seulement cette sensation à la fois très douce et brûlante, le goût de leurs salives qui se mêlaient, et le contact de leurs langues, le bruit de leurs dents qui se heurtaient, leur souffle coupé, les battements de leur cœur. Il y avait un tourbillon de lumière. L'eau froide et la lumière enivraient, presque jusqu'à la nausée. Esther a repoussé le visage de Tristan avec ses mains, elle s'est allongée sur la roche, les yeux fermés. Elle a dit : « Tu ne m'abandonneras jamais ? » Sa voix était rauque et pleine de souffrance. « Je suis comme ta sœur maintenant, tu ne le diras à personne ? » Tristan ne comprenait pas. « Je ne t'abandonnerai jamais. » Il a dit cela avec une gravité qui a fait rire Esther. Elle a mis la main dans ses cheveux, elle a attiré sa tête contre sa poitrine. « Ecoute mon cœur. » Elle restait immobile, le dos appuyé contre le rocher lisse, les yeux fermés sur le soleil. Contre l'oreille de Tristan, la peau d'Esther était douce et brûlante, comme de fièvre, et il écoutait le bruit sourd du cœur qui battait, il voyait le ciel très bleu, il entendait aussi le fracas de l'eau en train de cascader autour de leur île.

Les Allemands étaient tout près, maintenant. Gasparini disait qu'il avait vu les balles traçantes, un soir, du côté de Berthemont. Il disait que les Italiens avaient perdu la guerre, qu'ils allaient se rendre. Alors les Allemands allaient occuper tous les villages, toute la montagne. C'était son père qui l'avait dit.

Ce soir, sur la place, tous les gens s'étaient réunis devant l'hôtel, ils parlaient entre eux, les hommes et les femmes du village, mais aussi les Juifs, les vieux habillés avec leurs caftans et leurs grands chapeaux, et les Juifs riches des villas, et M. Heinrich Ferne, et il y avait même la mère de Tristan, avec sa longue robe et son chapeau extraordinaire.

Pendant que les gens parlaient de ces choses dramatiques, les enfants couraient comme d'habitude à travers la place, peut-être même qu'ils faisaient exprès de courir encore plus vite et de pousser des cris encore plus stridents pour tromper leur inquiétude. Esther était venue sur la place avec sa mère, et elles attendaient, immobiles près du mur, en écoutant les gens parler. Mais ce n'était pas ce que les gens disaient qui intéressait Esther. Elle regardait fixement l'hôtel Terminus, pour chercher à apercevoir Rachel. Les garçons et les filles racontaient que Rachel s'était fâchée avec ses parents, et que maintenant elle habitait à l'hôtel, avec le capitaine Mondoloni. Mais personne ne l'avait vue entrer ou sortir. Ce soir, les volets verts de l'hôtel étaient tous fermés, sauf ceux qui donnaient de l'autre côté, sur le jardin. Les soldats restaient à l'intérieur, dans la grande salle, à fumer et à parler. Esther s'était approchée, elle avait entendu le bruit de leurs voix. Le matin d'autres militaires étaient arrivés du bas de la vallée, en camion. Gasparini disait que les Italiens avaient peur, depuis ce qui était arrivé à Mario, et pour cela ils n'osaient plus sortir du village.

Esther restait immobile, assise sur le mur, à guetter la façade de l'hôtel, parce qu'elle voulait voir Rachel. Quand sa mère est redescendue, elle est restée, assise dans l'ombre. Depuis des jours, elle cherchait Rachel. Elle était même allée jusqu'à la grange abandonnée, et elle était entrée dans la ruine, le cœur battant, les jambes tremblantes, comme si elle faisait quelque chose de défendu. Elle avait attendu que ses yeux s'habituent à l'obscurité. Mais il n'y avait rien, seulement le tas d'herbes qui avait servi de litière au bétail, et l'odeur âcre d'urine et de moisissure.

Elle voulait voir Rachel, juste un instant. Elle avait préparé dans sa tête ce qu'elle lui dirait, qu'elle s'était trompée, que ce n'était pas pour l'espionner qu'elle était venue jusqu'à la grange, que tout ça n'avait pas d'importance, qu'elle s'était battue pour la défendre. Elle dirait : « Ce n'est pas vrai ! Ce n'est pas vrai ! » de toutes ses forces, pour qu'elle sache qu'elle, elle la croyait, qu'elle était toujours son amie et elle la croyait, qu'elle ne croyait pas ce que disaient les autres, qu'elle ne riait pas avec eux. Elle lui montrerait la trace des coups qu'elle avait reçus, les marques bleues sur les côtes, dans le dos, et c'était pour cela qu'elle n'arrivait plus à parler ni à marcher, l'autre jour, parce qu'elle avait si mal qu'elle ne pouvait pas se tenir debout.

Où était Rachel ? Peut-être qu'ils l'avaient déjà emmenée, en voiture, la nuit, quand personne ne pouvait rien voir, et qu'ils l'avaient emportée ailleurs, en Italie, de l'autre côté des montagnes, ou pire encore, vers le nord, là où les Allemands mettaient les Juifs en prison.

Sur la place, ce soir, les gens allaient et venaient nerveusement, ils parlaient dans toutes leurs langues, et personne ne se souciait de Rachel. Ils faisaient comme s'ils n'avaient rien remarqué. Esther est allée vers eux, les uns après les autres, pour leur demander : « Vous n'avez pas vu Rachel ? Vous ne savez pas où est Rachel ? » mais ils ont seulement détourné la tête, l'air gêné, ils ont fait comme s'ils ne savaient pas, comme s'ils ne comprenaient pas. Même M. Ferne n'a rien dit, il a secoué la tête sans rien dire. Il y avait tellement de méchanceté et de jalousie, c'est pour cela qu'Esther avait peur, qu'elle avait mal. Les volets de l'hôtel restaient fermés, et Esther ne pouvait pas imaginer ce qu'il y avait dans les chambres tristes et sombres comme des cavernes. Peut-être que Rachel était enfermée dans l'une d'elles, et qu'elle regardait à travers les fentes les gens qui allaient et venaient sur la place, qui parlaient. Peut-être qu'elle la voyait, et qu'elle ne voulait pas sortir, parce qu'elle croyait qu'elle était comme les autres, qu'elle se cachait dans les herbes pour l'espionner et rire avec les autres. De penser cela, lui donnait le vertige. Dans la pénombre, Esther est descendue jusqu'au bas du village, là où on voyait la vallée encore éclairée par une sorte de brume, et les hautes silhouettes des montagnes.

Le lendemain matin, il y a eu un bruit de musique, en contrebas de la place, du côté de la villa du mûrier.

Esther a couru aussi vite qu'elle a pu. Dans la rue en pente, devant la grille, il y avait quelques femmes arrêtées, des enfants aussi. Esther est montée sur le mur, agrippée à la grille, à sa place à l'ombre de l'arbre, et elle a vu M. Ferne, assis dans la cuisine devant son piano noir. « Ils l'ont ramené ! Ils ont rendu le piano à M. Ferne ! » Esther avait envie de crier cela, en se retournant vers les gens. Mais ce n'était pas nécessaire. Tous avaient la même expression sur leur visage. Peu à peu les gens se sont assemblés dans la rue, pour écouter jouer M. Ferne. Et c'est vrai qu'il n'avait jamais joué comme cela. Par la porte de la cuisine obscure, les notes s'envolaient, montaient dans l'air léger, emplissaient toute la rue, tout le village. Le piano qui était resté trop longtemps silencieux paraissait jouer tout seul. La musique coulait, volait, brillait. Esther, agrippée à la grille, à l'ombre du mûrier, écoutait presque sans respirer, tellement les notes du piano allaient vite et emplissaient son corps, sa poitrine. Elle pensait que, maintenant, tout allait recommencer comme avant. Elle pourrait s'asseoir à nouveau à côté de M. Ferne, et apprendre à faire glisser ses mains sur les touches, lire la musique sur les feuilles qu'il préparerait. Elle pensait que rien ne s'achèverait puisque le piano de M. Ferne était revenu. Tout serait simple, les gens n'auraient plus peur, ils ne chercheraient plus à se venger. Rachel recommencerait à marcher dans les rues, pour faire les courses pour ses parents, elle irait sur la place, et sa chevelure brillerait comme du cuivre rouge au soleil. Le matin, elle attendrait Esther près de la fontaine, et elles iraient s'asseoir à l'ombre des platanes pour parler. Elle raconterait ce qu'elle ferait plus tard, quand la guerre serait finie, et qu'elle serait chanteuse à Vienne, à Rome, à Berlin. La musique de M. Ferne était comme cela : elle arrêtait le temps, et même, elle le faisait marcher à l'envers. Puis, quand il a eu fini de jouer, M. Ferne est apparu sur le seuil de la cuisine. Il a regardé tout le monde, avec ses yeux qui clignaient à cause de la lumière du soleil, et sa petite barbiche qui s'agitait. Il avait une drôle d'expression, comme s'il allait pleurer. Il a fait un ou deux pas dans le jardin, vers les gens qui étaient arrêtés dans la rue, et il a écarté les bras, en inclinant un peu la tête, pour dire : Merci, merci, mes amis. Et les gens ont commencé à applaudir, d'abord quelques hommes et des femmes, qui étaient là dans la rue, puis tout le monde, même les enfants, et ils criaient aussi, pour l'acclamer. Esther aussi a applaudi, elle pensait que c'était comme autrefois à Vienne, quand M. Ferne jouait devant les messieurs en frac et les dames en robe de soirée, au temps de sa jeunesse.

C'est le vendredi qu'Esther est entrée pour la première fois dans la synagogue en haut du village, là où avait lieu la cérémonie du shabbat. Chaque vendredi, c'était la même chose : M. Yacov, qui était l'assistant du vieux Reb Eïzik Salanter, allait de maison en maison et frappait à la porte, là où il savait que vivaient des Juifs. Chaque fois, il cognait à la porte de la maison d'Esther, mais personne n'allait au shabbat, parce que ni sa mère ni son père ne croyaient à la religion. Quand Esther avait demandé, un jour, pourquoi ils n'allaient pas au chalet, pour le shabbat, son père avait simplement dit : « Si tu veux y aller, tu es libre d'y aller. » Il pensait toujours que la religion était une affaire de liberté.

Plusieurs fois, elle était allée devant le chalet, au moment où les femmes et les filles entraient pour préparer le shabbat. Par la porte ouverte, elle avait vu briller les lumières, elle avait entendu le bourdonnement des prières. Aujourd'hui, devant la porte ouverte, elle ressentait la même appréhension. Des femmes vêtues de noir passaient devant elle, sans la regarder, entraient dans la salle. Elle a reconnu Judith, celle qui était assise à côté d'elle à l'école. Elle avait un fichu noir sur la tête, et quand elle est entrée dans le chalet avec sa mère, elle s'est retournée vers Esther et lui a fait un petit signe.

Esther est restée un long moment, arrêtée de l'autre côté de la rue, à regarder la porte ouverte. Puis soudain, sans comprendre pourquoi, elle a marché jusqu'à la porte et elle est entrée dans le chalet. A l'intérieur, à cause de la nuit qui venait, il faisait sombre comme dans une grotte. Esther a marché vers le mur le plus proche, comme si elle voulait se cacher. Devant elle, les femmes étaient debout, drapées dans leurs châles noirs, et elles ne s'occupaient pas d'elle, sauf une ou deux fillettes qui s'étaient retournées. Les yeux noirs des enfants brillaient dans la pénombre avec insistance. Puis une des fillettes, qui s'appelait Cécile, et qui était aussi à l'école de M. Seligman, est venue jusqu'à Esther, elle l'a prise par la main et l'a emmenée vers le centre de la pièce. Esther est allée devant, là où les jeunes filles étaient assemblées. Elle se sentait mieux, depuis qu'elle était cachée au milieu des autres.

Autour de M. Yacov, des femmes s'activaient, préparaient le pupitre, apportaient de l'eau, installaient les chandeliers dorés. Tout d'un coup, la lumière s'est mise à briller, quelque part dans la pièce, et tous les regards se sont tournés vers elle. Des étoiles de lumière apparaissaient, les unes après les autres, d'abord tremblantes, prêtes à s'éteindre, puis les flammes s'enracinaient en jetant de longs rayons. Des femmes allaient de chandelier en chandelier, une bougie à la main, et la lumière grandissait. En même temps, il y

avait une rumeur de voix pareille à un chant souter-
rain, et Esther voyait des gens qui entraient dans le
chalet, des hommes et des femmes, et au milieu d'eux
marchait le vieux Reb Eïzik Salanter. Ils sont allés
jusqu'au centre de la pièce, devant les lumières, en
parlant dans leur langue étrange. Esther regardait
avec étonnement leurs châles blancs qui tombaient de
chaque côté de leur visage. A mesure qu'ils entraient,
la lumière grandissait, les voix devenaient plus fortes.
Maintenant, elles chantaient, et les femmes en noir
répondaient, avec leurs voix plus douces. A l'intérieur de la pièce, les voix alternées faisaient comme un
bruit de vent, ou de pluie, qui allait en diminuant,
puis s'élevait de nouveau, résonnait fort entre les
murs trop étroits, faisait vaciller les flammes des
bougies.

Autour d'elle, les jeunes filles, les fillettes, le visage
tourné vers les lumières, répétaient les paroles mysté-
rieuses, en balançant leur corps en avant et en arrière.
L'odeur de suint des bougies se mêlait à l'odeur de la
sueur, au chant rythmé, et c'était pareil à un vertige.
Elle n'osait pas bouger, et pourtant, sans même s'en
rendre compte, elle a commencé à faire osciller son
buste, en avant, en arrière, en suivant le mouvement
des femmes autour d'elle. Elle cherchait à lire sur leurs
lèvres les mots étranges, dans cette langue si belle, qui
parlait au fond d'elle-même, comme si les syllabes
réveillaient des souvenirs. Le vertige montait en elle,
dans cette grotte pleine de mystère, comme elle regardait les flammes des bougies qui faisaient des étoiles
dans la pénombre. Jamais elle n'avait vu une telle
lumière, jamais elle n'avait entendu pareil chant. Les
voix montaient, résonnaient, diminuaient, puis rejail-
lissaient ailleurs. Parfois, une voix parlait toute seule,
la voix claire d'une femme, qui chantait une longue
phrase, et Esther regardait son corps voilé qui se

balançait plus fort, les bras légèrement écartés, le visage tendu vers les flammes. Quand elle cessait de parler, on entendait le murmure de l'assistance, qui disait sourdement, amen, amen. Puis une voix d'homme répondait ailleurs, faisait retentir les mots étranges, les mots pareils à la musique. Pour la première fois, Esther savait ce qu'était la prière. Elle ne comprenait pas comment cela était entré en elle, mais c'était une certitude : c'était le bruit sourd des voix, où éclatait tout d'un coup l'incantation du langage, le balancement régulier des corps, les étoiles des bougies, l'ombre chaude et pleine d'odeurs. C'était le tourbillon de la parole.

Ici, dans cette pièce, plus rien d'autre ne pouvait avoir de l'importance. Plus rien ne pouvait menacer, ni la mort de Mario, ni les Allemands qui étaient en train de remonter la vallée dans leurs blindés, ni même la silhouette haute de son père qui marchait vers la montagne, à l'aube, qui disparaissait dans les herbes, comme quelqu'un qui s'enfonce dans la mort.

Esther balançait son corps, lentement, en avant, en arrière, les yeux fixés sur les lumières, et au fond d'elle la voix des hommes et des femmes appelait et répondait, aiguë, grave, en disant tous ces mots dans la langue du mystère, et Esther pouvait franchir le temps et les montagnes, comme l'oiseau noir que lui montrait son père, jusque de l'autre côté des mers, là où naissait la lumière, jusqu'à Eretzraël.

Samedi 8 septembre, un bruit a réveillé Esther. Un bruit, un grondement, qui venait de tous les côtés à la fois, emplissait la vallée, résonnait dans les rues du village, entrait au fond de toutes les maisons. Esther s'est levée, et dans la pénombre de l'alcôve, elle a vu que le lit de ses parents était vide. Dans la cuisine, sa mère était déjà habillée, debout près de la porte ouverte. C'est son regard qui a fait tressaillir Esther : un regard troublé par l'inquiétude, et le regard répondait au grondement qui venait du dehors. Avant qu'Esther ait eu le temps de poser une question, Elizabeth a dit : « Ton père est parti cette nuit, il n'a pas voulu te réveiller. » Le grondement s'éloignait, revenait, paraissait irréel. Elizabeth a dit : « Ce sont les avions des Américains qui vont à Gênes... Les Italiens ont perdu la guerre, ils ont signé l'armistice. » Esther s'est serrée contre sa mère. « Alors les Italiens vont partir ? » L'inquiétude la figeait à son tour, pénétrait ses mains, ses jambes comme un flux glacé. Cela ralentissait son souffle, sa pensée. Le grondement des avions s'éloignait, roulait au loin, pareil au bruit d'un orage. Mais maintenant, Esther entendait un autre grondement, plus précis. C'était le bruit des camions italiens qui roulaient au fond de la vallée, qui

montaient vers le village, fuyant l'armée allemande.
« La guerre n'est pas finie », a dit Elizabeth lentement.
« Maintenant, les Allemands vont venir. Il faut partir.
Tout le monde doit partir. » Elle s'est reprise : « Tous
les Juifs doivent partir très vite, avant que les Allemands n'arrivent. » Le bruit des camions était très fort
à présent, ils entamaient le dernier virage avant
d'entrer dans le village. Elizabeth a pris une valise
prête, à côté de la porte, la vieille valise de cuir dans
laquelle elle rangeait tous ses objets précieux. « Va
t'habiller. Mets des vêtements chauds, les bonnes
chaussures. Nous allons passer par la montagne. Ton
père nous rejoindra là-bas. » Elle bougeait avec une
hâte fébrile, bousculant les chaises, à la recherche de
quelque chose d'utile qu'elle aurait oublié. Esther
s'est habillée vite. Par-dessus son chandail, elle a mis
la peau de mouton que Mario avait laissée sur le
dossier d'une chaise, le jour où il était mort. Sur sa
tête, elle a noué un foulard noir qui appartenait à sa
mère.

Dehors, sur la grande place, le soleil brillait, dessi-
nait les ombres des feuillages sur le sol. Le dôme de
l'église étincelait. Il y avait de beaux nuages très
blancs dans le ciel. Esther regardait autour d'elle avec
une attention douloureuse. De tous les côtés, les gens
arrivaient sur la place. Les Juifs pauvres sortaient des
ruelles, des sous-sols où ils avaient vécu pendant toutes
ces années, ils arrivaient avec leurs bagages, leurs
vieilles valises en carton fort, leurs balluchons de linge,
leurs provisions dans des sacs de toile. Les plus vieux,
comme le Reb Eïzik Salanter, Yacov, et les Polonais,
avaient revêtu leurs lourds caftans d'hiver, leurs bon-
nets d'astrakan. Les femmes avaient quelquefois deux
manteaux l'un sur l'autre, et toutes portaient les châles
noirs. Les Juifs riches arrivaient eux aussi, avec de plus
belles valises et des habits neufs, mais beaucoup

n'avaient même pas pris de bagages parce qu'ils n'avaient pas eu le temps de se préparer. Certains arrivaient en taxi de la côte, ils avaient le visage tendu et pâle, et Esther pensait qu'ils ne reverraient peut-être plus jamais tout cela, cette place, ces maisons, la fontaine, les montagnes bleues au loin.

Le bruit des moteurs des camions résonnait sur la place et aurait empêché de toute façon quiconque de parler. Les camions étaient arrêtés sur la place, les uns derrière les autres tout le long de la rue jusqu'au grand parc des châtaigniers. Les moteurs grondaient, il y avait un nuage bleu qui flottait au-dessus de la chaussée. Les gens étaient massés autour de la fontaine, et les enfants aussi étaient là, mais ils ne couraient pas. Ils étaient vêtus pauvrement, et ils restaient auprès de leurs mères, assis sur des ballots de linge, l'air transi. Les soldats de la IVe Armée italienne étaient devant l'hôtel, attendant le signal du départ. Esther s'est approchée d'eux, et elle a été frappée par l'expression de leur visage, un air égaré, un regard absent. Beaucoup n'avaient pas dû dormir cette nuit, dans l'attente de la nouvelle qui confirmerait la défaite et la signature de l'armistice. Les soldats ne regardaient personne. Ils attendaient, debout devant l'hôtel, pendant que les camions faisaient ronfler leurs moteurs de l'autre côté de la place. Les Juifs allaient et venaient autour de la fontaine, portant les bagages de loin en loin, comme s'ils cherchaient le meilleur emplacement pour attendre. Les gens du village, les fermiers, étaient là aussi, mais à l'écart, ils se tenaient sous les arcades de la mairie, et ils regardaient les Juifs qui se massaient autour de la fontaine.

A l'ombre des arcades, Tristan était immobile, à demi caché. Son joli visage était pâle, avec de grands cernes sous les yeux. Il semblait frileux et lointain dans son costume anglais usé par les vagabondages de l'été.

Lui aussi avait été réveillé par le bruit de grondement qui emplissait la vallée, et il s'était habillé à la hâte. Au moment de sortir de la chambre d'hôtel, sa mère l'avait appelé : « Où vas-tu ? » Et comme il ne répondait rien, elle avait dit, avec une voix curieusement enrouée par l'inquiétude : « Reste ! Il ne faut pas aller sur la place, c'est dangereux. » Mais il était déjà dehors.

Il a cherché Esther sur la place, au milieu des gens qui attendaient. Quand il l'a vue, il a fait un mouvement pour courir vers elle, puis il s'est arrêté. Il y avait trop de monde, les femmes avaient des regards angoissés. Puis Mme O'Rourke est arrivée. Elle s'était habillée n'importe comment, elle d'habitude si élégante, elle avait juste mis un imperméable par-dessus sa robe, elle ne portait pas de chapeau. Ses longs cheveux blonds ondulaient sur ses épaules. Elle aussi avait un visage tiré, des yeux fatigués.

C'est Esther qui a traversé la place, elle est allée jusqu'à Tristan, elle ne pouvait pas parler, elle ne savait pas quoi dire, sa gorge se serrait. Elle a embrassé légèrement Tristan, puis elle a serré la main de Mme O'Rourke. La mère de Tristan lui a souri, elle l'a serrée contre elle, elle l'a embrassée sur la joue, et elle a dit quelques mots, peut-être « bonne chance », elle avait une voix grave, c'était la première fois qu'elle parlait à Esther. Esther est retournée auprès de sa mère. L'instant d'après, quand elle a regardé de nouveau vers les arcades, Tristan et Mme O'Rourke avaient disparu.

Maintenant, le soleil brillait avec force. Les beaux nuages blancs se levaient à l'est, glissaient lentement dans le ciel. De temps à autre, l'ombre froide passait sur la place, éteignait les marques des feuillages sur le sol. Esther pensait que c'était une belle journée pour partir en voyage. Elle imaginait son père qui marchait à travers la montagne, tout à fait sur la ligne des crêtes, avec l'immensité des vallées encore dans l'ombre. Peut-être que de là où il était, il voyait le village, avec sa place minuscule, et la foule noire qui devait ressembler à des fourmis.

Peut-être qu'il descendait vers le fond de la vallée encore dans l'ombre, à travers les champs d'herbes jaunissantes, du côté de Nantelle ou des Châtaigniers, là où il avait rendez-vous avec les Juifs qui arrivaient de Nice, de Cannes, de plus loin encore, fuyant l'avance des soldats allemands ?

Tout d'un coup, sur la place, il y a eu un grondement de moteurs, et les Italiens ont commencé à partir. Sans doute avaient-ils reçu le signal qu'ils attendaient depuis l'aube, ou bien ils s'étaient impatientés, ils ne pouvaient plus supporter d'attendre. Ils sont partis les uns après les autres, par groupes, la plupart à pied. Ils partaient dans le grondement des moteurs, sans parler, sans s'appeler. Les camions s'ébranlaient et commençaient à monter la route dans la direction des hautes montagnes, le long de la vallée du Boréon. Le grondement des moteurs s'enflait, se répercutait dans le fond de la vallée, revenait comme l'écho du tonnerre. Tandis que les soldats se hâtaient, Esther s'est approchée de l'hôtel. Peut-être qu'elle allait apercevoir Rachel, à un moment, quand elle quitterait l'hôtel avec le capitaine Mondoloni. Il y avait des hommes en civil, en imperméable avec des chapeaux de feutre, des femmes aussi, mais Rachel n'était pas avec eux. Tout allait si vite, dans une telle bousculade qu'elle était peut-être passée sans qu'Esther la voie, elle était peut-être montée elle aussi dans un camion, avec ces gens. Le cœur d'Esther battait très fort, elle sentait sa gorge se serrer pendant qu'elle regardait les derniers soldats italiens qui se pressaient autour des camions, qui sautaient en marche sur les plates-formes bâchées.

Tout était si gris et triste, Esther aurait bien aimé voir la chevelure de cuivre de Rachel, une dernière fois. Des gens sur la place disaient que les officiers étaient partis très tôt, avant dix heures. Alors, Rachel marchait déjà dans la montagne, elle franchissait la ligne de frontière, au col de Ciriega.

Maintenant, les gens commençaient à partir. Au centre de la place, près de la fontaine, un groupe d'hommes s'était réuni autour de M. Seligman, le maître d'école. Esther a reconnu certains de ceux qui venaient voir son père, quelquefois, le soir, dans la cuisine. Ils ont discuté un long moment, parce que les uns voulaient suivre la même route que les camions des Italiens, et passer le col de Ciriega, et les autres voulaient partir par le chemin le plus court, par le col de Fenestre. Ils disaient que c'était dangereux de marcher derrière les Italiens, que c'était probablement le chemin que prendraient les Allemands pour les bombarder.

Ensuite le maître, M. Seligman, est monté sur le rebord de la fontaine. Il semblait inquiet et ému, et pourtant sa voix résonnait clairement, comme lorsqu'il lisait les livres aux enfants. Il a d'abord dit quelques mots en français : « Mes amis ! Mes amis... Ecoutez-moi. » Le brouhaha du départ s'est arrêté, et les gens qui avaient commencé à s'en aller ont déposé leurs valises pour écouter. Alors, de la même voix claire et forte avec laquelle il lisait aux enfants les *Animaux malades de la peste* ou des extraits de *Nana*, il a récité ces vers qui sont restés marqués pour toujours dans la mémoire d'Esther, il les a prononcés lentement, comme si c'étaient les paroles d'une prière, et longtemps plus tard Esther a appris qu'ils avaient été écrits par un homme qui s'appelait Hayyim Nahman Bialik :

Sur mon chemin tortueux
je n'ai pas connu de douceur.
Mon éternité est perdue.

A côté d'Esther, Elizabeth pleurait silencieusement. Les sanglots secouaient ses épaules et son visage était figé dans une grimace, et c'était plus terrible que tous les bruits et tous les cris du monde, pensait Esther. Elle a serré sa mère contre elle de toutes ses forces, pour étouffer les sanglots, comme on fait avec un enfant.

Déjà, les gens marchaient vers le haut de la place, ils passaient devant la fontaine où M. Seligman les regardait. Les hommes marchaient en tête, suivis par les femmes, les vieillards et les enfants. Cela faisait une longue troupe noire et grise, sous le soleil ardent, dans le genre d'un enterrement.

En passant devant l'hôtel, Esther a vu la silhouette de M. Ferne, une ombre furtive à demi cachée sous un platane. Avec ses jambes arquées, sa longue veste grisâtre aux poches avachies, sa casquette et sa barbiche, il semblait un gardien de cimetière assistant de loin à une cérémonie qui ne le concernait pas vraiment. Malgré la tristesse de sa mère, malgré l'inquiétude qui serrait sa gorge, quand Esther a vu la silhouette de M. Ferne, elle a eu envie de rire. Elle se rappelait comme il se cachait, quand les soldats italiens remontaient la rue en faisant brinquebaler le piano. Elle a couru vers lui, elle lui a pris la main. Le vieil homme l'a regardée comme s'il ne la reconnaissait pas. Il secouait la tête, et sa drôle de barbiche s'agitait pendant qu'il répétait : « Non, non, partez, partez tous, moi je ne peux pas, je dois rester ici. Où irais-je, dans la montagne ? » Esther lui serrait la main de toutes ses forces, et elle sentait les larmes qui embuaient ses yeux. « Mais les Allemands vont venir, vous devez partir avec nous. » M. Ferne continuait à regarder les gens qui marchaient sur la place. « Mais non. » Il parlait doucement, presque à voix basse. « Mais non. Qu'est-ce qu'ils feraient d'un vieux comme moi ? » Puis il a embrassé Esther une seule fois, très vite, et il s'est reculé. « Au revoir, maintenant. Au revoir. » Esther est retournée en courant auprès de sa mère, et elles ont commencé à marcher avec les autres, dans la direction du haut du village. Quand elle s'est retournée, Esther n'a plus vu M. Ferne. Peut-être qu'il était déjà retourné auprès de son piano, dans la cuisine obscure de la villa. Seules quelques personnes étaient encore debout sous les arcades de la mairie, des gens du village, des femmes vêtues de leurs robes à fleurs, de leurs tabliers. Ils regardaient la troupe des fugitifs qui disparaissait déjà en haut du village, à l'endroit où commencent les champs d'herbes et les bois de châtaigniers.

Maintenant les gens marchaient sur la route, au soleil de midi, ils étaient si nombreux qu'Esther ne voyait pas le commencement ni la fin de la troupe. Il n'y avait plus de grondements de moteurs dans la vallée, plus un bruit, rien que le raclement des pieds sur la route de pierres, et cela faisait une rumeur étrange, un bruit de fleuve sur les galets.

Esther marchait en regardant les gens autour d'elle. Elle les reconnaissait, pour la plupart. C'étaient les gens qu'elle avait vus, dans les rues de la ville, au marché, ou bien sur la place, l'après-midi, en train de bavarder par petits groupes, pendant que les enfants couraient en poussant leurs cris stridents. Il y avait les vieux, avec leurs grands manteaux à col de fourrure, coiffés de leurs chapeaux noirs d'où sortaient les nattes de cheveux gris. Il y avait celui qu'on appelait le hazan, M. Yacov, qui marchait à côté du vieux Eïzik Salanter, ses lourdes valises à la main. A part le Reb Eïzik et M. Yacov, Esther ne connaissait pas leurs noms.

C'étaient les Juifs les plus pauvres, ceux qui étaient venus d'Allemagne, de Pologne, de Russie, qui avaient tout perdu dans la guerre. Quand elle était entrée dans le temple, dans le chalet en haut du village, Esther les avait vus, debout autour de la table où étaient allumées les lumières, la tête voilée par le grand châle blanc, elle les avait entendus réciter les paroles du livre dans la langue mystérieuse et si belle, qui entrait au fond de vous sans qu'on la comprenne.

De les voir maintenant, au soleil, sur cette route de pierres, courbés en avant, marchant lentement avec leurs grands manteaux qui les encombraient, Esther sentait son cœur battre plus fort, comme si quelque chose de douloureux et d'inéluctable était en train d'arriver, comme si c'était le monde entier qui marchait sur cette route, vers l'inconnu.

C'étaient les femmes et les enfants surtout qu'elle regardait. Il y avait des femmes âgées qu'elle avait entrevues au fond des cuisines, et qui ne sortaient jamais, sauf pour les fêtes, ou pour les mariages. Maintenant, vêtues de lourds manteaux, la tête entourée de châles noirs, elles avançaient le long de la route de pierres, sans parler, leurs figures très pâles grimaçant sous le soleil. Il y avait des femmes plus jeunes, encore sveltes malgré les manteaux et les paquets de toutes sortes qui les encombraient, tirant des valises. Elles parlaient entre elles, certaines riaient même, comme si elles partaient pour un pique-nique. Les enfants couraient devant elles, vêtus de chandails trop chauds, chaussés de gros souliers de cuir qu'ils ne mettaient que pour les grandes occasions. Eux aussi portaient des paquets, des sacs contenant du pain, des fruits, des bouteilles d'eau. Pendant qu'elle marchait avec eux, Esther cherchait leurs noms dans sa mémoire, Cécile Grinberg, Meyerl, Gelibter, Sarah et Michel Lubliner, Léa, Amélie Sprecher, Fizas, Jacques

Mann, Lazare, Rivkelé, Robert David, Yachet, Simon Choulevitch, Tal, Rebecca, Pauline, André, Marc, Marie-Antoinette, Lucie, Eliane Salanter... Mais elle ne retrouvait leurs noms qu'avec peine, parce que ce n'étaient plus déjà les garçons et les filles qu'elle connaissait, ceux qu'elle voyait à l'école, qui couraient et criaient dans les rues du village, ceux qui se baignaient nus dans les torrents, et qui jouaient à la guerre dans les fourrés. Maintenant, vêtus d'habits trop grands, trop lourds, chaussés de leurs chaussures d'hiver, les filles avec leurs cheveux cachés par les foulards, les garçons coiffés de bérets ou de chapeaux, ils ne couraient plus aussi vite, ils ne se parlaient plus. Ils semblaient des orphelins en promenade, déjà tristes, fatigués, ne regardant rien ni personne.

La troupe traversait le haut du village, passant devant l'école fermée, devant le poste de gendarmerie. Sur leur passage, les habitants regardaient un instant, debout devant les portes, ou accoudés aux fenêtres, silencieux comme ceux qui passaient devant eux.

C'était la première fois, c'était une douleur, Esther s'apercevait qu'elle n'était pas comme les gens du village. Eux, pouvaient rester chez eux, dans leurs maisons, ils pouvaient continuer à vivre dans cette vallée, sous ce ciel, boire l'eau des torrents. Eux restaient devant leur porte, ils regardaient par la fenêtre, pendant qu'elle marchait devant eux, vêtue de ses habits noirs et de la peau de mouton de Mario, la tête serrée dans le foulard noir, les pieds meurtris par les chaussures d'hiver, elle devait marcher avec ceux qui, comme elle, n'avaient plus de maison, n'avaient plus droit au même ciel, à la même eau. Sa gorge se serrait de colère et d'inquiétude, son cœur battait trop fort dans sa poitrine. Elle pensait à Tristan, à son visage blanc et à ses yeux fiévreux. La fraîcheur de la joue de Mme O'Rourke, et sa main qui avait serré un

92

instant la sienne, et son cœur avait battu parce que c'était la première fois qu'elle lui parlait, et qu'elle ne la reverrait sans doute jamais. Elle pensait à Rachel, à l'hôtel vide maintenant. Le vent devait entrer par les fenêtres ouvertes et tourbillonner dans la grande salle. C'était la première fois, elle comprenait qu'elle était devenue une autre. Son père ne pourrait jamais plus l'appeler Estrellita, plus personne ne devrait lui dire Hélène. Cela ne servait à rien de regarder en arrière, tout cela avait cessé d'exister.

La troupe marchait sur la route de pierres, entre les champs d'herbes, là où Esther allait se cacher autrefois, pour attendre le retour de son père. Le torrent faisait son bruit en contrebas, un froissement d'eau qui résonnait sur les flancs de la montagne. Dans le ciel, les nuages blancs s'amoncelaient à l'est, formant des architectures fantastiques au fond de la vallée, comme des pics de neige, comme des châteaux. Esther se souvenait de les avoir regardés arriver, allongée sur les pierres plates, encore mouillée de l'eau du torrent, sentant les gouttelettes froides qui se rétrécissaient sur la peau de ses cuisses, écoutant la musique de l'eau et le vrombissement des guêpes. Elle se souvenait qu'elle voulait aller avec les nuages, parce qu'ils glissaient librement dans le vent, qu'ils allaient sans souci de l'autre côté des montagnes, jusqu'à la mer. Elle imaginait tout ce qu'ils voyaient, les vallées, les rivières, les villes pareilles à des fourmilières, et les grandes baies où la mer étincelle. Aujourd'hui, c'étaient les mêmes nuages, et pourtant ils avaient quelque chose de menaçant. Ils faisaient comme un barrage au fond de la vallée, ils mangeaient les sommets des montagnes, ils dressaient un grand mur blanc et sombre, infranchissable.

Esther serrait fort la main de sa mère, tandis qu'elles marchaient au même pas sur le chemin, dans la longue cohorte. Déjà la forêt s'était épaissie, et les châtaigniers et les chênes avaient été remplacés par de grands pins au feuillage presque noir. Jamais Esther n'était allée si loin dans la vallée du torrent. Maintenant, on ne voyait plus le bout de la vallée, ni la muraille de nuages. Seulement, par instants, entre les fûts des arbres, le torrent qui scintillait au soleil. La troupe avait ralenti sa marche, peinant le long du sentier en pente. Les vieillards, les femmes qui portaient des enfants s'arrêtaient déjà au bord du chemin pour se reposer, assis sur des rochers, ou sur leurs valises. Personne ne disait rien. On entendait le bruit des chaussures sur les pierres, et les cris des jeunes enfants, qui résonnaient bizarrement, un peu étouffés par les arbres, pareils à des cris d'animaux. En traversant la forêt, la troupe effrayait des chocards qui s'envolaient un peu plus loin en criaillant. Esther regardait les oiseaux noirs, et elle se souvenait de ce que son père avait dit, un jour, en parlant de l'Italie. Il avait montré un corbeau dans le ciel : « Si tu pouvais voler comme cet oiseau, tu y serais ce soir même. » Elle n'osait pas poser la question à Elizabeth, lui demander : « Quand est-ce que papa nous rejoindra ? » Mais elle serrait très fort sa main en marchant, et elle la regardait furtivement, le visage aigu, pâle de sa mère, sa bouche aux lèvres serrées, son expression vieillie par le foulard noir qui serrait ses cheveux, et qu'elle avait mis pour ressembler aux autres femmes. Cela aussi serrait sa gorge de colère, parce qu'elle se souvenait des jours d'été, quand Elizabeth mettait sa belle robe bleue décolletée et ses spartiates, et qu'elle brossait longuement sa chevelure si noire et soyeuse, pour faire plaisir au père d'Esther et l'accompagner jusqu'à la place du village. Esther se souvenait des longues jambes bronzées de sa mère, de la peau si lisse sur ses tibias, de la lumière qui brillait sur ses épaules nues. Maintenant, sûrement, rien de tout cela ne pourrait revenir, car peut-on retrouver ce qu'on a laissé derrière soi en partant ? « Est-ce qu'on retournera ici avec papa, est-ce qu'on s'en va vraiment pour toujours ? » Esther n'avait pas demandé cela, quand, après s'être habillée à la hâte, elle avait pris la valise et était sortie de la maison en montant les six marches étroites qui conduisaient jusqu'à la rue. Elles marchaient ensemble dans la rue, vers la place, et Esther n'avait pas osé poser la question. Mais sa mère avait compris ; elle avait fait seulement une drôle de grimace, en haussant les épaules, et Esther l'avait vue un peu plus loin qui essuyait ses yeux et son nez, parce qu'elle pleurait. Alors elle s'était mordu la lèvre de toutes ses forces, jusqu'au sang, comme quand elle voulait effacer quelque chose de mal qu'elle avait fait.

Elle n'avait plus regardé personne, pour ne pas avoir à lire le malheur dans les yeux, pour qu'on ne sache pas qu'elle y pensait, elle aussi. Sur la route de pierres qui montait à travers la forêt, les gens avaient pris leurs distances. Les plus jeunes, les hommes, les jeunes garçons, étaient loin devant, on n'entendait même plus leurs voix quand ils s'interpellaient. Derrière eux s'étirait la longue procession. Bien qu'elles ne marchassent pas vite à cause du poids des valises qui leur brûlait les mains, Esther et sa mère dépassaient d'autres femmes, les vieilles qui trébuchaient sur les cailloux, les femmes qui portaient des bébés dans leurs bras, les vieux Juifs vêtus de leurs caftans trop lourds, appuyés sur des cannes. Quand elles arrivaient près d'eux, Esther ralentissait, pour les aider, mais sa mère la tirait alors par le bras, presque avec violence, et Esther était effrayée de voir l'expression dure sur son visage, tandis qu'elles dépassaient les retardataires. Au fur et à mesure qu'elles marchaient, les silhouettes de femmes assises au bord du chemin devenaient de plus en plus rares. Puis il y eut un moment où Esther et sa mère marchaient complètement seules, sans plus rien entendre que le bruit de leurs propres pas et le fracas doux du ruisseau en contrebas.

Le soleil était tout près de la ligne des montagnes, derrière elles. Le ciel était devenu pâle, presque gris, et devant elles, les nuages lourds étaient massés. Comme elle avait cherché cela depuis un bon moment, Elizabeth aperçut tout à coup une sorte de clairière, sur une plate-forme au-dessus du torrent. Elle dit : « C'est là qu'on va passer la nuit. » Elle descendit un peu, jusqu'aux rochers qui surplombaient le torrent. Jamais Esther n'avait vu un endroit plus joli. Entre les masses arrondies des rochers, la mousse faisait un tapis, et au-dessus, à gauche, il y avait une petite plage de sable où venaient mourir les vagues du torrent. Après la dureté du chemin de pierres et la brûlure du soleil, après tant de trouble et d'incertitude, tant de fatigues, cet endroit parut à Esther comme une image du paradis. Elle courut s'étendre sur la mousse, entre les blocs de rocher, et elle ferma les yeux. Quand elle les rouvrit, elle vit devant elle le visage de sa mère. Elizabeth avait lavé ses bras et sa figure dans l'eau du torrent, et la lumière vague du soir faisait un halo autour de ses cheveux dénoués. « Tu es si belle », a murmuré Esther. « Tu devrais aller te laver aussi », dit Elizabeth, « elle est bien fraîche, et puis d'autres gens vont sûrement s'arrêter pour la nuit. » Esther enleva son châle et ses chaussures, et elle entra dans l'eau glacée jusqu'à mi-mollets, en relevant sa robe. L'eau froide glissait le long de ses jambes, les insensibilisait. Elle but de l'eau dans le creux de sa main, elle s'aspergea

97

la figure, pour atténuer la brûlure du soleil. L'eau mouillait le bas de sa robe, les manches de son chandail, s'accrochait à la toison du mouton.

Un peu plus tard, en effet, les gens sont arrivés. Beaucoup s'étaient arrêtés plus bas, dans une autre clairière, et Esther entendait la voix des enfants, les appels des femmes. Tout le monde savait qu'il ne fallait pas allumer de feu afin de ne pas être repérés par l'armée allemande, alors on préparait le repas du soir comme on pouvait. Les femmes avaient sorti le pain, elles découpaient des tranches que les enfants mangeaient, assis devant le torrent. La mère d'Esther avait emporté un morceau de fromage sec que lui avait donné la propriétaire de leur appartement, et cela semblait délicieux. Elles mangèrent aussi des figues, puis elles allèrent boire à même le torrent, à genoux sur la petite plage. Avant la nuit, elles construisirent un abri, avec des branches de pin, dont les aiguilles serrées faisaient comme un toit.

La nuit arrivait doucement. Dans la forêt, un peu partout, les voix humaines résonnaient avec plus de force. Malgré la fatigue, Esther n'avait pas sommeil. Elle marcha en aval du torrent, guidée par les voix d'enfants. A quelque cent mètres plus bas, elle aperçut un groupe de fillettes qui jouaient au bord du torrent. Malgré leurs habits, elles étaient dans l'eau jusqu'à mi-cuisses, et elles s'aspergeaient en riant. Esther les reconnut. C'étaient de jeunes Polonaises, qui étaient arrivées au village au début de l'été avec leurs parents, et qui ne parlaient que dans leur langue, si étrange et chantante. Esther se souvenait que son père lui avait parlé, un soir, d'une ville au nom étrange comme la langue des fillettes, Rzeszow, et des soldats allemands qui avaient mis le feu aux maisons et chassé tous les Juifs, et les avaient enfermés dans des wagons à bestiaux pour les envoyer dans des camps, dans des forêts où même les enfants devaient travailler jusqu'à en mourir. Elle se souvenait de cela, et elle regardait les fillettes. Maintenant, elles étaient ici, dans cette forêt profonde, au bord de ce torrent, chassées de nouveau, elles allaient vers l'inconnu, vers les montagnes où s'amoncelaient les nuages, et pourtant elles semblaient aussi insouciantes que si ç'avait été une promenade. Esther entra dans la clairière pour les regarder. A présent, les fillettes jouaient à s'attraper, courant d'un arbre à un autre, avec leurs longues robes noires qui se gonflaient autour d'elles comme si elles dansaient. La plus grande, qui devait avoir dix ou onze ans, avait des cheveux et des yeux très pâles, tandis que ses sœurs étaient brunes. A un moment, elles aperçurent Esther. Elles s'immobilisèrent. Ensemble, avec précaution, elles s'approchèrent, et elles prononcèrent quelques mots dans leur langue. La nuit venait. Esther savait qu'elle devait retourner auprès de sa mère, et pourtant elle ne pouvait pas détacher son regard des yeux pâles de la petite fille. Les autres recommencèrent à jouer.

Près d'un pin, il y avait leurs parents, des femmes vêtues de noir et des hommes habillés de caftans. Il y avait aussi un vieil homme portant une grande barbe grise, qu'Esther avait aperçu à l'entrée du temple, dans le chalet.

La petite fille prit Esther par la main et la conduisit jusqu'à l'arbre. Une des femmes, en souriant, lui posa des questions, mais toujours dans cette langue étrange. Elle avait un beau visage régulier, et ses yeux étaient d'un vert très pâle, comme ceux de la petite fille. Alors elle découpa une tranche de pain noir et elle la tendit à Esther. Esther n'osa pas dire non, mais elle sentit comme de la honte, parce qu'elle avait mangé déjà du fromage et des figues, sans rien partager. Elle prit le pain, et sans rien dire, elle repartit en courant jusqu'à la route de pierres, et elle se hâta vers la clairière où sa mère l'attendait. La nuit resserrait déjà les arbres, mettait partout des ombres inquiétantes. Derrière elle, elle entendait encore les voix et les rires des fillettes.

La pluie a commencé à tomber. Sur les toits ça faisait un bruit doux de froissement, un bruit doux et tranquille, après les grondements des moteurs des camions, et les bruits de pas. Rachel sort dans les rues, malgré la nuit noire, elle se met à marcher sous la pluie, emmitouflée dans le grand châle noir de sa mère. Quand le bruit des camions italiens a commencé à résonner dans toute la vallée, elle a voulu courir jusqu'à la place, mais sa mère a dit : N'y va pas ! N'y va pas, je t'en prie, reste avec nous ! Son père était malade, et Rachel n'est pas sortie. Tout le jour, les camions ont fait leur bruit dans la vallée, dans les montagnes. Parfois, le bruit était si proche qu'on avait l'impression que les camions allaient renverser les murs de la maison. Après, il y a eu le bruit de pas, et c'était peut-être encore plus effrayant, ce bruit mou, ces galopades. Jusque dans la nuit, les gens remontaient la ruelle, s'éloignaient. On entendait des voix, des appels étouffés, des pleurs d'enfants. Rachel est restée éveillée toute la nuit, dans l'obscurité, assise sur une chaise à côté du lit où sa mère dormait. Dans l'autre lit, dans la petite chambre, elle entendait le souffle trop rapide de son père, sa toux sèche d'asthmatique. Le matin, c'était dimanche, il y a eu un grand calme. Le soleil brillait au-dehors, à travers les interstices des volets. Il y avait des cris d'oiseaux dans l'air, comme en été. Mais Rachel n'a pas voulu sortir, ni même ouvrir les volets. Elle était si fatiguée qu'elle en avait mal au cœur. Quand sa mère s'est levée pour se préparer et pour cuisiner, Rachel s'est couchée dans le lit encore tiède, et elle s'est endormie.

Maintenant, la nuit est revenue, la pluie tombe doucement sur les toits du village. Quand elle s'est réveillée, Rachel n'a pas bien compris où elle était. Elle a cru un instant qu'elle était dans la chambre de l'hôtel, avec Mondoloni, puis elle s'est souvenue de ce qui s'était passé. Peut-être qu'elle a pensé que le carabinier était resté seul dans l'hôtel, et qu'il écoutait la pluie tomber, lui aussi. Les soldats italiens sont tous partis, et le silence est revenu dans la montagne. Un jour, dans l'hôtel, pendant qu'elle se coiffait devant la glace, dans la chambre, il s'est approché d'elle et il l'a regardée avec un drôle d'air. Il a dit : « Quand la guerre sera finie, je t'emmènerai en Italie, partout, à Rome, à Naples, à Venise, on fera un très long voyage. » C'est ce jour-là qu'il lui a donné cette bague avec la pierre bleue.

Rachel marche dans les rues silencieuses. Tous les volets sont fermés. Elle pense à quelque chose qui fait battre son cœur, elle pense que c'est peut-être aujourd'hui, la guerre est peut-être finie. Quand les Américains ont bombardé Gênes, Mondoloni a dit que c'était fini, que les Italiens allaient signer l'armistice. Les soldats italiens sont partis dans la montagne, ils sont rentrés chez eux, et la ville s'est endormie, sans bruit, comme quelqu'un de très fatigué.

Rachel se hâte vers la place. Quand elle arrivera devant l'hôtel, elle frappera au volet, comme d'habitude, et il viendra ouvrir. Elle sentira son odeur, l'odeur du tabac, l'odeur de son corps, elle entendra sa voix résonner dans sa poitrine. Elle aime quand il parle de l'Italie. Il parle des villes, de Rome, de Florence, de Venise, il dit des choses en italien, lentement, comme si elle pouvait comprendre. Quand la guerre sera finie, elle pourra s'en aller, loin de ce village, loin des gens qui épient et qui parlent, des garçons qui lui jettent des cailloux, loin de la maison en ruine, de l'appartement froid où son père tousse, elle va voyager dans ces villes où il y a de la musique dans les rues, des cafés, des cinémas, des magasins. Elle a tellement envie que ce soit vrai, tout de suite, que ses jambes tremblent sous elle et qu'elle doit s'arrêter, dans l'embrasure d'une porte, avec l'eau qui dégouline sur sa tête et colle le foulard noir à ses cheveux.

Elle est dans la rue qui monte jusqu'à la place, elle passe devant la villa du Mûrier, là où habite M. Ferne. On ne voit pas de lumière par les trous des volets, et il n'y a pas de bruit, la nuit est très noire. Mais Rachel est sûre que le vieux est dans la maison. En prêtant l'oreille, il lui semble qu'elle l'entend parler tout seul, de sa voix chevrotante. Elle l'imagine en train de faire tout seul les questions et les réponses, et ça lui donne envie de rire.

Elle entend à présent l'eau qui cascade dans le bassin de la fontaine. Sur la place, les arbres sont éblouissants de lumière. Pourquoi y a-t-il tant de lumière ? Est-ce qu'il n'y a plus de couvre-feu ? Rachel pense aux sentinelles. Les carabiniers ont tiré sur le mari de Julie Roussel, la nuit où il allait chercher le docteur pour l'accouchement. Quand Mondoloni parle des soldats, il dit « bruti », en baissant la voix, avec mépris. Il n'aime pas les Allemands. Il dit qu'ils sont comme des animaux.

Rachel hésite au bord de la place. Il y a une grande lumière qui vient de l'hôtel, ça éclaire les arbres et les maisons comme un décor de théâtre. La lumière dessine des ombres fantastiques. Mais Rachel écoute le bruit de l'eau qui cascade dans le bassin, et elle se sent rassurée. Peut-être que les carabiniers et les soldats ont décidé de fêter la fin de la guerre. Pourtant, maintenant, Rachel sait bien que ce n'est pas vrai. La lumière qui éclaire la place est froide, elle fait briller les gouttes de pluie. Il n'y a aucun bruit, pas une voix. Tout est silencieux et vide.

En longeant la balustrade, Rachel s'approche de l'hôtel. Entre les troncs des arbres, elle voit la façade. Toutes les fenêtres sont éclairées. Les volets sont grands ouverts, la porte est ouverte aussi. La lumière est éblouissante.

Lentement, sans comprendre encore, Rachel s'approche de l'hôtel. La lumière lui fait mal et l'attire malgré elle, malgré son cœur qui bat trop fort et ses jambes qui tremblent. Jamais elle n'a vu autant de lumière. La nuit alentour semble encore plus épaisse, plus silencieuse. Quand Rachel arrive près de l'hôtel, elle voit le soldat debout devant la porte. Il est immobile, son fusil à la main, il regarde devant lui, comme s'il voulait trouer la nuit avec toute cette lumière. Rachel reste immobile. Puis, très lentement, elle recule, pour se cacher. Le soldat est un Allemand.

Alors elle voit les camions arrêtés, et dans l'ombre, la voiture noire de la Gestapo. Rachel recule jusqu'aux arbres, elle s'enfuit, elle descend en courant les ruelles jusqu'à la vieille maison, et ses pas résonnent dans le silence comme le galop d'un cheval. Son cœur bat si fort, elle sent une douleur au centre de sa poitrine, une brûlure. Pour la première fois de sa vie, elle a peur de mourir. Elle voudrait courir à travers les montagnes, jusqu'en Italie, jusqu'aux camps des soldats dans la nuit, elle voudrait entendre la voix de Mondoloni, sentir son odeur, nouer ses bras autour de sa taille.

Mais elle arrive devant la porte de la maison, elle sait que c'est trop tard. Elle sait que maintenant les Allemands vont venir, ils vont la prendre, et son père et sa mère aussi, pour les emmener très loin. Elle attend un moment, que son cœur se calme et sa respiration s'apaise. Elle cherche les mots qu'elle va dire à son père et à sa mère, pour les rassurer, pour qu'ils ne sachent pas tout de suite. Elle les aime, à en mourir, et elle ne le savait pas.

A l'aube, la pluie les a réveillées. C'était une pluie fine qui bruissait doucement sur les aiguilles de pin au-dessus d'elles, et se mêlait au fracas du torrent. Les gouttes commençaient à traverser le toit de leur abri, les gouttes glacées tapotaient leur visage. Elizabeth a bien essayé d'arranger les branches, mais elle n'a réussi qu'à faire pleuvoir encore plus fort. Alors elles ont pris les valises et, enveloppées dans leurs châles, elles se sont blotties au pied d'un mélèze en frisonnant. La lumière du jour révélait la forme des arbres. Un brouillard blanc descendait la vallée. Il faisait si froid qu'Esther et Elizabeth restaient enlacées au pied du mélèze, sans avoir le courage de bouger.

Puis les voix des hommes ont résonné dans la forêt, des appels. Il a fallu se mettre debout, s'emmitoufler dans les habits humides, ramasser les valises, repartir.

Les pieds d'Esther étaient si endoloris qu'elle titubait sur le chemin de pierres, en regardant la silhouette de sa mère devant elle. D'autres formes surgissaient de la forêt, pareilles à des fantômes. Esther espérait voir derrière elle les fillettes polonaises. Mais il n'y avait plus de voix d'enfants, ni de rires. Seulement, à nouveau, le raclement des chaussures sur les pierres du chemin, et le bruit continu du torrent qui allait dans l'autre sens.

Prise par la brume, la forêt semblait sans fin. On ne voyait plus le haut des arbres, ni les montagnes. C'était comme si on marchait sans but, penché en avant, alourdi par le poids des valises, trébuchant, les pieds meurtris par les arêtes des cailloux. Esther et Elizabeth dépassaient des fugitifs, qui étaient partis avant l'aube, et qui étaient déjà fatigués. Des vieilles femmes assises sur leurs paquets au bord du chemin, et dans la brume leur visage semblait encore plus pâle. Elles ne se plaignaient pas. Elles attendaient au bord du chemin, parfois toutes seules, l'air résigné.

Le chemin arrivait jusqu'au torrent, et maintenant il fallait traverser à gué. Le brouillard, en s'écartant, laissait voir la pente d'en face, couverte de mélèzes sombres, et le ciel bleu clair. Cela a donné du courage à Elizabeth, et elle a franchi le torrent en donnant la main à Esther, puis elles ont commencé à monter la pente de la montagne, sans s'arrêter. Plus haut, à main droite, il y avait une grange de pierre où des fugitifs avaient dû passer la nuit car l'herbe était piétinée tout autour. De nouveau, Esther a entendu les cris des chocards. Mais au lieu de l'inquiéter, ces cris lui firent plaisir, parce qu'ils voulaient dire : « Nous sommes là, nous sommes avec vous ! »

Avant midi, Esther et Elizabeth sont arrivées au sanctuaire. Au sortir de la forêt, la vallée s'élargissait et, sur un plateau dominant le torrent, elles ont vu les maisons militaires et la chapelle. Esther se rappelait quand Gasparini parlait de la Madone, de la statue qu'on montait au sanctuaire en été, et qu'on redescendait en hiver, vêtue d'un manteau pour qu'elle n'ait pas froid. Cela lui semblait tellement lointain qu'elle ne comprenait pas qu'elle était arrivée. Elle croyait qu'elle allait voir la statue dans une grotte, cachée au milieu des arbres, entourée de fleurs. Elle regardait sans comprendre ces grandes bâtisses laides qui ressemblaient à des casernes.

En continuant le chemin, Esther et sa mère sont arrivées jusqu'à la plate-forme. La place, devant la chapelle, était pleine de monde. Les fugitifs étaient là, déjà, tous ceux qui étaient partis dans la nuit. Les hommes, les jeunes gens, les femmes, les enfants, et même des vieillards vêtus de caftans étaient sur la place, assis par terre, le dos appuyé contre les murs. Il y avait aussi les soldats italiens de la IVe Armée. Ils étaient installés dans une des bâtisses. Ils étaient assis au-dehors, l'air fatigué, et malgré leurs uniformes ils avaient l'air, eux aussi, de fugitifs. Esther a cherché des yeux le capitaine Mondoloni, mais il n'était pas là. Il avait dû partir par l'autre voie, par le col de Ciriega, peut-être qu'il était déjà arrivé en Italie. Rachel non plus n'était pas là.

Esther a serré la main d'Elizabeth : « Est-ce que c'est ici que papa va nous rejoindre ? » Mais Elizabeth n'a pas répondu. Elle a déposé des bagages devant le mur de la bâtisse, et elle a demandé à Esther de les garder. Elle est allée parler à des hommes qui étaient avec M. Seligman. Mais eux ne savaient rien. Esther a entendu qu'ils parlaient du chemin de Berthemont, de la Passe. Ils montraient l'autre côté de la vallée, la haute montagne déjà sombre. Elizabeth est revenue. Sa voix était voilée, fatiguée. Elle a dit seulement : « On va attendre ici jusqu'à demain matin. On traversera demain matin. Il va nous rejoindre ici. » Mais Esther a compris qu'elle ne savait rien.

Les fugitifs se sont installés pour la nuit. Les soldats italiens ont ouvert la porte d'une des bâtisses, ils ont aidé les femmes à porter leurs valises. Ils ont donné des couvertures pour les lits, et ils ont même apporté du café chaud. Esther ne connaissait pas ces soldats. Certains étaient tout jeunes, presque des enfants. Ils disaient : « La guerre est finie. » Ils riaient.

Après la nuit passée sous la pluie, la bâtisse militaire semblait presque luxueuse. Il n'y avait pas assez de lits pour tout le monde, et Esther et Elizabeth devaient partager le même lit. D'autres fugitifs arrivaient, s'installaient où ils pouvaient dans le dortoir. Quand il n'y a plus eu de place dans la maison militaire, les gens sont allés s'installer dans la chapelle, dont les portes avaient été défoncées.

Les hommes les plus vaillants, avec M. Seligman, ont décidé de passer le col avant la nuit. Le vent avait chassé les nuages, et les hautes montagnes, au fond de la vallée, étaient brillantes de neige. Esther était sur la place quand la troupe a commencé à monter le long du chemin, au-dessus du sanctuaire. Elle les regardait partir, et elle aurait eu envie d'être avec eux, parce que ce soir même ils seraient en Italie. Mais sa mère était trop fatiguée pour continuer, et peut-être qu'elle espérait vraiment que son père arriverait ce soir.

En bas de la pente, il y avait une vacherie abandonnée, au milieu de grands prés que traversaient les sources du torrent. Esther pensait que c'était de ce côté-là que son père devait venir. Elle l'imaginait en train de descendre la montagne, de traverser les pâtures, avec l'herbe qui lui arriverait jusqu'à la taille, et il sauterait d'un rocher à un autre pour franchir le torrent.

Les enfants des fugitifs avaient déjà oublié leur fatigue. Ils commençaient à jouer sur la place du sanctuaire, ou à descendre les pentes en courant, en riant et en poussant des cris. Esther les regardait, et quand elle s'apercevait qu'à cause d'eux elle avait oublié de guetter la venue de son père au fond de la vallée, son cœur se serrait. Puis les cris stridents des enfants résonnaient encore, et de nouveau elle les suivait des yeux. Les chocards étaient restés au-dessus du sanctuaire. Eux aussi, ils tournoyaient dans le ciel en criant, comme s'ils avaient quelque chose à dire aux hommes.

Ensuite la mère d'Esther est venue s'asseoir près d'elle, elle l'a entourée de son bras et elle l'a serrée fort. Elle aussi avait guetté tout l'après-midi le fond de la vallée, la pente aride et noire de la montagne. Elle ne disait rien. Esther demanda : « Si papa ne peut pas venir ce soir, est-ce qu'on va l'attendre ici demain ? » Elizabeth a répondu tout de suite : « Non, il a dit qu'il ne fallait pas l'attendre, qu'il fallait marcher sans s'arrêter. — Alors il nous rejoindra en Italie ? — Oui, ma chérie, il va nous rejoindre, il viendra par un autre chemin, il connaît tous les chemins. Peut-être qu'il est déjà passé par Berthemont, avec ses amis. Les Allemands poursuivent les Juifs partout, tu comprends ? C'est pour cela qu'il faut marcher sans s'arrêter. » Mais comme tout à l'heure, Esther savait que sa mère mentait, qu'elle inventait tout cela, pour la rassurer. Cela lui faisait mal, au centre de son corps, comme le coup de poing que les garçons lui avaient donné autrefois, près de la grange abandonnée. « Et Rachel ? » dit Esther tout d'un coup. « Est-ce que les Allemands la poursuivent, elle aussi ? » Sa mère sursauta, comme si Esther avait dit un blasphème. « Pourquoi parles-tu de Rachel ? » Esther dit : « Parce qu'elle est juive, elle aussi. » Elizabeth haussa les épaules : « Elle a tout abandonné, ses parents, tout le monde. Elle est partie avec les Italiens. » Esther se mit en colère, elle cria presque : « Non, ce n'est pas vrai ! Elle n'est pas partie avec les Italiens ! Elle est restée au village avec ses parents. — Comment le sais-tu ? » dit sa mère. Esther répéta avec entêtement : « Elle n'est pas allée avec les Italiens, je le sais. Elle est restée avec ses parents. — Très bien », dit Elizabeth froidement.

« Je suppose qu'elle saura se débrouiller. » Elles ont gardé le silence, regardant ensemble le même point, au fond de la vallée, près de la lisière de la forêt. Mais quelque chose s'était brisé, peut-être qu'elles n'attendaient plus rien.

Vers la fin de l'après-midi, les nuages obscurcirent les sommets. Les roulements du tonnerre faisaient vibrer le sol, avec des grondements si nets que certains, parmi les fugitifs, crurent à un début de bombardement et poussèrent des cris de peur. La pluie commença à tomber à larges gouttes. Esther courut se mettre à l'abri dans la chapelle. Il faisait si sombre qu'elle ne distinguait rien, et qu'elle trébuchait sur les corps. Les fugitifs étaient allongés par terre, enveloppés dans des couvertures. D'autres étaient debout, appuyés le dos aux murs. La partie gauche du toit avait été crevée par un obus, et la pluie cascadait à l'intérieur de la chapelle. Malgré les interdictions des Italiens, des bougies avaient été allumées, à droite de l'autel, et la lumière vacillante montra à Esther les formes et les visages des fugitifs. C'étaient, pour la plupart, des vieux, vieillards et vieilles femmes vêtus à la manière des Russes ou des Polonais, semblables à ceux qu'Esther avait vus au cours du shabbat, dans le chalet. La fatigue, l'angoisse avaient creusé leurs visages.

Près des bougies, au pied de l'autel, les vieux emmitouflés dans leurs caftans étaient tournés vers le Reb Eïzik Salanter qui lisait à haute voix dans un livre, le dos à la lumière des bougies pour mieux voir. Appuyée contre le mur froid de la chapelle, Esther écoutait à nouveau les paroles incompréhensibles, dans cette langue douce et saccadée, sans quitter des yeux le vieil homme éclairé par les bougies. A nouveau, elle a ressenti ce frisson, comme si cette voix inconnue ne résonnait que pour elle, au fond d'elle. La voix basse, chuintante, lisait le livre, et cela effaçait sa fatigue, sa peur, sa colère. Elle ne pensait plus à la pente noire où son père aurait dû venir, elle cessait d'y penser comme à un ravin terrifiant et mortel, mais comme à un chemin très long, très lointain, dont la fin était un secret. Tout s'était transformé ici, les montagnes où grondait le tonnerre, le chemin qui s'enfonçait dans les gorges, tout cela était devenu pareil à une légende, où les éléments tournaient pour s'assembler dans un ordre nouveau.

Dehors, la pluie tombait à torrents, et l'eau cascadait même à l'intérieur de la chapelle, par le toit béant. Les enfants étaient serrés contre leurs mères, et elles balançaient doucement leur corps, au rythme tranquille de la voix d'Eïzik Salanter qui lisait les paroles du livre.

Puis le vieil homme a gardé le livre ouvert devant son visage, longtemps, et il a commencé à chanter d'une voix grave et douce qui ne chevrotait pas. Alors les hommes et les femmes, et même les jeunes enfants ont chanté avec lui, en l'accompagnant sans paroles, simplement en répétant le même mot : Aïe, aïe, aïe, aïe !... Une des fillettes polonaises, celle qui avait les yeux si pâles et qui avait conduit Esther jusqu'à sa famille, s'est approchée d'elle et l'a prise par la main. Elle l'avait reconnue malgré la pénombre. A la lueur des éclairs, Esther a vu son visage, comme éclairé par une joie intérieure tandis qu'elle chantait avec les autres, en balançant lentement son corps. Esther s'est mise à chanter, elle aussi.

Le chant résonnait à l'intérieur de la chapelle, par-dessus le fracas de l'eau et du tonnerre. Il semblait que les quelques bougies allumées sur le porte-cierges, près de l'autel, diffusaient la même lumière que dans le temple, le soir du shabbat. A présent, d'autres gens, venus des dortoirs des maisons militaires, entraient à l'intérieur de la chapelle. Esther vit sa mère, debout près de la porte. Sans lâcher la main de la jeune Polonaise, elle marcha jusqu'à elle et la fit entrer jusqu'au mur où elles étaient installées. Dehors, la nuit était noire, zébrée d'éclairs. Peu à peu, le chant cessa. Tout le monde resta en silence, à écouter le bruit de la pluie et les coups de tonnerre qui s'éloignaient dans les vallées. L'une après l'autre, les lumières des bougies vacillaient, s'éteignaient. Personne ne savait plus où on était. Plus tard, Esther a traversé la cour, dans le vent froid, et elle est allée se coucher dans le lit d'Elizabeth, et elles se sont serrées l'une contre l'autre pour ne pas tomber.

A l'aube, les soldats italiens reprirent la route, suivis par les fugitifs. Le ciel était bleu profond au-dessus des hautes montagnes enneigées. Le chemin de pierres montait par lacets au-dessus de la chapelle. Lentement, retardée par les enfants et les vieux, la file suivait le chemin, minuscules silhouettes noires sur cette étendue de pierre.

Esther et Elizabeth traversaient maintenant un immense éboulis. Jamais Esther n'avait imaginé un tel paysage. Au-dessus d'elle, un chaos de pierres, sans un arbre, sans une herbe. Les blocs de rocher étaient arrêtés, en équilibre au bord du précipice. Le sentier était si étroit que des cailloux se détachaient sous les pas et déboulaient jusqu'au fond de la vallée. Peut-être à cause du danger, ou à cause du froid, personne ne parlait. Même les petits enfants marchaient le long du sentier étroit, sans dire une parole. On n'entendait que le bruit du torrent, invisible au fond de la vallée, les éboulements des cailloux, et le sifflement des respirations.

A un moment, Esther voulut poser la valise et s'asseoir, mais aussitôt sa mère la prit par la main, avec une sorte de dureté désespérée, et l'obligea à continuer sa marche.

Maintenant, les groupes de fugitifs s'étaient espacés. Les vieillards, les femmes enveloppées dans leurs châles noirs, qui étaient partis les derniers de la chapelle, étaient loin derrière. Les arêtes des montagnes les cachaient déjà. Les autres, les femmes avec des enfants, marchaient lentement, sans s'arrêter. Le sentier longeait un précipice, où quelques arbres avaient réussi à s'accrocher. Esther regardait en dessous d'elle un grand mélèze foudroyé, noirci, pareil à un squelette. De l'autre côté de la vallée, la montagne coupait le ciel, hérissée d'aiguilles, menaçante. Ici, il y avait la peur, mais aussi la beauté de la pierre brillant au soleil, le ciel impénétrable. Ce qui faisait peur, surtout, c'était ce qu'on voyait au bout de la vallée, ce vers quoi on marchait depuis déjà deux jours, la muraille sombre et bleue, étincelante de givre, noyée dans un grand nuage blanc qui fusait vers le centre du ciel. Cela semblait si lointain, si inaccessible, qu'Esther sentait le vertige. Comment pouvait-elle arriver jusque-là ? Est-ce qu'on pouvait vraiment y arriver ? Ou bien on leur avait menti, et tous les gens allaient se perdre dans les glaciers et dans les nuages, ils seraient engloutis dans les crevasses. Plus loin, comme le sentier zigzaguait à flanc de montagne, Esther a vu à nouveau des oiseaux noirs qui tournoyaient dans le ciel, mais cette fois c'étaient des éperviers silencieux.

Tout le long du sentier, au pied des escarpements, les fugitifs étaient arrêtés. Esther reconnut certaines des femmes qui étaient dans la chapelle. Elles étaient exténuées de fatigue et de faim, elles restaient assises sur les pierres, au bord du chemin, prostrées, le regard fixe. Les enfants étaient debout à côté d'elles, immobiles, silencieux. Quand elle passait devant eux, les filles regardaient Esther. Il y avait une drôle d'expression dans leur regard, quelque chose de sombre et de suppliant, comme si elles avaient voulu s'accrocher à elle par le regard.

Quand Esther et Elizabeth sont arrivées au lac, au pied de la haute montagne, le soleil était déjà caché par les nuages, la lumière déclinait. L'eau du lac était couleur glacée, éclairée par un névé qui la divisait comme un miroir. La plupart des fugitifs s'étaient assis au bord du lac, dans le chaos de rochers, pour se reposer. Mais les hommes et les femmes les plus valides repartaient déjà, commençaient l'ascension vers le col, tandis que les groupes de femmes et de vieillards harassés arrivaient les uns après les autres devant le lac.

Assise contre un rocher, à l'abri des rafales de vent, Esther regardait ceux qui arrivaient. Plusieurs fois, Elizabeth s'est mise debout : « Allons, il faut partir, on doit passer avant la nuit. » Mais Esther guettait le chemin, comme la veille, quand elle attendait son père. Mais ce n'était pas lui qu'elle voulait voir arriver. C'était le vieux Reb Eïzik Salanter, celui qui avait chanté et lu le livre dans la chapelle. Elle ne voulait pas partir sans lui. Comme sa mère s'impatientait encore, elle dit : « S'il te plaît ! Attendons encore un peu. » Sur la paroi rocheuse, devant eux, le nuage s'ourla, montrant un instant la ligne sombre du chemin qui se confondait avec un ravin, entre deux pitons aigus, puis il ressouda ses bords.

Déjà le tonnerre grondait au fond de ses cavernes. Elizabeth était pâle, nerveuse. Elle marchait au bord du lac, revenait en arrière. Les fugitifs partaient les uns après les autres. Seules restaient les femmes âgées, et quelques-unes avec de très jeunes enfants. En s'approchant de l'une d'elles, une jeune Polonaise aux cheveux roux serrés dans un châle noir, Esther vit qu'elle pleurait sant bruit, appuyée sur un rocher. Esther lui

115

toucha l'épaule. Elle aurait voulu lui parler, l'encourager, mais elle ne savait rien dire dans sa langue. Alors elle prit un peu de pain et de fromage dans le sac à provisions et elle les lui tendit. La jeune femme la regarda sans sourire, et elle se mit à manger aussitôt, toujours courbée sur son rocher.

Enfin, un groupe de fugitifs apparut devant le lac. Esther reconnut Eïzik Salanter et sa famille. Appuyé sur son bâton, le vieil homme marchait avec difficulté sur le chemin de pierres. Les rafales de vent gonflaient son caftan et faisaient flotter sa barbe grise et ses cheveux. En le voyant, Esther comprit aussitôt qu'il était à bout de forces. Il s'assit au bord du lac, et les femmes et les hommes qui l'accompagnaient l'aidèrent à s'allonger sur la terre. Son visage tourné vers le ciel était devenu très blanc, déformé par l'angoisse. Esther, en s'approchant, entendit son souffle perdu qui sifflait. Cela, elle ne pouvait le supporter. Elle s'éloigna, et elle se réfugia dans les bras de sa mère. « Je veux m'en aller, maintenant », dit-elle à voix basse. Mais c'était Elizabeth à présent qui ne pouvait détacher son regard du vieil homme étendu sur le sol.

La lumière du ciel vacillait, devenait bizarrement rouge. Les grondements du tonnerre se rapprochaient. L'orage tournoyait, grands nuages obscurs qui se déchiraient contre les montagnes, se refermaient plus loin, glissaient comme des fumées entre les cimes neigeuses. L'homme qui accompagnait Reb Eïzik Salanter soudain se leva et se tourna vers Esther et Elizabeth. Il dit seulement, presque sans élever la voix, comme si c'étaient des politesses : « Le rabbi ne peut pas marcher, il doit rester se reposer. Partez. » Il dit cela aussi dans sa langue, aux femmes qui étaient avec lui. Alors, docilement, toutes, elles ramassèrent leurs paquets et leurs valises, et elles commencèrent à marcher vers le col.

Avant d'entrer dans le ravin qui s'enfonçait dans la montagne, et de disparaître dans les nuages, Esther s'arrêta pour regarder une dernière fois Eïzik et son compagnon, immobiles au bord du lac glacé. Cela faisait deux taches noires au milieu des rochers.

Le chemin montait en lacets entre les pitons. On ne voyait pas la fin. Les nuages noirs chargés d'éclairs étaient directement au-dessus d'Esther et de sa mère. Cela faisait peur, mais c'était si beau qu'Esther voulait monter encore plus haut, plus près des nuages. Les taches de brume rougeoyaient, glissaient, se déchiraient sur les aiguilles de pierre, coulaient le long des ravins comme des ruisseaux immatériels. Sous Esther et Elizabeth, tout avait disparu. Les femmes et les autres fugitifs étaient invisibles. On flottait entre ciel et terre et, pour la première fois, Esther pouvait imaginer ce que ressentent les oiseaux. Mais il n'y avait plus d'oiseaux ici, plus personne. On était dans un monde où ne vivent que les nuages, les traînées de nuages, et la foudre.

Mario avait parlé quelquefois de la foudre qui tue les bergers sous les arbres, ou dans leurs cabanes de pierres. Il disait à Esther que ceux qui entraient dans la zone de mort, juste avant d'être frappés par la foudre, entendaient un bruit bizarre, comme un drôle de bourdonnement d'abeilles qui venait de tous les côtés à la fois, et qui tournait dans leur tête et les rendait fous. Maintenant, le cœur battant, c'était ce bruit qu'Esther guettait, tandis qu'elle montait le long du chemin de pierres.

Plus haut, une pluie fine commença à tomber. Sur la droite, accroché au flanc de la montagne, il y avait un blockhaus. Des femmes et des hommes s'étaient réfugiés là, accablés de fatigue et transis de froid. On voyait leurs silhouettes à l'entrée de cet abri sinistre. Mais Elizabeth dit : « Il ne faut surtout pas s'arrêter ici, il faut être de l'autre côté de la frontière avant la nuit. » Elles continuaient à marcher, à bout de souffle, sans penser à rien. La brume les enveloppait à tel point qu'elles croyaient être les seules à avoir marché si loin.

Soudain, le ciel s'ouvrit et montra un grand morceau de ciel bleu. Esther et Elizabeth s'arrêtèrent, émerveillées. Elles étaient parvenues au col. Maintenant Esther se souvenait de ce que racontaient les enfants, au village, cette fenêtre qui s'était ouverte dans le ciel, quand la statue de la Vierge avait fui à travers la montagne. C'était ici, cette fenêtre par laquelle on voyait l'autre côté du monde.

Dans le chaos de rochers, entre les sommets, la lumière du soleil brillait sur la neige fraîche. Le vent était glacé, mais Esther ne le sentait plus. Au milieu des rochers, les fugitifs étaient assis pour se reposer, femmes, vieillards, enfants. Ils ne se parlaient pas. Emmitouflés, le dos tourné sous le vent, ils regardaient autour d'eux les cimes qui semblaient glisser sous les nuages. Ils regardaient surtout l'autre côté, l'Italie, la pente tachée de neige, les ravins voilés, et la grande vallée déjà dans l'ombre de la nuit. Bientôt, tout serait obscur, mais à présent, ça n'avait plus d'importance. Ils étaient passés, ils avaient réussi à franchir le mur, l'obstacle qui leur faisait peur, ils étaient venus à bout des dangers, du brouillard, de la foudre.

Au-dessous d'eux, à l'endroit même d'où ils venaient, les lueurs rouges vacillaient dans l'épaisseur des nuages, le tonnerre grondait comme une canonnade. Le soleil s'éteignit, le ciel se referma, la pluie recommença à tomber. Elle était drue et froide, elle piquait le visage et les mains, les gouttes s'accrochaient à la toison du mouton, sur la poitrine d'Esther. Elle a ramassé la valise, Elizabeth a chargé le sac de toile sur son épaule. Les autres fugitifs s'étaient relevés, et dans l'ordre même qu'ils avaient suivi pour monter jusqu'au col, hommes et jeunes gens en tête, femmes, vieillards et enfants ensuite, par petits groupes silencieux, ils ont commencé la descente vers le fond de la vallée déjà dans la nuit, d'où montaient quelques fumées blanches, les villages oubliés de la Stura, où ils croyaient qu'ils trouveraient leur salut.

Festiona, 1944

C'était le temps très long de l'hiver. L'écharpe de fumée traînait sur les lauzes des toits, à Festiona. Il faisait froid l'après-midi. Le soleil se couchait tôt derrière les montagnes, la vallée de la Stura était un lac d'ombre. Esther aimait bien cette ombre, elle ne savait pas pourquoi. Cette fumée qui sortait des toits, qui flottait le long des ruelles, qui entourait la pension Passagieri, la fumée qui noyait les arbres, qui effaçait les jardins. Alors, elle marchait le long des ruelles désertes, en écoutant le bruit de ses galoches qui troublait à peine le silence cotonneux. Il y avait toujours des chiens qui aboyaient.

Tout l'hiver, à Festiona, elle était seule, seule avec Elizabeth. Toutes les deux, elles travaillaient à la pension Passagieri, en échange de la nourriture et d'une chambre au premier étage, sous les toits, avec une porte-fenêtre qui donnait sur le balcon, du côté de l'église. Sur le clocher, la pendule arrêtée marquait interminablement quatre heures moins dix.

Elizabeth, debout sur le balcon, suspendant les draps, le linge. Elle mettait un chandail par-dessus sa robe-tablier, ses mains et ses joues étaient rouges comme celles d'une paysanne. Laver le sol de la cuisine au savon et à la brosse, brûler les ordures à l'aube dans la cour, éplucher les légumes, donner à manger aux lapins qui servaient à l'ordinaire du restaurant. Mais elle n'avait jamais voulu les tuer. C'était Angela, la maîtresse de la maison (on disait aussi qu'elle était la maîtresse de M. Passagieri) qui se chargeait de la sale besogne, et elle le faisait sans histoires, le coup sur la nuque et la peau retournée, le corps sanguinolent pendu par les pieds. La première fois qu'elle l'avait vu, Esther était partie en courant à travers les herbes, jusqu'au grand fleuve. « Je veux retourner à Saint-Martin, je ne veux plus rester ici, il ne nous retrouvera jamais ici ! » Elizabeth avait couru derrière elle dans les broussailles, elle l'avait rattrapée au bord du fleuve, à bout de souffle, les genoux écorchés par les ronces, elle avait d'abord giflé Esther, puis elle l'avait serrée contre elle, c'était la première fois qu'elle la frappait. « Ne t'en va pas, mon cœur, mon étoile, reste avec moi, sinon j'en mourrai. » Esther alors la haïssait, comme si c'était elle qui avait voulu tout cela, qui avait mis ces montagnes glacées entre elle et son père, pour la briser.

La pension Passagieri n'avait pas beaucoup de clients. C'était la guerre. Il y avait quelques commis-voyageurs sur la route de Vinadio, comme égarés, et trois ou quatre paysans du village d'en dessous, veufs, ou trop vieux pour rester chez eux dans leur cuisine. Ils parlaient dans la salle du restaurant, les coudes appuyés sur la toile cirée. Pour aider, Esther apportait les assiettes, la soupe, la polente, le vin. Ils parlaient dans leur langue chantante, ils disaient, « wagazza », avec une drôle de façon de prononcer les « r », comme en anglais. Ils ne riaient pas, mais Esther les aimait bien, ils étaient si élégants, discrets.

Quand Angela allait acheter les provisions, c'était

Esther qui l'accompagnait. Angela ne parlait pas beaucoup. Elle attendait à l'entrée de la ferme qu'on lui apporte le lait, les légumes, les œufs, parfois un lapin vivant qu'elle portait par les oreilles. Son ulcère allait mal, elle boitait, elle ne pouvait plus mettre de bas. Esther regardait avec crainte cette plaie qui attirait les mouches, au début elle avait pensé que ça allait bien avec une tueuse de lapins. Mais Angela était, sous son apparence rébarbative, pleine de gentillesse et de générosité. Elle disait à Esther « figlia mia ». Elle avait un regard d'un bleu très vif. C'était comme son aïeule qu'elle n'avait jamais connue.

A Festiona, il n'y avait pas de temps, pas de mouvement, il n'y avait que les maisons grises aux toits de lauzes où traînait la fumée, les jardins silencieux, la brume du matin que le soleil faisait fondre, et qui revenait l'après-midi, qui envahissait la grande vallée.

Esther écoutait les bruits, le soir, dans la petite chambre, en attendant qu'Elizabeth revienne du travail. Elle frissonnait. Les voix des chiens qui se répondaient. Le bruit des galoches des pensionnaires de l'asile d'enfants, qui allaient et revenaient de l'église. Un ronronnement de prières, par moments. Elizabeth avait pensé inscrire Esther à l'école, là, dans l'asile. Mais la jeune fille avait refusé, sans cris, sans larmes. « Jamais je n'irai là. » L'asile était une grande maison sombre à un étage, aux volets fermés dès quatre heures, qui abritait une douzaine d'orphelins de guerre et quelques cas difficiles placés là par leurs parents. Garçons et filles étaient vêtus de tabliers gris, ils étaient pâles, maladifs, avec un regard en dessous. Ils ne sortaient jamais de l'asile, sauf pour aller à l'église le matin et le soir, et le dimanche, pour une promenade en rangs, jusqu'à la rivière, encadrés par les bonnes sœurs et par un grand homme vêtu de noir qui servait d'appariteur. Esther avait si peur d'eux qu'elle se cachait dès qu'elle entendait le bruit de leurs pas résonner sur la place et dans les ruelles.

Le soir, Elizabeth faisait travailler Esther, dans la chambre éclairée par une lampe à huile. Les carreaux de la porte-fenêtre étaient bouchés avec du papier bleu, à cause des bombardements. Quelquefois on entendait le bruit des avions, très haut, dans la nuit. Un grondement aigu qui venait de tous les côtés à la fois, qui emballait le cœur. Esther se serrait contre sa mère, elle appuyait sa tête contre sa poitrine. Les mains d'Elizabeth étaient froides, gercées par l'eau des lavages. « Ce n'est rien, maman, ils s'en vont. »

Quelquefois aussi, on entendait des coups de feu dans la nuit, qui résonnaient dans toute la vallée. C'étaient les partisans. Brao disait qu'ils s'appelaient *Giustizia e Libertà*, ils descendaient des montagnes pour attaquer les Allemands, du côté de Demonte, ou bien en descendant la Stura, là où le pont traverse la gorge vers Borgo San Dalmazzo.

Brao était un garçon de quinze ans, il avait été mis comme pensionnaire à l'asile des enfants, il était un des cas difficiles. Il s'était sauvé plusieurs fois de chez lui, il chapardait dans les fermes. Il était si mince et frêle qu'on aurait dit un enfant de douze ans, mais Esther le trouvait drôle. Il se sauvait à l'heure d'aller à l'église, il venait voir Esther dans la cour de la pension. Il parlait un peu en français, et beaucoup par signes. Elizabeth ne voulait pas qu'elle le voie. Elle ne voulait pas qu'Esther parle à quiconque, elle avait peur de tout, même de ceux qui étaient gentils. Elle disait que Brao était un voyou.

Esther aimait bien marcher avec Brao, dans les champs, à la lisière du village. Le matin, Brao s'échappait, et ensemble ils allaient à travers champs. La vallée brillait au soleil. Brao connaissait tous les chemins, tous les raccourcis, et aussi les pistes des animaux, des lapins de garenne, les cachettes des faisans, les endroits entre les roseaux d'où on pouvait guetter les hérons et les canards sauvages. Esther se souvenait de Mario, comme il marchait dans les grands champs d'herbes, à Saint-Martin, à la chasse aux vipères. Cela lui semblait loin, maintenant, comme dans un autre pays, comme dans une autre vie.

Avec Brao, elle allait marcher dans le lit de la rivière, du côté de Ruà. Au printemps, à la fonte des neiges, la Stura était une rivière immense, qui coulait d'un bord à l'autre en charriant de la boue, des troncs, des mottes d'herbes arrachées aux rives. Il y avait le bruit surtout, qui étourdissait, donnait le vertige. La nappe d'eau descendait, blanche de tourbillons, elle emportait tout. Esther rêvait qu'elle descendait la rivière sur un radeau de branches et d'herbes, jusqu'à la mer, et plus loin encore, de l'autre côté du monde. Brao disait que si on se laissait emporter par la rivière, on arriverait jusqu'à Venise. Il montrait l'est, au-delà des montagnes, et Esther ne pouvait pas comprendre comment cette eau voyageait si loin sans se perdre.

Dans le lit de la Stura, il y avait des îles. Les arbres avaient poussé, les herbes étaient hautes. La rivière se séparait en plusieurs bras, formait des baies, des caps, des péninsules. Il y avait des lacs d'azur. Sur les plages marchaient lourdement les corbeaux, puis ils s'envolaient quand on s'approchait, en poussant des cris âpres qui donnaient le frisson. Là, dans le lit de la rivière, tout était bien. Esther pouvait rester des heures, pendant que Brao cherchait des écrevisses. Il y avait toutes sortes de cachettes.

Là, Esther pensait à son père. C'était comme s'il était tout près, quelque part dans la montagne, dans la Costa dell'Arp, ou dans la Pissousa. De là-haut, il pouvait la voir. Il ne pouvait pas descendre, parce que le moment n'était pas encore venu, mais il la regardait.

Esther sentait son regard sur elle, c'était doux et fort, une caresse, un souffle, ça se mêlait au vent dans les arbres, au froissement régulier de l'eau sur les plages de galets, même aux cris des corbeaux.

« Si tu pouvais voler comme cet oiseau, tu y serais ce soir même. » Alors Esther était avec lui, à Saint-Martin, elle tenait sa main, elle était dans son ombre, il était si grand, il faisait écran contre la lumière du soleil de l'été.

L'hiver, puis le printemps, tout était si lent, si long, comme quand on est très loin au fond d'une grotte et qu'on regarde vers la lumière. C'était à cause de ce qui était arrivé, là-bas, à Borgo San Dalmazzo. Elizabeth savait, mais elle n'en parlait jamais. Seulement, une fois, parce qu'Esther était partie avec Brao sur la route, là où la rivière est si large, avec tous ses bras et toutes ses îles, et qu'on ne voit presque plus les montagnes, elle était partie à sa recherche.

Esther l'avait rencontrée dans Ruà, à la nuit tombante, vêtue de sa robe-tablier à fleurs et chaussée de ses galoches, les cheveux cachés dans un foulard noir comme une paysanne. Elizabeth l'avait serrée contre elle, elle était glacée. C'était la première fois qu'Esther se rendait compte que sa mère était si fragile, comme si elle avait vieilli d'un coup. Elle avait honte, elle était en colère. « Pourquoi tu ne me laisses pas faire ce que je veux ? J'en ai assez, je veux qu'on s'en aille d'ici, il ne nous retrouvera jamais ici. » Elle ne voulait plus dire « papa », elle ne voulait plus penser à ce mot, plus croire à ce nom. Elle suffoquait, ses yeux étaient pleins de larmes. C'était étrange. Le brouillard passait sur les champs, s'accrochait aux ruelles, montait du lit de la rivière avec la nuit. Elizabeth serrait Esther, elles marchaient lentement, la tête un peu baissée, avec toutes ces gouttes de brouillard qui s'accrochaient à leur visage.

« Ils ont emmené tous ces gens, Hélène, tu comprends ? » Elizabeth parlait lentement, c'était pour cela que ses mains étaient glacées. Les mots étaient lents, et calmes, glacés aussi. « Ils les ont tous pris sur la route, à Borgo San Dalmazzo. Ils les ont tous emmenés, même les vieilles femmes et les petits enfants. Ils les ont mis dans leur train, ils ne reviendront jamais. Ils vont tous mourir. »

Après cela, chaque fois qu'Esther entendait le nom de Borgo San Dalmazzo, elle pensait au brouillard qui montait de la rivière, qui effaçait tout, les visages et les corps, qui noyait les noms.

Dans les bâtiments de la gare, ils avaient attendu. Les soldats allemands les avaient capturés facilement, à l'entrée de Borgo San Dalmazzo. Ils étaient épuisés de fatigue, de faim, de sommeil. Il y avait des jours qu'ils marchaient sur les sentiers rocailleux, sans abri. Quand ils avaient descendu la vallée étroite, ils avaient vu d'abord l'église d'Entracque, les toits du village, et ils s'étaient arrêtés, le cœur battant. Les enfants regardaient avec émerveillement. Ils pensaient qu'ils étaient arrivés, qu'il n'y avait plus rien à craindre, que la guerre était finie. La vallée brillait dans l'air du matin, il y avait déjà les couleurs de l'automne, un automne triomphant, enivrant presque. Au loin, il y avait un bruit de cloches, qui arrivait par bouffées, on voyait briller les vols de pigeons au-dessus des toits. C'était comme une fête.

Ils s'étaient remis en marche, ils avaient traversé le village. Les chiens aboyaient sur leur passage, les suivaient en courant le long des talus. Les enfants se serraient contre leurs mères. Sur le pas des portes, les villageois les regardaient passer. C'étaient des gens âgés pour la plupart, des paysannes, des vieilles habillées en noir. Ils regardaient sans rien dire, les yeux plissés à cause du soleil. Mais il n'y avait pas d'hostilité, ni de crainte. Tandis qu'ils traversaient, des femmes avaient marché vers eux, leur avaient tendu du pain, du fromage frais, des figues, elles avaient dit quelques mots dans leur langue.

La troupe avait descendu la vallée, jusqu'à Valdieri, ils étaient passé au large, en suivant la rivière Gesso. Les enfants regardaient avec étonnement les hautes façades éclairées par le soleil, le bulbe de l'église, la flèche haute comme un phare. Il y avait aussi les vols des pigeons basculant dans le ciel, autour des coupoles, le son des cloches. Les fumées qui montaient, portant l'odeur des repas, les feux d'herbes sèches dans les champs. Le bruit de l'eau courant sur les galets de la rivière, un froissement doux qui parlait d'avenir. Ils allaient vers le train, ils voyageraient vers Gênes, vers Livourne, jusqu'à Rome peut-être, ils prendraient le bateau d'Angelo Donati. Il n'y avait plus de guerre. On pouvait aller partout, on pouvait commencer une vie nouvelle.

Quand le soleil était au zénith, ils se sont arrêtés au bord de la rivière pour se reposer. Les femmes ont partagé les provisions, le pain dur de Saint-Martin, et le pain frais, le fromage et les figues que les villageoises leur avaient donnés au passage, à Entracque, à Valdieri.

Alors cela leur semblait peut-être une promenade, un simple pique-nique à la campagne, malgré les valises et les paquets, malgré les blessures aux pieds, la souffrance et la fièvre qui brûlait les yeux des enfants. La rivière brillait au soleil, il y avait des moucherons en suspens dans l'air, des oiseaux dans les arbres.

Ils s'étaient assis sur les plages de galets pour manger. Ils écoutaient la musique de liberté de la rivière. Les enfants avaient commencé à jouer, à courir le long des rivages. Ils fabriquaient des bateaux avec des bouts de bois. Les hommes étaient assis, ils fumaient et ils parlaient. Ils parlaient de ce qu'ils feraient, là-bas, de l'autre côté des montagnes, à Gênes, à Livourne. Certains parlaient même de Venise, de Trieste, et de la mer qu'ils allaient traverser, jusqu'à Eretz Israël.

Ils parlaient de leur terre, d'une ferme, d'une vallée. Ils parlaient de la ville de lumière, étincelante avec ses dômes et ses minarets, là où se trouvait la fondation du peuple juif. Peut-être qu'ils rêvaient qu'ils étaient déjà arrivés, et que les dômes et les tours de Valdieri étaient aux portes de Jérusalem.

Ils sont repartis assez vite, parce que la nuit venait déjà au fond de la vallée. A l'entrée de Borgo San Dalmazzo, sur la route de la gare, les soldats de la Wehrmacht les ont capturés. Tout s'est passé très vite, sans qu'ils aient compris vraiment ce qui leur arrivait. Devant eux les soldats habillés de manteaux verts étaient au bout de la longue rue étroite et froide. Derrière eux, les camions roulaient lentement, avec leurs phares allumés, et les poussaient comme un troupeau. Ils sont arrivés ainsi jusqu'à la gare. Là, les soldats les ont fait entrer dans une grande bâtisse, à droite de la gare. Ils sont entrés tous, les uns après les autres, jusqu'à ce que les grandes salles soient pleines. Alors les Allemands ont fermé les portes.

C'était la nuit. Les voix résonnaient autour de la gare. Il n'y avait pas de lumière, seulement la lueur des phares des camions. Les femmes se sont assises par terre, près de leurs paquets, et les enfants se sont serrés contre elles. Il y avait des pleurs d'enfants, des sanglots, des chuchotements. Le froid de la nuit est entré dans les grandes salles par les carreaux cassés, à travers les grillages. Il n'y avait pas de meubles, pas de lits. Au bout de la plus grande des salles, des latrines bouchées qui sentaient mauvais. Le vent de la nuit passait sur les enfants apeurés. Puis les plus petits se sont endormis.

Vers minuit, ils ont été réveillés par le bruit des trains qui arrivaient, qui manœuvraient, les grincements, les chocs des wagons, le souffle des locomotives. Il y a eu des coups de sifflet. Les enfants cherchaient à voir ce qui se passait, les petits recommençaient à pleurnicher. Mais il n'y avait pas de voix d'hommes, seulement ces bruits de machines. On n'était plus nulle part.

À l'aube, les soldats ont ouvert les portes du côté des voies ferrées, et ils ont poussé les hommes et les femmes dans les wagons sans fenêtres, peints aux couleurs du camouflage. Il faisait froid, la vapeur des locomotives s'étalait en nuages phosphorescents. Les enfants s'accrochaient à leurs mères, peut-être qu'ils disaient : « Où est-ce que nous allons ? Où est-ce qu'on nous emmène ? » Les quais, les bâtiments de la gare, et la ville alentour, tout était vide. Il n'y avait que les figures fantomatiques des soldats vêtus de leurs longs manteaux, debout de loin en loin dans la vapeur des trains. Peut-être que les hommes rêvaient de s'échapper, il suffirait d'oublier les femmes et les enfants et courir à travers les voies, sauter par-dessus les talus et disparaître dans les champs. L'aube était interminable et silencieuse, sans cris et sans voix, sans oiseaux et sans aboiements de chiens, avec seulement le souffle bas des locomotives et les grincements des attelages, puis le raclement aigu quand les roues avaient commencé à patiner sur les rails et que le train s'était ébranlé pour ce voyage sans but, Turin, Gênes, Vintimille, les enfants serrés contre leur mère, l'odeur âcre de la sueur et de l'urine, les coups des bogies, la fumée qui entrait dans les wagons aveugles, et la lumière de l'aube à travers les fentes des portes, Toulon, Marseille, Avignon, le bruit des roues, les pleurs des enfants, la voix étouffée des femmes, Lyon, Dijon, Melun, et le silence qui suivait l'arrêt du train, et cette nouvelle nuit froide, l'immobilité étourdissante, Drancy, l'attente, tous ces noms et tous ces visages qui s'effaçaient, comme s'ils avaient été sœurs et frères arrachés de la mémoire d'Esther.

Les orphelins allaient à l'église de Festiona, chaque après-midi, à la tombée de la nuit. Un soir, Brao s'est échappé, et il a rencontré Esther sur la place. « Viens. » Il lui montrait l'église. Esther ne voulait pas, elle avait horreur d'entendre le bruit de pas des enfants, le bourdonnement machinal des prières. A côté de la porte, il y avait cette peinture bizarre, la Vierge piétinant un dragon. Brao a pris Esther par la main et l'a conduite à l'intérieur de l'église. On aurait dit une grotte très noire. Ça sentait le bois ciré et le suif. Au fond de l'église, de chaque côté de l'autel, une petite étoile de lumière vacillait dans le froid. Esther s'est approchée des lumières, comme si elle n'arrivait pas à détacher son regard.

Au bout d'un moment, Brao l'a tirée par le bras. Il semblait inquiet, il ne comprenait pas. Alors Esther a pris une des lumières, et elle a commencé à allumer les bougies, les unes après les autres. Elle ne savait pas bien pourquoi elle faisait cela, elle voulait voir la lumière briller, comme ce soir, à Saint-Martin, quand elle était entrée dans le chalet en haut du village, avec toutes ces flammes qui palpitaient. C'était la même lumière, maintenant, comme si le temps ne passait pas, et qu'on était encore de l'autre côté, avant la barrière des montagnes, et que les flammes trouaient l'ombre et vous regardaient.

C'étaient les yeux des gens là-bas qui vous voyaient, les enfants, les femmes, Cécile avec ses beaux cheveux noirs. Les voix des hommes qui grandissaient, résonnaient comme un orage, et puis devenaient très douces et murmuraient, et les paroles du livre, dans cette langue mystérieuse, qui entraient en vous sans qu'on les comprenne.

Une lumière à la main, Esther faisait le tour de l'église et elle allumait les bougies partout où il y en avait, dans les coins, devant les statues, de chaque côté de l'autel. Brao restait debout près de l'entrée, il regardait sans rien dire mais ses yeux brillaient aussi. La jeune fille allait et venait fébrilement, elle faisait naître d'autres étoiles de lumière, et à présent, l'église resplendissait comme pour une fête. Les bougies étincelaient. Cela faisait une chaleur intense, magique presque. Esther est restée debout au milieu de l'église, à regarder briller les lumières. Elle laissait entrer en elle la chaleur. C'était comme s'ils étaient tous là, un instant encore, juste un instant, elle sentait la force de leur regard, les enfants qui interrogeaient, les femmes qui donnaient leur amour, elle sentait la force dans le regard des hommes, elle entendait le son grave de leurs voix, et ce mouvement lent de balancement des corps tandis qu'ils chantaient, et l'église tout entière qui vibrait et oscillait à la manière d'un navire.

Mais cela ne dura qu'un bref instant, parce que tout d'un coup la porte de l'église s'ouvrit, et la voix de l'appariteur éclata. L'homme habillé de noir tenait Brao par le col de son tablier, Brao criait : « Elena ! Elena ! » Esther avait honte, elle aurait dû rester, aider Brao, mais elle a eu peur et elle s'est sauvée en courant. Quand elle est arrivée à la pension, elle s'est enfermée dans la chambre, mais même là, elle croyait entendre

Brao qui criait son nom, et le bruit des galoches des maudits orphelins qui marchaient au pas vers l'église. Comme chaque soir, ils entraient dans la grotte sombre, ils s'asseyaient sur les bancs grinçants, les filles à gauche, les garçons aux crânes rasés à droite, dans leurs vieux tabliers gris usés aux coudes, et Brao était avec eux, l'épaule encore endolorie des coups qu'il avait reçus.

C'était la fin de l'été, on savait que les Allemands avaient commencé leur retraite, qu'ils repartaient vers le nord. Brao parlait de cela, et les gens aussi, au restaurant de la pension Passagieri, ils parlaient des hommes de *Giustizia e Libertà*, qui s'étaient rencontrés à la Madone du Coletto, au-dessus de Festiona. Elizabeth avait serré Esther très fort contre elle, sa voix était changée, elle n'arrivait pas bien à expliquer. « Nous allons bientôt rentrer, tout est fini, nous irons bientôt en France. » Mais Esther la regardait durement. « Alors, demain on s'en va ? » Elizabeth lui faisait signe de se taire. « Non, Hélène, il faut attendre, pas encore maintenant. » Elle faisait semblant de ne pas comprendre, comme si rien ne s'était passé, comme si tout était normal, elle ne voulait même plus dire « Esther », c'était un nom qui lui faisait peur. Esther se dégageait, elle sortait de la petite chambre, elle descendait dans la cour, elle s'éloignait du côté des champs. Elle avait mal au cœur, elle sentait un nerf qui frémissait dans sa poitrine.

Le lendemain matin, de bonne heure, Esther est partie vers le Coletto. Elle a commencé à marcher sur la route de terre. La montagne était haute devant elle, couverte de mélèzes rouillés par l'automne. Tout de suite après les dernières maisons de Festiona, la route montait en lacets.

Il y avait maintenant un an, Esther et Elizabeth avaient descendu cette même route, en arrivant de Valdieri. C'était si loin, et pourtant Esther avait l'impression qu'elle mettait ses pieds exactement sur ses traces. Il n'avait pas plu depuis le commencement de l'été. La route s'effritait, les pierres roulaient, il y avait beaucoup d'herbe sèche sur les talus. Esther coupait entre les lacets par des raccourcis à travers les broussailles. Elle montait sans regarder en arrière, en s'accrochant aux arbustes. Son cœur cognait fort dans sa poitrine, elle sentait les gouttes de sueur qui mouillaient sa robe sur son dos, qui piquaient sous ses aisselles.

Il n'y avait pas de bruit dans la forêt, seulement de temps en temps les cris des corbeaux invisibles. La montagne était belle et solitaire, le soleil du matin faisait briller les aiguilles des mélèzes, exaltait l'odeur des buissons.

Esther pensait à la liberté. *Giustizia e Libertà*. Brao disait qu'ils étaient là, en haut de cette montagne, qu'ils se retrouvaient près de la chapelle. Peut-être qu'elle pourrait leur parler, peut-être qu'ils savaient quelque chose, qu'ils avaient des nouvelles de Saint-Martin. Peut-être qu'elle pourrait partir avec eux, franchir les montagnes, et là-bas il y aurait Tristan, et Rachel, et Judith, et tous les gens du village, les vieux emmitouflés dans leurs caftans et les femmes vêtues de leurs longues robes, avec leurs cheveux cachés par des foulards. Il y aurait les enfants, aussi, tous les enfants en train de courir sur la place autour de la fontaine, ou bien cavalcadant le long de la rue du ruisseau, jusqu'aux champs d'herbes au bord de la rivière. Mais elle ne voulait plus penser à tout cela. Elle voulait aller plus loin, prendre le train pour Paris, aller jusqu'à l'océan, en Bretagne peut-être. Avant, elle parlait souvent de la Bretagne avec son père, il lui avait promis qu'il l'emmènerait. C'était pour cela qu'elle escaladait cette montagne, pour être libre, pour ne plus penser. Quand elle serait avec les gens de *Giustizia e Libertà*, elle n'aurait plus besoin de penser à rien, tout serait différent.

Un peu avant midi, Esther est arrivée au sanctuaire. La chapelle était abandonnée, la porte fermée, les fenêtres avaient des carreaux cassés. Sous le porche, il y avait des traces de feu. Des gens avaient mangé là, avaient dormi peut-être. Il restait des morceaux de carton, des brindilles sèches. Esther a grimpé jusqu'à la fontaine, au-dessus du sanctuaire, et elle a bu l'eau très froide. Puis elle s'est assise pour attendre. Son cœur battait fort. Elle avait peur. Tout était silencieux, seulement le bruit léger du vent dans les mélèzes, mais peu à peu Esther percevait d'autres bruits, des craquements dans les pierres, des frôlements dans les broussailles, ou bien le passage bref d'un insecte, un cri lointain d'oiseau dans les fourrés. Le ciel était très bleu, sans nuages, le soleil brûlait.

Tout d'un coup, Esther n'a pas pu attendre davantage. Elle a commencé à courir, comme autrefois sur la route de Roquebillière quand Gasparini l'avait emmenée voir la moisson des blés et qu'elle avait senti un vide entrer en elle, la peur de la mort. Elle a couru sur la route de Valdieri, jusqu'à la grande courbe d'où on voyait la vallée, et là, elle s'est arrêtée, à bout de souffle. Devant elle, elle pouvait tout voir, comme si elle était un oiseau.

La vallée de Valdieri était éclairée par le soleil, elle reconnaissait chaque maison, chaque sentier, jusqu'au village d'Entracque par où elle était arrivée avec Elizabeth. C'était une grande brèche par où soufflait le vent.

Alors elle s'est assise par terre, au bord de la route, et elle a regardé au loin, du côté des montagnes. Les cimes étaient aiguës, elles griffaient le ciel, leur ombre s'étendait sur les pentes rouillées jusqu'à la vallée. Tout à fait au fond, la glace brillait comme un joyau.

Il y avait un an, Esther et Elizabeth avaient franchi ces montagnes avec tous les gens qui fuyaient les Allemands. Esther se souvenait de chaque instant et, pourtant, cela lui semblait très lointain, comme dans une autre vie. Tout avait changé. Maintenant, ce qu'il y avait de l'autre côté de la montagne était devenu impossible. Peut-être qu'il ne restait rien.

Cela faisait un trou au centre d'elle, une fenêtre par où passait le vide. C'était cela qu'elle avait vu, elle s'en souvenait, quand elle s'était approchée de la montagne, avant de passer le col. Une fenêtre irréelle, où brillait le ciel. Mais c'était peut-être un rêve qu'elle avait fait, juste avant que les nuages ne se referment sur Elizabeth et sur elle et ne les enfoncent dans l'oubli, à Festiona. Alors les combattants de *Giustizia* e *Libertà* ne pouvaient plus rien, est-ce qu'on se libère des ombres ?

Le soleil descendait vers les hautes montagnes, elle sentait sur son visage la marche vers les ténèbres. Là-bas, il y avait cette montagne que les gens appelaient justement de ce nom, le mont Ténèbre.

Esther s'efforçait de ne pas détacher son regard du fond de la vallée, le passage au milieu des glaces. L'ombre s'étendait lentement, recouvrait la vallée, noyait les villages. Maintenant Esther entendait les bruits de la vie, les aboiements des chiens, les tintements des cloches, même les cris des enfants. L'odeur de la fumée était apportée par le vent. C'était un jour comme un autre, en bas. Personne ne pensait à la guerre.

Au loin, la cime du Gelas semblait de plus en plus

éloignée, elle flottait au-dessus de la brume, légère comme un nuage. Esther regardait, le soleil se rapprochait inévitablement des montagnes. Elle pensait à Elizabeth, en bas, à Festiona. Elle avait dû enfiler le chandail sur sa robe-tablier, à cause du froid de la nuit qui arrivait déjà. Brao devait guetter sur la place, c'était l'heure où les enfants de l'asile se préparaient à marcher vers l'église. Encore quelques minutes, Esther regardait la vallée de Valdieri, l'arête aiguë des glaciers, comme si quelqu'un allait venir, descendre des cimes et marcher jusqu'aux villages enfumés, un homme très grand qui traverserait les torrents et les champs d'herbes, le dos contre le soleil, et elle sentirait enfin son ombre sur elle.

Esther

Port d'Alon, décembre 1947

J'ai dix-sept ans. Je sais que je vais quitter ce pays,
pour toujours. Je ne sais pas si j'arriverai là-bas, mais
nous allons bientôt partir. Maman est assise contre
moi, dans le sable, à l'abri du cabanon en ruine. Elle
dort, et moi j'attends. Nous sommes enveloppées dans
la couverture militaire que nous a donnée l'oncle
Simon Ruben avant notre départ. C'est une couverture
de l'armée américaine, dure et imperméable, à
laquelle il tenait beaucoup. Simon Ruben est l'ami de
maman, il est mon ami aussi. C'est lui qui s'est occupé
de tout pour notre voyage. Après la guerre, quand nous
sommes venues à Paris, sans mon père, Simon Ruben
nous a recueillies. Il était ami avec mon père, il le
connaissait bien, et c'est pour cela qu'il nous a recueillies. D'abord il nous a logées dans un garage, parce
qu'il n'était pas sûr que la guerre était finie, et que les
Allemands n'allaient pas revenir. Puis, quand il a
compris que c'était vraiment fini, qu'il n'y avait plus
de raison de se cacher, il nous a laissé la moitié d'un
appartement qu'il avait dans la rue des Gravilliers, et
dans l'autre moitié il y avait une vieille dame aveugle,
qui s'appelait Mme d'Aleu, et c'est là que nous avons

143

habité. Mais maintenant, il n'y a plus d'argent, et nous ne savons pas où aller. Il n'y a plus de place pour nous, nulle part. Simon Ruben a dit à maman que ce n'était pas pour l'argent, mais pour notre vie, pour qu'on oublie. Il a dit : « Est-ce qu'il ne faut pas oublier ce que la terre a recouvert ? » Il a dit cela, je m'en souviens très bien, et moi je n'avais pas compris ce qu'il voulait dire. Il tenait les mains de maman, il était penché sur la table, il avait son visage tout près de celui de maman, et il disait, il répétait : « Il faut partir pour oublier ! Il faut oublier ! » Je ne comprenais pas ce qu'il voulait dire, ce qu'il fallait oublier, ce que la terre avait recouvert. Maintenant je sais qu'il voulait dire mon père, c'était cela qu'il disait, mon père avait été recouvert par la terre, et il fallait bien l'oublier. Je me souviens de l'oncle Simon Ruben, de sa figure vieillie et bouffie tout près de maman, elle si belle, pâle et fragile, si jeune. Je me souviens de son visage avec l'ombre de ses grands yeux aux cils très noirs. Même à moi qui étais son enfant elle me paraissait jeune et fragile comme une petite fille. Je crois qu'elle pleurait. Ici, nous sommes arrivées ici dans la pénombre de l'aube, après avoir marché dans la nuit, sous la pluie, depuis la gare de Saint-Cyr, nous avons marché en écoutant le bruit du vent dans la forêt, un bruit de souffle, le vent qui nous chassait vers la mer. Combien d'heures avons-nous marché, sans parler, à l'aveuglette, guidées par la mince lumière de la torche électrique, trempées par la pluie froide ? Par instants, la pluie cessait, on n'entendait plus le vent. Le chemin boueux sinuait à travers les collines, descendait au fond des vallées. Au point du jour, nous sommes entrées dans la forêt de pins maritimes géants, au fond d'une vallée. Les troncs des arbres étaient debout dans la lueur vague de la mer, et cela faisait battre notre cœur, comme si nous étions en train de marcher dans un pays inconnu. L'homme qui nous guidait a installé tout le monde auprès des ruines d'un cabanon, et il est reparti. Maman s'est assise par terre, dans le sable, en se plaignant de ses jambes, en reniflant un peu.

Nous attendons dans la pénombre de l'aube. Le vent souffle par rafales, un vent froid qui cherche à percer la carapace mouillée de la couverture. Maman est serrée contre moi. Elle s'est endormie presque tout de suite. Je ne bouge pas, pour ne pas la réveiller. Je suis si fatiguée.

Le voyage en train, depuis Paris. Les wagons étaient bondés, il n'y avait aucune place assise. Maman s'est allongée par terre sur un carton, dans le couloir, devant la porte des W.-C., et moi je suis restée debout le plus longtemps que j'ai pu, pour surveiller nos valises. Nos deux valises sont renforcées avec de la ficelle. Dedans sont tous nos trésors. Nos vêtements, nos affaires de toilette, nos livres, nos photos, des souvenirs. Maman a pris deux kilos de sucre, parce qu'elle dit que ça doit sûrement manquer là-bas. Moi, je n'ai pas beaucoup d'habits. J'ai pris ma robe d'été en percale blanche, des gants, des chaussures de rechange, et surtout les livres que j'aime, les livres que mon père nous lisait quelquefois, le soir, après le dîner, *Nicolas Nickleby*, et *Les aventures de M. Pickwick*. Ce sont les livres que je préfère. Quand j'ai envie de pleurer, ou de rire, ou de penser à autre chose, il suffit que je prenne un de ceux-là, que j'ouvre au hasard, et tout de suite je trouve le passage qu'il me faut.

Maman, elle, n'a pris qu'un seul livre. L'oncle Simon Ruben a donné à maman, avant qu'elle ne s'en aille, le Livre du Commencement, *Sefer Berasith*, c'est comme cela qu'il s'appelle. Maman s'est endormie sur le sol crasseux du couloir du wagon, malgré les secousses des bogies et la porte des W.-C. qui battait près de sa tête, et l'odeur... De temps en temps, il y a quelqu'un qui a besoin d'utiliser les W.-C., et qui arrive au bout du couloir. Quand il voit maman endormie par terre sur son carton, il retourne, il va chercher ailleurs. Mais il y en a quand même un qui a voulu entrer. Il s'est planté devant maman, et il a dit : « Pardon ! » comme si elle allait tout de suite se réveiller et se relever. Elle a continué à dormir, alors il a crié plusieurs fois, de plus en plus fort : « Pardon ! Pardon ! Pardon ! » Puis il s'est penché pour la tirer de côté. Alors je ne sais pas ce qui m'a pris, mais je n'ai pas pu le supporter, non, ce gros homme sans pitié qui allait réveiller maman pour pouvoir aller tranquillement aux cabinets. J'ai sauté sur lui, et j'ai commencé à le bourrer de coups de poing et à le griffer, mais sans dire un mot, sans crier, avec les mâchoires serrées et des larmes dans les yeux. Lui, s'est reculé comme si un chat enragé s'était jeté sur lui, il m'a repoussée, et il s'est mis à crier, avec une drôle de voix aiguë, pleine de colère et de peur : « Vous allez avoir de mes nouvelles ! Vous allez voir ça ! » Et il est parti. Alors je me suis couchée par terre moi aussi, à côté de maman qui ne s'était même pas réveillée, je l'ai enlacée et j'ai dormi un peu, d'un sommeil plein de bruits et de cahots qui me donnait la nausée.

A Marseille, il pleut. Pendant des heures, nous attendons, sur le quai immense. Maman et moi, nous ne sommes pas les seules. Il y a beaucoup de gens sur les quais, entassés au milieu des bagages. Toute la nuit, nous attendons. Le vent froid souffle sur les quais, la pluie fait un brouillard autour des lumières électriques. Les gens sont couchés par terre contre les valises. Certains sont emmitouflés dans des couvertures de la Croix-Rouge. Il y a des enfants qui pleurent un peu, puis qui s'endorment tout d'un coup, écrasés de fatigue. Des hommes vêtus de noir, des Juifs qui parlent interminablement dans leurs lan-

146

gues. Ils parlent et fument, assis sur les bagages, et leurs voix résonnent bizarrement dans le vide de la gare.

Quand nous avons débarqué à Marseille, un peu avant minuit, personne ne nous a rien dit, mais c'est une rumeur qui est allée de l'un à l'autre, le long du quai : il n'y aura pas de train avant trois ou quatre heures du matin, pour la direction de Toulon. Peut-être qu'il faudra passer toute la nuit sur les quais à attendre, mais quelle importance ? Le temps a cessé d'exister pour nous. Nous voyageons, nous sommes dehors depuis si longtemps, dans un monde où il n'y a plus de temps.

Je l'ai vu, alors, sur le même quai, sous la grande horloge qui ressemble à une lune blafarde. Il était sur le quai de la gare, à Paris, avant le départ du train, il y a si longtemps que j'ai l'impression que cela fait des semaines. Il remontait à travers la foule au moment où le train entrait dans la gare, avec le fracas de la vapeur qui fusait et le crissement des freins. Il était grand, maigre, avec ces cheveux et cette barbe d'or qui lui donnent l'air d'un berger. Je dis cela, parce que maintenant je sais qu'il s'appelle comme cela, Jacques Berger. Alors je lui ai donné ce surnom, le Berger.

Il remontait la foule en cherchant du regard, quelque chose, quelqu'un, un parent, un ami. Quand il est arrivé à ma hauteur, son regard s'est arrêté sur moi, si longuement que j'ai dû détourner le mien, et pour qu'il ne me voie pas rougir je me suis penchée vers ma valise comme si je cherchais quelque chose.

Je l'avais oublié, pas tout à fait oublié, mais le train, le bruit des bogies, les cahots, et maman qui dormait comme une enfant malade, allongée par terre à côté de la porte des W.-C., tout ça m'empêchait de penser à qui que ce soit. D...! Je hais bien les voyages ! Comment peut-on prendre le train ou le bateau pour son plaisir !

147

J'aimerais rester toute ma vie au même endroit, à regarder passer les jours, passer les nuages, les oiseaux, à rêver. A l'autre bout du quai comme à Paris, le Berger en question est debout, comme s'il attendait quelqu'un, un parent, un ami. Malgré la distance, je vois son regard dans l'ombre des orbites.

Puisque nous devons peut-être attendre toute la nuit sur ce quai, autant s'organiser. J'ai mis les deux valises à plat, et maman est assise par terre, le haut de son corps appuyé sur les valises. Je compte bien l'imiter tout à l'heure. Quand tout cela finira-t-il ? Il me semble aujourd'hui que je n'ai jamais cessé de voyager depuis que je suis née, dans les trains, dans les autocars, sur les routes de montagne, et puis allant d'un logement à un autre, à Nice, à Saint-Martin, à Festiona puis Nice encore, et Orléans, Paris jusqu'à ce que la guerre soit finie. C'est là que j'ai compris que je ne pourrai jamais cesser de voyager, que je n'aurai jamais de repos. Je voudrais ne plus pouvoir penser à Saint-Martin, à Berthemont. Maman a dit un jour que ces noms-là étaient des noms maudits, qu'on ne devait plus les dire. Plus y penser même.

Le Berger m'a parlé tout à l'heure, quand je revenais des toilettes de la gare. Je passais sous la pendule, et il était là, assis sur sa valise au milieu des gens couchés. A côté de lui, il y avait le groupe des Juifs habillés de noir, en train de bavarder et de fumer. Il m'a dit : « Bonjour mademoiselle », avec sa voix un peu grave. Il m'a dit : « C'est long, d'attendre sur un quai », et : « Vous n'avez pas trop froid ? » avec un accent de Parisien, je crois. J'ai vu qu'il avait une petite cicatrice près de la lèvre, j'ai pensé à mon père. Je ne sais plus ce que j'ai dit, peut-être que je suis repartie sans répondre, la tête baissée, parce que j'étais si lasse, si désespérément fatiguée. Je crois que j'ai grogné quelque chose de désagréable, pour pouvoir m'en aller plus vite, m'installer le buste appuyé contre les valises, les jambes repliées de côté, le plus près possible de maman. Je crois que je n'avais jamais encore pensé qu'elle pouvait mourir.

Les nuits sont longues, quand il fait froid et qu'on attend un train. Je n'ai pas pu dormir un instant, malgré la fatigue, malgré le vide qui était autour de moi. Je regardais sans cesse autour de moi, comme pour m'assurer que rien n'avait changé, que tout continuait d'être réel. Je regardais cela, la gare immense avec sa verrière où ruisselait la pluie, les quais dont l'extrémité se perdait dans la nuit, les halos autour des réverbères, et je pensais : je suis ici, voilà. Je suis à Marseille, c'est la dernière fois de ma vie que je vois cela. Je ne dois pas l'oublier, jamais, même si je dois vivre aussi vieille que Mme d'Aleu, la vieille dame aveugle qui partage notre appartement au 26 de la rue des Gravilliers. Je ne dois jamais rien oublier de tout cela. Alors, je me redressais un peu, en m'appuyant sur les vieilles valises, et je regardais les corps étendus sur le quai, contre les murs, et les gens qui somnolaient assis sur les bancs, enveloppés dans leurs couvertures, et on aurait dit des dépouilles, des habits jetés. Mes yeux brûlaient, je sentais un vertige dans ma tête, j'entendais le bruit des respirations, lourd, profond, et je sentais les larmes couler sur mes joues, le long de mon nez, goutter sur la valise, sans comprendre pourquoi elles sortaient de mes yeux. Maman bougeait un peu dans son sommeil, elle geignait, et je lui caressais les cheveux comme on fait à un enfant pour qu'elle ne se réveille pas. Là-bas, la pendule montrait sa face blafarde, sa face de lune, où les heures avançaient si lentement : une heure, deux heures, deux heures et demie. J'essayais d'apercevoir le Berger, au bout du quai, sous la pendule, mais il avait disparu. Lui aussi était devenu une dépouille, un haillon jeté. Alors, la joue appuyée contre la valise, je pensais à tout ce qui était arrivé, à tout ce qui allait advenir, comme cela, lentement, en suivant un chemin au hasard, comme quand on écrit une lettre. Je pensais à mon père, quand il était parti, la dernière image que j'avais gardée de lui, grand, fort, son visage doux, ses cheveux bouclés très noirs, son regard, comme s'il voulait s'excuser, comme s'il avait fait une bêtise. Un instant, il était là, il m'embrassait, il me serrait fort contre lui, à me faire perdre le souffle, et je riais en le repoussant un peu. Puis il était parti, pendant mon sommeil, laissant seulement l'image de ce visage sérieux, de ces yeux qui voulaient se faire pardonner.

Je pense à lui. Quelquefois je fais semblant de croire que c'est lui que nous allons retrouver, au bout de ce voyage. Il y a longtemps que je me suis entraînée à faire semblant, jusqu'à ce que j'y croie. C'est difficile à expliquer. C'est comme le courant qui passe de l'aimant à la plume de fer. Un moment la plume bouge, frémit. L'instant d'après, si vite qu'on n'a rien pu voir, la plume est collée à l'aimant. Je me souviens, quand j'avais dix ans, c'était au début de la guerre, quand nous avions fui Nice, vers Saint-Martin, cet été-là mon père m'avait emmenée en bas de la vallée voir les moissons, peut-être à l'endroit même où j'étais retournée trois ans après avec le jeune Gasparini. Nous avions fait tout le chemin dans la charrette à cheval, et mon père avait aidé les fermiers à faucher, et à lier les bottes de blé. Moi je restais près de lui, derrière lui, je respirais l'odeur de sa sueur. Il avait enlevé sa chemise et je voyais les muscles tendus de chaque côté de son dos sous la peau blanche, comme des cordes. Tout d'un coup, malgré le soleil, malgré les cris des gens et l'odeur du blé coupé, j'avais compris que ça allait finir, j'avais pensé cela très fort, que mon père devrait s'en aller, pour toujours, comme nous aujourd'hui. Je m'en souviens, cette idée-là est venue tranquillement, en faisant à peine un petit bruissement, et d'un seul coup elle a fondu sur moi, elle m'a serré le cœur dans sa griffe, et je n'ai plus pu faire semblant de rien. Saisie d'horreur, j'ai couru sur le chemin au milieu des blés, sous le ciel bleu, je me suis échappée aussi vite que j'ai pu. Je ne pouvais plus crier, ni pleurer, je ne pouvais que courir de toutes mes forces, en sentant cette étreinte qui broyait mon cœur, qui m'étouffait. Mon père s'est mis à courir derrière moi, il m'a rattrapée sur la route, il m'a soulevée, arrachée du sol, je m'en souviens, et moi je me débattais, il m'a serrée contre sa poitrine, cherchant à calmer mes sanglots sans larmes, mes hoquets, en caressant mes cheveux et ma nuque. Ensuite il ne m'a jamais posé aucune question, il ne m'a pas fait de reproches. Aux gens, qui demandaient ce qui s'était passé, il a dit seulement, rien, rien du tout, elle a eu peur. Mais j'ai vu dans ses yeux qu'il avait compris, qu'il avait senti cela aussi, le passage de cette ombre froide, malgré la belle lumière de midi et l'or des blés.

Je me souviens aussi un jour, avec maman, nous étions allées nous promener du côté de Berthemont, nous avions suivi le torrent soufré au-dessus de l'hôtel en ruine. Déjà mon père était parti, il avait rejoint les gens des maquis, c'était mystérieux. Il y avait eu un échange de billets que mon père lisait et qu'il brûlait aussitôt, et maman s'était habillée à la hâte. Elle m'avait prise par la main, on avait marché vite sur la route déserte, le long de la rivière, jusqu'à l'hôtel abandonné. Par un petit escalier d'abord, puis le long d'un sentier étroit, on avait commencé à escalader la montagne, maman marchait vite, sans s'essouffler, et j'avais du mal à la suivre, mais je n'osais rien dire parce que c'était la première fois que j'allais avec elle. Elle avait cette expression d'impatience que je ne retrouve plus aujourd'hui, ses yeux brillaient de fièvre. Nous marchions très haut maintenant, sur une pente couverte d'immenses herbages, et partout autour de nous c'était le ciel. Je n'étais encore jamais allée si haut, si loin, et j'avais le cœur qui battait fort, de fatigue, d'inquiétude. Puis nous étions arrivées en haut de cette pente, et là, au pied des sommets, il y avait une vaste plaine d'herbes, semée de cabanes de bergers en pierres sèches noires. Maman était allée jusqu'aux premières cabanes, et quand nous étions arrivées, mon père était apparu. Il était debout au milieu des grandes herbes, il ressemblait à un chasseur. Il avait des habits déchirés et salis, et il portait un fusil en bandoulière. J'avais du mal à le reconnaître, parce que sa barbe avait poussé et son visage était tanné par le soleil. Comme d'habitude, il m'a soulevée et il m'a serrée contre lui très fort. Et puis avec maman il s'était allongé dans l'herbe, près de la cabane de pierres, et ils avaient parlé. Je les entendais parler, et rire, mais je restais un peu à l'écart. Je jouais avec les cailloux, je m'en souviens, je les jetais sur le dos de ma main comme des osselets.

Je peux entendre encore leurs voix et leurs rires, cet après-midi-là, sur la pente d'herbages immenses, avec le ciel qui nous entourait. Les nuages roulaient, dessinaient des volutes éblouissantes sur le bleu du ciel, et j'entendais les rires et les éclats de voix de mon père et de ma mère, à côté de moi, dans les herbes. Et c'est là, à ce moment-là, que j'ai compris que mon père allait mourir. L'idée m'est venue, et j'avais beau l'écarter, elle revenait, et j'entendais sa voix, son rire, je savais qu'il suffisait que je me retourne pour les voir, pour voir son visage, ses cheveux et sa barbe brillant au soleil, sa chemise, et la silhouette de maman, couchée contre lui. Et tout d'un coup, je me suis jetée sur le sol, et je mordais ma main pour ne pas crier, pour ne pas pleurer, et malgré cela je sentais les larmes qui glissaient hors de moi, le vide qui se creusait dans mon ventre, qui s'ouvrait au-dehors, un vide, un froid, et je ne pouvais m'empêcher de penser qu'il allait mourir, qu'il devait mourir.

C'est cela que je dois oublier, dans ce voyage, comme disait l'oncle Simon Ruben, « Il faut oublier, il faut partir pour oublier ! »

Ici, au fond de la baie d'Alon, tout semble si loin, comme si c'était arrivé à quelqu'un d'autre, dans un autre monde. Le vent du nord souffle fort dans la nuit, et je suis serrée contre maman, la couverture dure de Simon Ruben remontée jusqu'aux yeux. Il y a si longtemps que je n'ai pas dormi. Tout mon corps me fait mal, mes yeux brûlent. Le bruit de la mer me rassure, même si c'est la tempête. C'est la première fois de ma vie que je couche au bord de la mer. Par la fenêtre du wagon, debout dans le couloir à côté de maman, avant d'arriver à Marseille, je l'ai vue dans le crépuscule, un instant étincelante, ridée par le vent. Tout le monde était du même côté du wagon pour voir la mer. Ensuite, dans le train qui roulait vers Bandol, j'ai essayé de l'apercevoir, le front collé à la vitre froide, bousculée par les cahots et les virages. Mais il n'y avait rien d'autre que le noir, les éclairs de lumière, et les lampes lointaines qui dansaient comme les feux des navires.

Le train s'est arrêté à la gare de Cassis, et beaucoup de gens sont descendus, des hommes et des femmes enveloppés dans leurs manteaux, certains avec de grands parapluies comme s'ils allaient marcher sur les boulevards. J'ai regardé au-dehors, pour essayer de voir si le Berger était descendu avec eux, mais il n'était pas sur le quai. Ensuite le train s'est ébranlé lente-ment, et les gens étaient debout sur le quai, ils s'éloignaient pareils à des fantômes, c'était triste et un peu drôle à la fois, pareils à des oiseaux fatigués, éblouis par le vent. Est-ce qu'ils vont à Jérusalem, eux aussi ? Ou bien est-ce qu'ils vont au Canada ? Mais on ne peut pas le savoir, on ne peut pas le demander. Il y a des gens qui écoutent, des gens qui voudraient savoir, pour nous empêcher de partir. Simon Ruben a dit cela, quand il nous a accompagnées sur le quai de la gare : « Ne parlez à personne. Ne demandez rien à personne. Il y a des gens qui vous écoutent. » Dans le Livre du Commencement, il a glissé un papier avec le nom et l'adresse de son frère, à Nice, Meubles Edouard Ruben, descente Crotti, c'est là qu'on doit dire qu'on va, si la police nous arrête. Ensuite nous sommes arrivées à Saint-Cyr, et tout le monde est descendu. Sur le quai de la gare, un homme nous attendait. Il a rassemblé tous ceux qui devaient partir, et on a commencé à marcher sur la route, guidés par la lumière de sa torche électrique, jusqu'au port d'Alon.

Maintenant, nous sommes sur la plage, à l'abri du cabanon en ruine, nous attendons l'aube. Peut-être que d'autres cherchent à voir, comme moi. Ils se redressent, ils regardent devant eux, ils cherchent à voir dans le noir la lumière du bateau, ils scrutent le fracas de la mer pour entendre les voix des marins qui appellent. Les pins géants grincent et craquent dans le vent, leurs aiguilles font le bruit des vagues sur une étrave. Le bateau qui doit venir est italien, comme Angelo Donati. Il s'appelle le *Sette Fratelli*, ce qui veut dire Sept Frères. Quand j'ai entendu ce nom pour la première fois, à Paris, j'ai pensé aux sept enfants perdus dans la forêt dans le conte du Petit Poucet. Il me semble qu'avec ce nom-là, rien ne peut nous arriver.

Je me souviens quand mon père parlait de Jérusalem, quand il racontait ce que c'était que cette ville, le soir, comme une histoire, avant de dormir. Ni lui, ni maman n'étaient croyants. C'est-à-dire qu'ils croyaient en D..., mais ils ne croyaient pas à la religion des Juifs, ni à aucune autre religion. Mais quand mon père parlait de Jérusalem, au temps du roi David, il racontait des choses extraordinaires. Je pensais que ça devait être la plus belle et la plus grande ville du monde, pas comme Paris en tout cas, car il n'y avait sûrement pas là-bas des rues noires ni d'immeubles vétustes, ni de gouttières crevées, ni d'escaliers qui sentaient mauvais, ni de ruisseaux où couraient les armées de rats. Quand vous dites Paris, il y a des gens qui pensent que vous avez de la chance, une si belle ville ! Mais à Jérusalem c'était sûrement autre chose. Comment était-ce ? Je n'arrivais pas bien à l'imaginer, une ville comme un nuage, avec des dômes et des clochers et des minarets (mon père disait qu'il y avait beaucoup de minarets), et des collines tout autour, plantées d'orangers et d'oliviers, une ville qui flottait au-dessus du désert comme un mirage, une ville où il n'y avait rien de banal, rien de sale, rien de dangereux. Une ville où on passait son temps à prier et à rêver.

Je crois que je ne savais pas bien ce que ça voulait dire alors, prier. Peut-être que je pensais que c'était comme les rêves, quand on laisse glisser autour de soi des choses secrètes, ce qu'on souhaite et ce qu'on aime le mieux au monde, avant de partir dans le sommeil.

Maman avait parlé souvent de cela, elle aussi. Les derniers temps, à Paris, elle ne vivait plus que pour ce nom de Jérusalem. Elle ne parlait pas vraiment de la ville, ni du pays, Eretz Israël, mais de tout ce qui avait existé là-bas, autrefois, de tout ce qui allait recommencer. Pour elle, c'était une porte, c'est ce qu'elle disait.

Le vent froid entre peu à peu en moi, me traverse. C'est un vent qui ne vient pas de la mer, mais qui souffle du nord, par-dessus les collines, qui résonne

entre les fûts des grands arbres. Il fait gris, maintenant, et je vois les troncs très hauts, et le ciel entre les
branches. Mais on n'aperçoit pas encore la mer.
Maman s'est réveillée, à cause du froid de l'aube. Je
sens son corps qui frissonne à côté du mien. Je l'ai
serrée plus fort contre moi. Je lui dis des mots pour la
tranquilliser, pour la calmer. Est-ce qu'elle m'a entendue ? Je voudrais lui parler de tout cela, de la porte, lui
dire que c'est vraiment difficile et long, de franchir
cette porte. Il me semble que c'est elle l'enfant, et moi
qui suis sa mère. Le voyage a commencé il y a si
longtemps. Je me souviens de chaque étape, depuis le
commencement. Quand nous sommes allées vivre à
Paris, dans l'appartement de Simon Ruben, rue des
Gravilliers, avec la vieille dame aveugle. Alors je ne
parlais plus, je ne mangeais plus, seulement quand
maman me donnait à manger à la cuillère, comme un
bébé. J'étais devenue un bébé, je mouillais mon lit
chaque nuit. Maman m'enveloppait de couches qu'elle
fabriquait avec de vieux chiffons de toutes les couleurs.
Il y avait un vide, après Saint-Martin, après la marche
à travers la montagne jusqu'en Italie, la longue marche
jusqu'à Festiona. Les souvenirs me revenaient comme
des lambeaux, comme les traînées de brume sur les
toits du village, et la montée de l'ombre dans la vallée
en hiver. Cachée dans la chambre de la pension
Passagieri, j'entendais les chiens aboyer, j'entendais le
bruit lent des pas des orphelins qui se dirigeaient
chaque soir vers l'église sombre, j'entendais encore la
voix de Brao qui criait, Elena ! tandis que le maître
d'école le poussait par l'épaule. Et la vallée ouverte
jusqu'à la fenêtre de glace, les longues pentes rouillées
que j'avais scrutées, les sentiers vides, seulement le
vent, qui apportait les bruits de forge des villages, les
cris vagues des enfants, rien que le vent, qui soufflait
jusqu'au fond de moi, qui agrandissait le vide au fond

de moi. L'oncle Simon Ruben avait tout essayé. Il avait essayé la prière, il avait fait venir le rabbin, et un médecin, pour me guérir de ce vide. La seule chose qu'il n'avait pas essayée, c'était l'hôpital, parce que maman n'aurait pas voulu, ni même qu'il demande l'aide de l'Assistance publique. Ce sont les années terrifiantes que j'ai laissées derrière moi, dans l'ombre froide, dans les couloirs et les escaliers de la rue des Gravilliers. Elles s'en vont, elles partent à l'envers comme le paysage derrière le train.

Jamais aucune nuit ne m'a paru aussi longue. Je me souviens, autrefois, avant Saint-Martin, j'attendais la nuit avec inquiétude, parce que je croyais que c'était à ce moment-là qu'on pouvait mourir, que c'était pendant la nuit que la mort volait les gens. On s'endormait vivant, et quand la nuit se dissipait, on avait disparu. C'est comme cela que Mme d'Aleu était morte, une nuit, en laissant son corps froid et blanc dans son lit, et l'oncle Simon Ruben était venu aider maman à faire la toilette des morts, pour l'enterrement. Maman m'avait rassurée, elle avait dit que ce n'était pas cela, que la mort ne volait personne, que c'était seulement le corps et l'esprit qui étaient fatigués et qu'ils s'arrêtaient de vivre, comme on s'endort. « Et quand on tue quelqu'un ? » J'avais demandé cela. J'avais demandé cela presque en criant, et maman avait détourné le regard, comme si elle avait honte d'avoir menti, comme si c'était sa faute. Parce qu'elle avait pensé tout de suite, elle aussi, à mon père, et elle avait dit : « Ceux qui tuent les autres leur volent la vie, ils sont comme des bêtes féroces, ils sont sans pitié. » Elle se souvenait elle aussi quand mon père partait dans la montagne, avec son fusil, elle se souvenait comme il disparaissait dans les hautes herbes, pour ne pas revenir. Quand les grandes personnes ne disent pas la vérité, elles détournent les yeux parce qu'elles ont peur que cela ne se voie dans leur regard. Mais déjà à ce moment-là, j'étais guérie du vide, je n'avais plus peur de la vérité.

C'est à ces nuits que je pense maintenant, dans le gris de l'aube, en écoutant le bruit de la mer sur les rochers de la baie d'Alon. Le bateau doit venir bientôt pour nous emmener à Jérusalem. Ces nuits sont soudées entre elles, elles ont recouvert les jours. Ces nuits sont entrées en moi, à Saint-Martin, elles ont laissé mon corps froid, seul et sans forces. Ici, sur la plage, avec le corps de maman serré contre le mien et tremblant, écoutant le bruit de sa respiration qui geint comme celle d'un enfant, je me souviens des nuits, quand nous sommes entrées au 26 de la rue des Gravilliers, le froid, le bruit de l'eau dans les gouttières, les grincements des ateliers dans la cour, les voix qui résonnaient, et maman était couchée contre moi dans la chambre étroite et froide, elle me serrait contre elle pour me réchauffer parce que la vie s'en allait de moi, la vie fuyait au-dehors, dans les draps, dans l'air, dans les murs.

J'écoute, et il me semble que je peux entendre autour de moi tous ceux qui attendent le bateau. Ils sont là, couchés dans le sable contre le mur du cabanon en ruine, sous les hauts pins qui nous abritent des rafales du vent. Je ne sais pas qui ils sont, je ne connais pas leurs noms, sauf le Berger, mais c'est le surnom que je lui donne. Ils ne sont que des visages à peine visibles dans la pénombre, des formes, des femmes enveloppées dans leurs manteaux, des vieux hommes tassés sous leurs grands parapluies. Tous avec les mêmes valises renforcées de ficelles, avec les mêmes couvertures de la Croix-Rouge ou de l'armée américaine. Quelque part, au milieu d'eux, le Berger, tout seul, pareil encore à un adolescent. Mais nous ne devons pas nous parler, nous ne devons rien savoir. Simon Ruben a dit cela, sur le quai de la gare. Il nous a embrassées longuement, maman et moi, il nous a donné un peu d'argent et sa bénédiction. Ainsi, nous ne sommes pas les seules à franchir cette porte. Il y en a d'autres, ici, sur cette plage, et ailleurs, des milliers d'autres qui attendent les bateaux qui vont partir pour ne plus jamais revenir. Ils vont vers les autres mondes, au Canada, en Amérique du Sud, en Afrique, là où on les attend peut-être, où ils pourront recommencer une autre vie. Mais ceux qui sont ici, avec nous, sur la plage d'Alon, qui nous attend ? A Jérusalem, disait l'oncle Simon Ruben avec un rire, il n'y a que les anges qui vous attendent. Combien de portes allons-nous franchir ? Chaque fois que nous traverserons l'horizon, ce sera comme une nouvelle porte. Pour ne pas désespérer, pour résister au vent froid, à la fatigue, il faut penser à la ville qui est semblable à un mirage, la ville de minarets et de dômes brillant au soleil, la ville de rêve et de prières suspendue au-dessus du désert. Dans cette ville, on peut sûrement oublier. Dans cette ville, il n'y a pas le noir des murs, le noir de l'eau qui ruisselle, le vide et le froid, ni la foule des boulevards qui vous bouscule. On peut vivre une nouvelle fois, on peut retrouver ce qui existait avant, l'odeur des blés dans la vallée, près de Saint-Martin, l'eau des ruisseaux quand la neige fond, le silence des après-midi, le ciel d'été, les sentiers qui s'enfoncent au milieu des herbes hautes, le bruit du torrent et la joue de Tristan sur ma poitrine. Je hais les voyages, je hais le temps ! C'est la vie avant la destruction qui est Jérusalem. Est-il vraiment possible de trouver cela, même en traversant les mers sur le *Sette Fratelli* ?

Le jour se lève. Pour la première fois, je peux penser à ce qui va venir. Bientôt, le bateau italien sera là, dans le port d'Alon que je commence à voir. Il me semble que je sens déjà le mouvement de la mer. La mer va nous emporter jusqu'à cette ville sainte, le vent va nous pousser jusqu'à la porte du désert. Jamais je n'ai parlé de D... avec mon père. Il ne voulait pas qu'on en parle. Il avait une façon de vous regarder, très simple et sans hésitation, qui vous empêchait de poser des questions. Après, quand il n'avait plus été là, cela n'avait plus d'importance. L'oncle Simon Ruben avait dit à maman, un jour, est-ce qu'il ne fallait pas commencer à songer à l'enseignement, il voulait dire, la religion, pour rattraper le temps perdu. Maman a toujours refusé, sans dire non, mais en disant seulement, on verra plus tard, parce que ce n'était pas la volonté de mon père. Elle disait que cela viendrait en son temps, quand je serais en âge de choisir. Elle aussi, elle croyait que la religion, c'était une affaire de choix. Même, elle ne voulait pas qu'on m'appelle par mon nom juif, elle disait : Hélène, puisque c'était aussi mon nom, celui qu'elle m'avait donné. Mais moi je m'appelais de mon vrai nom, Esther, je ne voulais plus d'autre nom. Un jour mon père m'avait raconté l'histoire d'Esther, qui s'appelait Hadassa, et qui n'avait ni père ni mère, et comment elle avait épousé le roi Assuérus, et qu'elle avait osé entrer dans la grande salle où se trouvait le roi, pour demander qu'on épargne son peuple. Et Simon Ruben m'avait parlé d'elle, mais il disait qu'il ne fallait pas prononcer le nom de D..., ni l'écrire, et pour cela, je croyais que c'était un nom qui ressemblait à la mer, un nom immense et impossible à connaître tout entier. Alors, maintenant, je sais que c'est vrai. Il faut que je traverse la mer, que j'aille de l'autre côté, jusqu'à Eretz Israël et Jérusalem, il faut que je trouve cette force. Jamais je n'aurais cru que c'était aussi grand, jamais je n'aurais pensé que c'était une telle porte à franchir. La fatigue, le froid m'empêchent de penser à autre chose. Je ne peux penser qu'à cette interminable nuit, qui maintenant s'achève dans l'aube grise, au vent dans les arbres géants, à la mer qui fait son bruit entre les pointes des rochers. Je m'endors dans cet instant, serrée contre maman, écoutant le vent battre la couverture comme une voile, écoutant le bruit incessant des vagues sur la plage de sable. Je rêve peut-être que, lorsque j'ouvrirai les yeux, le bateau sera là, sur la mer étincelante.

Je suis assise dans une anfractuosité de rocher, à côté du grand arbre mort. Je fais le guet. Devant moi, la mer est bleue éblouissante, elle me fait mal. Les rafales de vent passent au-dessus de moi. Je les entends arriver sur les feuilles des buissons et dans les branches des pins, cela fait un bruit liquide qui se mêle au fracas des vagues sur les rochers blancs. Dès que je me suis réveillée, ce matin, j'ai couru vers la pointe du port d'Alon, pour mieux voir la mer.

Le soleil maintenant brûle mon visage, brûle mes yeux. La mer est si belle, avec sa houle lente qui vient de l'autre bout du monde. Les vagues cognent contre la côte en faisant un bruit d'eau profonde. Je ne pense plus à rien. Je regarde, mes yeux parcourent sans se lasser la ligne nette de l'horizon, scrutent la mer balayée par le vent, le ciel nu. Je veux voir arriver le bateau italien, je veux être la première, quand son étrave fendra la mer vers nous. Si je ne restais pas ici, à la pointe, devant l'entrée de la baie d'Alon, il me semble que le bateau ne viendrait pas. Si je détournais un instant mon regard, il ne nous verrait pas, il continuerait sa course vers Marseille.

Il doit venir maintenant, je le sens. La mer ne peut pas être si belle, le ciel ne peut pas s'être libéré des nuages sans raison.

Je veux être la première à crier, quand le navire arrivera. Je n'ai rien dit à maman, quand je l'ai laissée sur la plage, encore enveloppée dans la couverture américaine. Personne n'est venu avec moi. C'est moi la vigie, j'ai le regard aussi sûr et aussi aiguisé que celui des Indiens dans les romans de Gustave Aymard. Comme j'aimerais que mon père soit avec moi en ce moment! De penser à lui, de l'imaginer assis à côté de moi sur les rochers, scrutant la mer étincelante, cela fait battre plus vite mon cœur, et me remplit d'une sorte de vertige qui trouble ma vue. La faim, la fatigue y sont peut-être aussi pour quelque chose. Il y a si longtemps que je n'ai pas dormi, pas vraiment mangé! Il me semble que je vais tomber en avant, dans la mer sombre enivrante. Je me souviens, c'est comme cela que j'ai regardé la montagne nuageuse où mon père devait venir. Chaque jour, à Festiona, je quittais la chambre de la pension, et j'allais jusqu'en haut du village, là où je voyais toute la vallée et toute la montagne, l'arrivée du chemin, et je regardais, regardais, si longtemps, si fort que j'avais l'impression que mon regard allait forer un trou dans la paroi rocheuse.

Mais je ne peux pas me laisser aller. Je suis la vigie. Les autres, dans le creux de la baie d'Alon, sont assis sur la plage, ils attendent. Maman, quand je suis partie, ce matin, m'a serré la main, sans rien dire. Le soleil qui avait apparu lui avait redonné des forces. Elle a souri.

Je veux voir le bateau italien. Je veux qu'il vienne. La mer est immense, bouillante de lumière. Le vent violent arrache aux crêtes des vagues l'écume et la rejette en arrière. Les lames puissantes viennent de l'autre bout du monde, elles cognent les rochers blancs, elles se bousculent en entrant dans le goulet étroit du port d'Alon. L'eau bleue tournoie à l'intérieur de la baie, creuse des tourbillons. Puis elle s'étale sur les grèves.

A côté de moi, il y a le tronc de l'arbre mort. Il est blanc et lisse comme un os. J'aime bien cet arbre. Il me semble que je l'ai toujours connu. Il est magique, grâce à lui rien ne va nous arriver. Les insectes courent sur le tronc usé par la mer, entre les racines. L'odeur des pins vient dans le vent, rendue vivante par la chaleur du soleil. Le vent avance, la mer tourne. Je crois que nous sommes au bout du monde, à la limite, où on ne peut plus retourner en arrière. Si le bateau n'arrivait pas, maintenant, je crois que nous mourrions tous.

Les villes noires, les trains, la peur, la guerre, tout est resté derrière nous. Quand nous avons marché cette nuit à travers les collines, sous la pluie, guidés par la lumière de la torche électrique, nous étions en train de franchir la première porte. C'est pour cela que tout était si dur, si fatigant. La forêt des pins géants, au fond de la baie d'Alon, le bruit du vent qui faisait craquer les branches, le vent froid, la pluie, et puis ce mur en ruine contre lequel nous nous sommes blottis comme des animaux égarés dans la tempête.

J'ouvre les yeux, la mer et la lumière me brûlent jusqu'au fond de mon corps, mais j'aime cela. Je respire, je suis libre. Déjà je suis portée par le vent, par les vagues. Le voyage a commencé.

J'ai erré tout ce jour, à travers les rochers de la pointe. La mer, toujours à côté de moi, la ligne de l'horizon dans ma tête. Le vent souffle encore, le vent couche les troncs des arbres, agite les buissons. Dans les creux, il y a du houx, de la salsepareille. Près de la mer, il y a des bruyères, avec de toutes petites fleurs roses marquées d'un œil noir. Les odeurs, la lumière, le vent donnent le vertige. La mer bat.

Sur la plage du port d'Alon, les émigrants sont assis,

les uns à côté des autres, ils mangent. Un instant, je m'assois à côté de maman, sans cesser de guetter le trait qui sépare le ciel de la mer, entre les deux pointes de rocher. Les yeux me brûlent, mon visage est en feu. J'ai le goût du sel sur mes lèvres. Je mange à la hâte les provisions que maman a sorties de sa valise, une tranche de pain américain très blanc, un bout de fromage, une pomme. Je bois beaucoup, à même la bouteille de limonade. Puis je retourne dans les rochers, à la place de la vigie, près de l'arbre mort.

La mer est violente, ourlée d'écume. Elle change sans arrêt de couleur. Quand les nuages s'étirent à nouveau dans le ciel, elle devient grise, sombre, violette, un porphyre en fusion.

J'ai froid, maintenant. Je me rencogne dans l'abri de rocher. Les autres, que font-ils ? Est-ce qu'ils attendent encore ? Si nous cessons d'y croire, peut-être que le bateau fera demi-tour, qu'il ne luttera plus contre le vent, et qu'il retournera vers l'Italie. Mon cœur bat vite et fort, ma gorge est sèche, parce que je sais que c'est en cet instant que nous jouons notre vie, que le *Sette Fratelli* n'est pas n'importe quel bateau. C'est lui qui porte notre destinée.

Le Berger est venu me voir dans ma cachette. C'est déjà le soir. Par un trou dans les nuages, le soleil darde une lueur violente, pourpre, on dirait mêlée de cendres. Le Berger vient jusqu'à moi, il s'assoit sur le tronc de l'arbre, il me parle. Je n'écoute pas ce qu'il dit au début, je suis trop fatiguée pour bavarder. Mes yeux brûlent, l'eau coule de mes yeux et de mon nez. Le Berger croit que je pleure de découragement, il s'assoit à côté de moi, il met son bras autour de mes épaules. C'est la première fois qu'il fait cela, je sens la chaleur de son corps, je vois la lumière qui fait briller drôlement les poils de sa barbe. Je pense à Tristan, à l'odeur de son corps après l'eau de la rivière. C'est un souvenir très ancien, d'une autre vie. C'est léger comme le frisson qui court sur ma peau. Le Berger parle, il raconte sa vie, son père et sa mère emmenés à Drancy par les Allemands, jamais revenus. Il dit son nom, il parle de ce qu'il fera, à Jérusalem, des études qu'il voudrait faire, peut-être en Amérique, pour devenir médecin. Il me prend par la main et nous marchons ensemble jusqu'au port, jusqu'à la cabane de pierres où les gens attendent. Quand je m'assois à nouveau auprès de maman, il fait presque nuit.

Peu à peu, la tempête est revenue. Les nuages ont caché les étoiles. Il fait froid, la pluie tombe par paquets. Nous sommes enveloppées dans la couverture de l'oncle Simon Ruben, le dos appuyé contre le mur en ruine. Les pins géants ont recommencé à grincer. Je sens le vide en moi, je tombe. Comment le bateau pourrait-il nous retrouver, maintenant qu'il n'y a plus de vigie ?

C'est le Berger qui me réveille. Il est penché sur moi, il touche mon épaule, il dit quelque chose, et je dois avoir l'air tellement endormie qu'il me force à me lever. Maman aussi est debout. Le Berger me montre au loin une forme qui avance sur la mer, devant l'embouchure du port d'Alon, à peine visible dans la lumière grise de l'aube. C'est le *Sette Fratelli*.

Personne ne crie, personne ne dit rien. Les uns après les autres, hommes, femmes, enfants, se sont mis debout sur la plage, encore enveloppés dans leurs couvertures et dans leurs manteaux, et regardent la mer. Le bateau entre lentement dans la baie, ses voiles claquant dans le vent. Il vire, roule dans les vagues qui le frappent par le travers.

A ce moment, il y a une déchirure dans le ciel. Entre les nuages, le ciel brille, et la lumière de l'aube éclaire d'un coup la baie d'Alon, les rochers blancs, illumine le feuillage des grands pins. Il y a des étincelles sur la mer. Les voiles du navire paraissent immenses, blanches, presque irréelles.

C'est si beau qu'on en a la chair de poule. Maman s'est mise à genoux dans le sable de la grève, et d'autres femmes font comme elle, puis des hommes. Moi aussi je suis à genoux dans le sable mouillé, et nous regardons le navire qui s'immobilise au centre de la baie. Nous ne faisons rien d'autre que regarder. Nous ne pouvons plus parler, plus penser, plus rien. Sur la plage, toutes les femmes sont à genoux. Elles prient, ou elles pleurent, j'entends leurs voix monotones dans les rafales de vent. Derrière elles, les vieux Juifs sont restés debout, vêtus de leurs lourds manteaux noirs, certains appuyés sur leurs parapluies comme sur des bâtons. Ils regardent la mer, leurs lèvres bougent aussi, comme s'ils priaient. Pour la première fois de ma vie, je suis en train de prier, moi aussi. C'est en moi, je le sens, au fond de moi, malgré moi. C'est dans mes yeux, c'est dans mon cœur, comme si j'étais en dehors de moi et que je voyais au-delà de l'horizon, au-delà de la mer. Et tout ce que je vois maintenant signifie quelque chose, m'emporte, me lance dans le vent, au-dessus de la mer. Jamais je n'avais senti cela : tout ce que j'ai vécu, toutes ces fatigues, la marche dans les montagnes, puis les années horribles dans la rue des Gravilliers, les années où je n'osais même pas sortir dans la cour pour voir la couleur du ciel, les années suffocantes et laides, et longues comme une maladie, tout est en train de s'effacer ici, dans la lueur qui éclaire la baie d'Alon, avec le *Sette Fratelli* qui tourne lentement autour de son ancre et ses grandes voiles blanches détendues qui claquent dans la bourrasque.

Tous, nous sommes immobiles, à genoux, ou debout sur la plage, encore enveloppés dans nos couvertures, engourdis de froid et de sommeil. Nous n'avons plus de passé. Nous sommes neufs, comme si nous venions de naître, comme si nous avions dormi mille ans, ici, sur cette plage. Je dis cela, je l'ai pensé, alors, en un éclair, si fort que mon cœur bat à se rompre. Maman pleure en silence, de fatigue, peut-être, ou de contentement, je sens contre moi son corps qui se plie en avant, comme si elle avait reçu des coups. Peut-être qu'elle pleure à cause de mon père qui n'est pas arrivé sur le chemin, là où on l'attendait. Elle n'a pas pleuré alors, même quand elle a compris qu'il ne viendrait plus. Et maintenant il y a ce vide, ce vide en forme de navire, immobile au milieu de la baie, et c'est plus qu'elle ne peut en supporter.

Est-ce que c'est un bateau réel, monté par des hommes ? Nous le regardons avec autant de peur que de désir, craignant qu'à chaque instant il ne relève ses amarres et s'enfuie dans le vent sur la mer, au loin, en nous abandonnant sur cette plage déserte.

Alors les enfants ont commencé à courir sur le sable de la grève, ils ont oublié leur fatigue, la faim et le froid. Ils courent jusqu'à la pointe rocheuse, en agitant les bras, ils crient : « Hé ! Ohé !... » Leurs voix aiguës m'arrachent à mon rêve.

C'est bien le *Sette Fratelli*, le bateau qu'on attendait, qui va nous conduire de l'autre côté de la mer, jusqu'à Jérusalem. Je me souviens maintenant pourquoi j'avais aimé le nom du bateau, la première fois que Simon Ruben l'avait prononcé, les « sept frères ». Un jour, avec mon père, on avait parlé des enfants de Jacob, ceux qui se sont répandus dans le monde. Je ne me souvenais pas de tous leurs noms, mais il y en avait deux dont j'aimais les noms, parce qu'ils étaient pleins de mystère. L'un, c'était Benjamin, le loup dévorant. L'autre, c'était Zabulon, le marin. Je pensais qu'il avait disparu un jour sur son navire, dans une tempête, et que la mer l'avait emporté dans un autre monde. Il y avait aussi Nephtali, la biche, un garçon joli comme une fille, et j'imaginais que ma mère devait lui ressembler, à cause de ses yeux si noirs et si doux (et moi aussi, avec mes yeux allongés, et mon regard toujours aux aguets). Alors c'était peut-être Zabulon qui revenait aujourd'hui sur son navire, pour nous ramener jusqu'aux rives de nos ancêtres, après avoir erré tant et tant de siècles sur la mer. Le Berger est près de moi, il m'a pris la main un instant, sans rien me dire. Ses yeux sont brillants, sa gorge doit être tellement serrée par l'émotion qu'il ne peut pas parler. Mais moi, tout d'un coup, je me libère, et sans plus attendre, je me mets à courir sur la plage avec les enfants, et à crier, et à agiter mes bras. Le vent froid fait couler mes larmes, bouscule mes cheveux. Je sais bien que maman n'aimera pas cela, mais tant pis ! Je dois courir, je ne peux plus rester en place. Il faut que je crie, moi aussi. Alors je crie n'importe quoi, j'agite mes bras, et je crie vers le navire : « Ohé ! Zabulon ! » Les enfants ont compris, eux aussi ils crient avec moi : « Zabulon ! Zabulon ! Ohé, Zabulon !... » avec des voix stridentes qui ressemblent à des cris d'oiseaux en colère.

Le miracle a lieu : du *Sette Fratelli* se détache un canot à rames, monté par deux marins. Il glisse sur l'eau calme du port, et aborde la plage, salué par les cris des enfants. Un des marins saute à terre. Les enfants se sont tus, un peu effrayés. Le marin nous regarde un instant, les femmes encore à genoux, les vieux Juifs dans leurs manteaux noirs, avec leurs parapluies. Il a un visage rouge, des cheveux rouges collés par le sel. Les sept frères ne sont pas enfants de Jacob.

La tempête revient quand nous sommes tous dans le ventre du bateau. Par les écoutilles, je regarde le ciel

tourner, les nuages se refermer. Les voiles grises (vues
de près elles ne paraissent pas aussi blanches) claquent
dans le vent. Elles se tendent en vibrant, puis elles
retombent, en faisant des détonations, comme si elles
allaient se déchirer. Malgré le moteur qui gronde dans
la soute, le *Sette Fratelli* peine, il est penché sur le côté,
si bas que tout le monde doit s'accrocher aux membrures pour ne pas culbuter. Je m'allonge à côté de
maman sur le plancher, les pieds calés contre les
valises. La plupart des passagers sont déjà malades.
Dans la pénombre de la cale, je vois leurs formes
étendues par terre, leurs visages blafards. Le Berger
doit être malade, lui aussi, parce qu'il a disparu. Ceux
qui peuvent se sont penchés vers le fond de la cale, au-
dessus des gouttières, et vomissent. Il y a des enfants
qui pleurent, d'une drôle de voix faible et aiguë qui se
mêle aux grincements de la coque et au sifflement du
vent. On entend des bruits de voix aussi, des mur-
mures, des invocations, des plaintes. Je crois que tous
regrettent maintenant d'avoir été pris au piège de ce
bateau, de cette coque de noix emportée par la mer.
Maman, elle, ne se plaint pas. Quand je la regarde, elle
a un vague sourire, mais son visage est couleur de
terre. Elle essaie de parler, elle dit : « Etoile, petite
étoile », comme autrefois mon père. Mais l'instant
d'après, je dois l'aider à ramper jusqu'à la gouttière.
Elle s'étend ensuite, toute froide. Je serre très fort sa
main dans la mienne, comme elle faisait autrefois,
quand j'étais malade... Sur le pont, les matelots courent pieds nus dans la tempête, ils crient et jurent en
italien, ils se débattent et s'agitent comme si c'était un
cheval fou.

Le moteur a cessé de tourner, mais je ne m'en
aperçois pas tout de suite. Le navire tangue et roule de
façon effrayante, et soudain je pense qu'on va naufra-
ger. Je ne peux pas supporter de rester enfermée dans

cette situation. Malgré les interdictions, malgré les rafales de vent et de pluie, je pousse l'écoutille et je mets la tête dehors.

Dans la lueur de la tempête, je vois la mer qui court vers le navire, explose en trombes d'écume. Le vent est devenu un monstre visible, il cogne contre les voiles, les secoue, il appuie sur les deux mâts et fait basculer le navire. Le vent tourbillonne, il m'étouffe, fait pleurer mes yeux. J'essaie de résister, pour voir la mer, si belle, terrifiante. Un marin m'a fait signe de redescendre dans la cale. C'est un jeune garçon aux cheveux très noirs, c'est lui qui nous a installés dans la cale quand nous sommes montés à bord. Il parle le français. Il s'approche, agrippé au garde-corps, il est trempé de la tête aux pieds. Il crie : « Descendez ! Descendez ! C'est dangereux ! » Je lui fais signe que non, que je ne veux pas, que je vais être malade en bas, que je préfère rester sur le pont. Je lui dis qu'on va sûrement mourir, que je veux voir la mort en face. Il me regarde fixement : « Vous êtes folle ? Descendez, ou je vais le dire au capitaine. » Je crie, contre le vent, contre le bruit de la mer : « Laissez-moi ! Nous allons tous mourir ! Je ne veux pas descendre ! » Le jeune garçon montre une tache sombre sur la mer, à l'avant du bateau. Une île. « Nous allons là ! Nous allons attendre la fin de la tempête ! Nous n'allons pas mourir ! Alors, descendez dans la cale ! » L'île est devant nous, à moins de deux cents mètres. Déjà elle protège le navire, le vent cesse d'appuyer sur les mâts. L'eau ruisselle sur le pont, coule à torrents le long des bordages, dégouline des voiles qui pendent sur les vergues. Tout d'un coup, il y a le silence, avec le fracas de la mer qui sonne encore dans nos oreilles. « Alors c'est vrai, on ne va pas mourir ? » J'ai dit cela d'un tel air que le jeune marin éclate de rire. Il me repousse gentiment vers l'écoutille, tandis que les autres matelots apparaissent, épuisés. Au-dessus de nous le ciel est couleur d'incendie. « Comment s'appelle cette île ? Est-ce que nous sommes déjà en Italie ? » Le jeune garçon dit seulement : « C'est l'île de Port-Cros, en France, mademoiselle. C'est la baie de Port-Man. » Alors je redescends dans le ventre du navire. Je sens l'odeur fade, la peur, la détresse. A tâtons dans la pénombre, je cherche le corps de maman. « C'est fini. Nous sommes arrivés à Port-Man. C'est notre première escale. » Je dis cela, comme si nous étions en croisière. Je suis épuisée. A mon tour, je me couche sur le plancher. Maman est à côté de moi, elle appuie la paume de sa main sur mon front. Je ferme les yeux.

Nous sommes devant Port-Man depuis un jour et une nuit déjà, sans rien faire. Le navire tourne lentement sur ses amarres, dans un sens, puis dans l'autre. La cale résonne des bruits des outils en train de réparer le moteur. Malgré l'interdiction du capitaine (un gros homme chauve qui a l'air de tout sauf d'un homme de la mer), je monte à chaque instant sur le pont avec les autres enfants. Je suis mince, et avec mes cheveux courts, j'imagine que je passe pour un garçon. Nous allons à la poupe, au milieu des cordages. Je m'assois et je regarde la côte noire de l'île, sous le ciel de tempête. Le rivage est si proche que je n'aurais aucun mal à l'atteindre à la nage. Dans la baie de Port-Man, l'eau est lisse et transparente, malgré le ciel de pluie et les coups de vent.

Le jeune marin italien vient s'asseoir à côté de moi. Il me parle tantôt en français, tantôt en anglais, avec quelques mots d'italien aussi. Il m'a dit qu'il s'appelle Silvio. Il m'a offert une cigarette américaine. J'ai essayé de fumer, mais c'est âcre et sucré, et cela me fait tourner la tête. Ensuite il a sorti de la poche de sa veste une tablette de chocolat, et pour moi il en a cassé une

172

barre. Le chocolat est doux et amer à la fois, je crois
que je n'ai jamais rien mangé de tel. Le jeune garçon
fait tout cela sérieusement, sans sourire, en surveillant
l'échelle de la passerelle, par où le commandant peut
venir. « Pourquoi ne laissez-vous pas les gens monter
sur le pont ? » Je demande cela lentement, en le
regardant. « On est très mal en bas, on étouffe, il n'y a
pas de lumière. Ce n'est pas humain. » Silvio a l'air de
réfléchir. Il dit : « Le commandant ne veut pas. Il ne
veut pas qu'on voie qu'il y a des gens dans le bateau.
C'est interdit. » Je dis : « Mais on ne fait rien de mal.
On part pour notre pays. » Il tire nerveusement sur sa
cigarette. Il regarde du côté de l'île, la forêt sombre et
la petite plage blanche. Il dit : « Si les douaniers
viennent, ils arrêteront le navire. On ne pourra plus
partir. » Il jette sa cigarette à la mer et se lève :
« Maintenant, il faut que vous redescendiez dans la
cale. » J'appelle les enfants, et nous rentrons à l'intérieur du bateau. Dans la cale, il fait chaud et sombre.
On entend un brouhaha de voix. Maman serre mon
bras, elle a des yeux fiévreux. « Qu'est-ce que tu
faisais ? Avec qui tu parlais ? » Les hommes parlent
fort, à l'autre bout de la cale. Il y a de la colère, ou de la
peur dans leurs voix. Maman murmure : « Ils disent
qu'on ne va pas continuer, qu'on nous a trompés, qu'on
va nous débarquer ici. »

Toute la journée, nous regardons la lumière qui vient
de l'écoutille, une lumière grise qui fait mal. On voit
passer les nuages, des voiles qui cachent le ciel, comme
si la nuit tombait. Peu à peu, les voix des hommes se
taisent. Là-haut, sur le pont, les marins ont cessé de
travailler. On entend la pluie crépiter sur la coque. Je
rêve que nous sommes loin, au large, au milieu de
l'Atlantique, et que nous voguons toutes les deux vers
le Canada. Autrefois, à Saint-Martin, c'était là qu'elle
voulait aller. Je me souviens quand elle parlait du

Canada, en hiver, dans la petite chambre où j'attendais, les yeux ouverts dans le noir, la neige, les forêts, les maisons de bois au bord des fleuves sans fin, les vols des oies sauvages. Maintenant, c'est cela que j'aimerais entendre. « Parle-moi du Canada. » Maman se penche vers moi, elle m'embrasse. Mais elle ne dit rien. Peut-être qu'elle est trop fatiguée pour penser à un pays qui n'existe pas. Peut-être qu'elle a oublié.

La nuit, la tempête recommence. Les vagues doivent passer par-dessus la pointe rocheuse qui abrite Port-Man, elles frappent le navire, le font basculer et gémir, et tout le monde se réveille. Nous nous tenons aux membrures pour ne pas être jetés contre la coque. Les paquets, les valises, d'autres objets invisibles glissent et cognent les parois du navire. On n'entend pas une voix, pas un bruit humain sur le pont, et bientôt la rumeur se répand : nous avons été abandonnés par l'équipage, nous sommes seuls à bord du navire. Avant que la peur ne s'installe, les hommes ont allumé une lampe-tempête. Tout le monde est autour de la lampe, les hommes d'un côté, les femmes et les enfants de l'autre. Je vois les visages éclairés de façon fantastique, les yeux qui brillent. L'un d'eux vient de Pologne, il s'appelle Reb Joël. C'est un homme grand et mince, avec de beaux cheveux et une barbe noire. Il est assis devant la lampe, il a posé à côté de lui une petite boîte noire liée par une lanière. Il récite des paroles étranges, dans cette langue que je ne comprends pas. Il prononce lentement les mots qui résonnent, les mots âpres, longs, doux, et je me souviens des voix qui chantaient autrefois, dans le temple à l'intérieur de la maison, à Saint-Martin. Aucune parole ne m'a fait cet effet, comme un frisson à l'intérieur de ma gorge, comme un souvenir. « Qu'est-ce qu'il dit ? » Je demande cela à maman, à voix basse. Les hommes et les femmes se balancent lentement, accompagnant le mouvement du navire dans la tempête, et maman se balance elle aussi, en regardant la flamme de la lampe posée sur le plancher. « Ecoute, c'est notre langue maintenant. » Elle dit cela, et je regarde son visage. Les mots du rabbin sont forts, ils écartent la peur de la mort. Sur le plancher la petite boîte de cuir noir brille étrangement, comme s'il y avait une force incompréhensible. Les voix des hommes et des femmes accompagnent les paroles de Joël, et je cherche à lire sur leurs lèvres, pour comprendre. Que disent-ils ? Je voudrais bien demander à Jacques Berger, mais je n'ose pas aller m'asseoir près de lui, je risque de rompre le charme, et la peur reviendrait s'installer parmi nous. Ce sont des mots qui vont avec le mouvement de la mer, des mots qui grondent et roulent, des mots doux et puissants, des mots d'espoir et de mort, des mots plus grands que le monde, plus forts que la mort. Quand le navire est arrivé dans la baie d'Alon, à l'aube, j'ai compris ce que c'était que la prière. Maintenant, j'entends les mots de la prière, le langage m'emporte avec lui. Pour moi aussi les paroles de Reb Joël résonnent dans le navire. Je ne suis pas dehors, je ne suis pas étrangère. Les mots me portent, ils m'emmènent dans un autre monde, dans une autre vie. Je le sais, maintenant, je le comprends. Ce sont les paroles de Joël qui vont nous emmener jusque là-bas, jusqu'à Jérusalem. Même s'il y a la tempête, même si nous sommes abandonnés, nous arriverons à Jérusalem avec les mots de la prière.

Les enfants se sont rendormis, serrés contre leurs mères. Les voix graves ou claires répondent aux paroles de Joël, elles suivent le balancement des vagues. Peut-être qu'elles commandent au vent, à la pluie, à la nuit. La flamme de la lampe vacille, fait briller les yeux. A côté de Reb Joël, la petite boîte noire luit étrangement, comme si c'était d'elle que venaient les paroles.

Je me suis recouchée sur le plancher. Je n'ai plus peur. La main de maman passe dans mes cheveux, comme autrefois, j'entends sa voix qui répète près de mon oreille les mots âpres et doux de la prière. Cela me berce et m'endort. Je suis dans mon souvenir, le plus ancien souvenir de la terre.

En quittant Port-Man, ce matin, à l'aube, le *Sette Fratelli* a été arraisonné par la vedette des douanes. La mer était calme, bien lisse après la tempête. Le navire avait retrouvé l'usage de son moteur et, toutes voiles dehors, il filait vers le large. J'étais sur le pont, avec quelques enfants, et je regardais la mer profonde qui s'ouvrait devant nous. Et tout à coup, sans que personne n'ait le temps de comprendre, la vedette était là. Son étrave puissante fendait la mer, elle s'approchait de notre bord. Un moment, le commandant a fait semblant de ne pas comprendre, et le *Sette Fratelli*, penché sur le côté, continuait à remonter les vagues vers le large. Alors les douaniers ont crié quelque chose dans le haut-parleur. Il n'y avait pas à se tromper.

J'ai regardé la vedette s'approcher de nous. Mon cœur s'est mis à battre la chamade, je ne pouvais pas détacher mon regard des silhouettes en uniforme. Le commandant a donné des ordres, et les marins italiens ont abattu les voiles et arrêté le moteur. Notre navire s'est mis à flotter à la dérive. Puis, sur un ordre, nous avons tourné le dos au large, nous sommes retournés vers la côte. La ligne des terres était devant nous, encore sombre. Nous n'allons plus vers Jérusalem. Les mots de la prière ne nous portent plus. Nous allons vers le grand port de Toulon, où on va nous mettre en prison.

Dans le ventre du navire, personne ne dit rien. Les

hommes sont assis à la même place qu'hier, pareils à des fantômes. Les enfants, pour la plupart, dorment encore, la tête appuyée contre les genoux de leur mère. Les autres sont redescendus du pont, les cheveux emmêlés par le vent. Dans un coin de la cale, près des bagages, la lampe-tempête est éteinte.

On nous a tous enfermés dans cette grande salle vide, au bout des ateliers de l'Arsenal, sans doute parce qu'on ne pouvait pas nous mettre dans les cellules, avec les prisonniers ordinaires. On nous a donné des lits de sangles, des couvertures. On a pris tous nos papiers, l'argent, et tout ce qui pouvait être une arme, même les aiguilles à tricoter des femmes et les petits ciseaux à barbe des hommes. A travers les hautes fenêtres à barreaux, on voit une esplanade nue, recouverte d'un ciment fissuré, où le vent agite les touffes d'herbe. Au bout de l'esplanade, il y a un grand mur de pierre. S'il n'y avait pas ce mur, on pourrait voir la mer Méditerranée, et rêver qu'on va repartir. Deux jours après qu'on nous a enfermés dans l'Arsenal, j'avais tellement envie de voir la mer que j'ai fait un plan pour m'échapper. Je ne l'ai dit à personne, parce que maman se serait inquiétée et je n'aurais plus eu le courage de m'en aller. A l'heure du repas de midi, trois fusiliers marins entrent dans notre salle par la porte du fond. Deux distribuent les rations de soupe, pendant que le troisième surveille, appuyé sur son fusil. J'ai réussi à m'approcher de la porte sans éveiller l'attention. Quand l'un des marins me donne l'assiette pleine de soupe, je la lâche sur ses pieds et je m'échappe en courant le long du couloir, sans m'occuper des cris derrière moi. J'ai couru comme cela, de toutes mes forces, et j'étais si rapide et si légère que personne n'aurait pu me rattraper. Au bout du couloir, il y a la porte qui donne sur l'esplanade. J'ai couru à l'air libre, sans m'arrêter. Il y a si longtemps que je n'ai pas vu la lumière du soleil que cela fait tourner ma tête, et j'entends les coups de mon cœur, dans mon cou, dans mes oreilles. Le ciel est d'un bleu intense, sans un nuage, tout brille dans l'air froid. J'ai couru jusqu'au grand mur de pierre, à la recherche d'une sortie. L'air froid brûle ma gorge et mon nez, fait pleurer mes yeux. Un instant, je me suis arrêtée pour regarder derrière moi. Mais personne n'avait l'air de me suivre. L'esplanade était vide, les hauts murs brillaient. C'était l'heure du repas, et tous les marins devaient être au réfectoire. Sans cesser de courir, j'ai longé le mur d'enceinte. Tout à coup, devant moi, il y a cette grande porte ouverte à deux battants, et l'avenue qui conduit à la mer. J'ai traversé la porte comme une flèche, sans savoir s'il y avait une sentinelle dans la guérite. Je cours, sans reprendre mon souffle, jusqu'au bout de l'avenue, là où il y a un fort, et des rochers qui surplombent la mer. Je suis maintenant dans les broussailles, jambes et mains griffées, je saute d'un rocher à l'autre. Je n'ai pas oublié depuis Saint-Martin, quand je remontais le torrent. En une seconde, je vois où je vais bondir, l'endroit où je vais pouvoir passer, les creux à éviter. Les rochers ensuite sont abrupts, et je dois ralentir. Je m'agrippe aux broussailles, je descends au fond des failles.

Quand j'arrive au-dessus de la mer, le vent souffle si fort que j'ai du mal à respirer. Le vent me pousse contre les rochers, siffle dans les broussailles. Je me suis arrêtée dans un creux de rocher, et la mer est juste sous moi. Elle est aussi belle qu'au port d'Alon, une etendue de feu, dure, lisse, avec, au loin, les masses noires des caps et des presqu'îles. Le vent tourbillonne à l'entrée de ma cachette, il gronde et se plaint comme un animal. En bas, l'écume jaillit contre les rochers, s'éparpille dans le vent. Il n'y a rien d'autre ici que le vent et la mer. Jamais je n'avais ressenti une telle liberté. Cela fait tourner la tête, cela fait frissonner. Alors je regarde la ligne de l'horizon, comme si notre navire devait arriver, sur le chemin enflammé que le soleil fait sur la mer. Par la pensée, je suis de l'autre côté du monde, j'ai franchi le vent et la mer, j'ai laissé derrière moi les tas noirs des caps et des îles où vivaient les hommes, où ils nous avaient emprisonnés. Comme un oiseau, j'ai glissé au ras de la mer, le long du vent, dans la lumière et la poussière de sel, j'ai aboli le temps et la distance, je suis arrivée de l'autre côté, là où la terre et les hommes sont libres, où tout est vraiment nouveau. Jamais je n'avais pensé à cela auparavant. C'est une ivresse, parce qu'en cet instant je ne pense plus à Simon Ruben, ni à Jacques Berger, ni même à ma mère, je ne pense plus à mon père disparu dans les hautes herbes, au-dessus de Berthemont, je ne pense plus au bateau, ni aux fusiliers marins qui me recherchent. Mais est-ce qu'on est vraiment à ma recherche ?

Est-ce que je n'ai pas disparu pour toujours, au-dessus de la mer, suspendue dans ma cachette de rochers, dans mon antre d'oiseau, le regard fixé sur la mer ? Mon cœur bat lentement, je ne sens plus la peur, je ne sens plus la faim, ni la soif, ni le poids de l'avenir. Je suis libre, j'ai en moi la liberté du vent, la lumière. C'est la première fois.

Je suis restée dans ma cachette tout le jour, à regarder le soleil qui redescend tranquillement vers la mer. Il n'y a personne. Il y a si longtemps que j'ai envie d'être vraiment seule, sans personne qui parle à côté de moi. Je pense à la montagne, à l'immense vallée, à la fenêtre de glace, quand je guettais le retour de mon père. C'est l'image que j'ai emportée avec moi, partout où j'allais, quand j'avais besoin de solitude. C'est l'image que je voyais, quand je restais enfermée dans la chambre sombre de la rue des Gravilliers, c'est elle qui apparaissait sur le papier peint du mur. Je me souviens encore. Mon père qui marche à travers les herbes, devant moi, et les cabanes de pierre où nous sommes arrivées, maman et moi. Le silence, le seul bruit du vent dans les herbes. Leur rire, tandis qu'ils s'embrassaient. Comme ici, le silence, le vent sifflant dans les broussailles, le ciel sans nuages, et le fond de la vallée, immense, brumeux, et les cônes des sommets qui émergent comme des îles. J'ai gardé cela avec moi, dans ma tête, tout le temps, dans le garage de Simon Ruben, dans l'appartement de la rue des Gravilliers, d'où nous ne sortions pas, même quand Simon Ruben disait que les Allemands ne reviendraient pas, qu'ils ne reviendraient jamais. Alors j'avais dans la tête cette montagne, cette pente d'herbes qui semblait aller jusqu'au ciel, et la vallée noyée de brume, les minces fumées des villages qui montaient dans l'air transparent, au crépuscule.

C'est cela dont je veux me souvenir, et non pas des bruits terribles, des coups de feu. Je marche comme dans un rêve, et maman me serre le bras, elle crie : « Viens, ma chérie, viens, sauve-toi ! sauve-toi ! » et elle m'entraîne vers le bas de la montagne, à toute vitesse à travers les herbes qui coupent mes lèvres, et je cours devant elle malgré mes genoux qui tremblent, en entendant sa drôle de voix qui chevrote, quand elle crie : « Sauve-toi ! Sauve-toi ! »

Ici, dans ma cachette, il me semble que pour la première fois je ne pourrai plus entendre ces bruits, ces mots, que je ne verrai plus ces images rêvées, parce que le vent, le soleil et la mer sont entrés en moi et ont tout lavé.

Je suis restée là, dans ma cachette au milieu des rochers, jusqu'à ce que le soleil soit tout près de l'horizon, et qu'il touche la ligne des arbres sur la presqu'île, de l'autre côté de la rade.

Alors, tout d'un coup, j'ai senti le froid. Il est tombé avec la nuit. Peut-être que c'était à cause de la faim et de la soif aussi, de la fatigue. J'ai l'impression que je n'ai jamais cessé de marcher et de courir, depuis le jour où nous sommes redescendues de la montagne à travers les hautes herbes qui coupaient mes lèvres et mes jambes, et que depuis ce jour mon cœur n'a pas cessé de battre trop vite et trop fort, de cogner dans ma poitrine comme un animal apeuré. Même dans l'appartement sombre de la rue des Gravilliers, je ne cessais pas de marcher et de courir, j'étais hors d'haleine. Le médecin qui est venu me voir s'appelait Rose, je n'ai pas oublié son nom, bien que je ne l'aie pas vu plus d'une fois, parce que j'entendais maman et l'oncle Simon Ruben dire son nom extraordinaire : « M. Rose a dit... M. Rose est allé... M. Rose pense que... » Quand il est venu, quand il est entré dans notre appartement misérable, j'ai cru que tout allait s'éclairer, briller. Pourtant, je n'ai pas été vraiment déçue quand j'ai vu que M. Rose était un petit bonhomme replet et chauve, avec d'épaisses lunettes de myope. Il m'a auscultée à travers ma combinaison, il a palpé mon cou et mes bras, et il a dit que j'avais de l'asthme, que j'étais trop maigre. Il a donné des pastilles d'eucalyptus pour l'asthme, il a dit à maman qu'il fallait que je mange de la viande. De la viande ! Est-ce qu'il se doutait que nous ne mangions que les légumes abîmés que maman allait glaner aux halles, et quelquefois seulement des pelures. Mais à partir de là, j'ai eu du bouillon fait avec

182

les cous et les pattes que maman allait acheter deux
fois par semaine. Après, je n'ai jamais plus revu
M. Rose.

Je pense à cela, quand la nuit tombe sur la rade,
parce qu'il me semble qu'ici, dans cette cachette, pour
la première fois j'ai cessé de marcher et de courir. Mon
cœur enfin s'est mis à battre tranquillement dans ma
poitrine, je peux respirer sans difficulté, sans faire
siffler mes bronches.

Ce sont les chiens qui m'ont réveillée, avant le jour.
Les marins m'ont trouvée dans ma grotte, ils m'ont
ramenée jusqu'à l'Arsenal. Quand je suis entrée dans la
grande salle, maman s'est levée de son lit, elle est
venue vers moi, elle m'a embrassée. Elle n'a rien dit. Je
ne pouvais rien lui dire non plus, ni pourquoi, ni
pardon. Je savais que jamais plus je ne connaîtrais une
journée et une nuit comme celles-là. C'était resté en
moi, avec la mer, le vent, le ciel. Maintenant, on
pouvait me mettre en prison pour toujours.

Personne n'a rien dit. Mais les gens qui jusque-là
m'ignoraient, maintenant me parlaient gentiment. Le
Berger est venu s'asseoir à côté de moi, il me parlait
avec une sorte de politesse qui me semblait bizarre. Il
me semblait que là-bas, dans ma cachette dans les
rochers, des années étaient passées. Maintenant nous
restions à parler, toute la journée, assis par terre près
des hautes fenêtres. Reb Joël est venu aussi avec nous,
il parlait de Jérusalem, de l'histoire de notre peuple.
J'aimais surtout quand il parlait de la religion.

Jamais mon père ni ma mère n'avaient parlé de
religion. L'oncle Simon Ruben parlait parfois de la
religion, des cérémonies, des fêtes, des mariages. Mais
pour lui c'étaient des choses normales, qui ne faisaient
pas peur, des choses sans mystère, des habitudes. Et si
je lui posais une question sur la religion, il se mettait

en colère. Il fronçait les sourcils, en me regardant de côté, et maman restait debout, comme si elle était coupable. C'est parce que mon père n'était pas croyant, qu'il était communiste, à ce qu'on dit. Alors l'oncle Simon Ruben n'osait pas faire venir le rabbin, et il parlait de la religion avec colère.

Mais quand le Berger parlait de la religion avec Reb Joël, il devenait vraiment un autre. J'aimais les écouter, et je les regardais à la dérobée, le Berger avec sa barbe et ses cheveux d'or, et Joël avec son visage très blanc, ses cheveux noirs, sa silhouette mince. Il avait des yeux d'un vert très pâle, comme Mario, je pensais que c'était lui le vrai berger.

C'était bizarre, de parler de la religion, comme cela, dans cette grande salle où nous étions prisonniers. Le Berger et Joël parlaient à voix basse, pour ne pas déranger les autres, et c'était comme si on était prisonniers encore en Egypte, comme si on allait partir, et que la voix effrayante allait résonner dans le ciel et dans les montagnes, et que la lumière allait briller dans le désert.

Moi, je posais des questions stupides, je crois, parce que je ne connaissais rien. Jamais mon père ne m'avait parlé de cela. Je demandais pourquoi D... est innommable, pourquoi il est invisible et caché, puisqu'il a tout fait sur la terre. Reb Joël secouait la tête, il disait : « Il n'est pas invisible, il n'est pas caché. C'est nous qui sommes invisibles et cachés, c'est nous qui sommes dans l'ombre. » Il disait cela souvent : l'ombre. Il disait que la religion est la lumière, la seule lumière, et que toute la vie des hommes, leurs actes, tout ce qu'ils construisaient de grand et de magnifique n'étaient que des ombres. Il disait : « Celui qui a tout fait est notre père, nous sommes nés de lui. Eretz Israël, c'est l'endroit où nous sommes nés, l'endroit où la lumière a brillé pour la première fois, où ont commencé les premières ombres. »

Nous étions assis près de la fenêtre à barreaux, et je regardais le ciel très bleu. « Jamais nous n'arriverons à Jérusalem. » J'ai dit cela parce que j'étais si fatiguée d'y penser. Je voulais retrouver ma cachette dans les rochers, au-dessus de la mer. « Peut-être que Jérusalem, cela n'existe pas ? » Le Berger m'a regardée avec violence. Son visage doux était tiré par la colère. « Pourquoi dis-tu cela ? » Il parlait lentement, mais ses yeux brillaient d'impatience. J'ai dit : « Peut-être que ça existe, mais on n'y arrivera pas. La police ne nous laissera pas partir. Nous devrons retourner à Paris. » Le Berger a dit : « Même s'ils nous empêchent de partir aujourd'hui, nous partirons demain. Ou après-demain. Et si on nous empêche de prendre le bateau, nous irons à pied, même s'il faut marcher un an. » Ce n'était pas pour partir qu'il disait cela, mais lui aussi voulait voir le pays où était née la religion, où avait été écrit le premier livre. Cela me faisait battre le cœur plus vite, de voir la lumière dans ses yeux. Puisqu'il voulait tellement arriver à Jérusalem, peut-être qu'on y arriverait vraiment un jour.

Les journées sont passées comme cela, très longues et qu'on oubliait. Les gens disaient qu'on allait nous faire un procès, et qu'on nous renverrait tous à Paris. Quand je voyais maman abattue et triste, assise sur son lit, le regard fixé sur le sol, emmitouflée dans la couverture américaine à cause du froid, je sentais un pincement au cœur. Je lui disais : « Ne sois pas triste, petite maman, tu vas voir, on va s'échapper. J'ai un plan. S'ils veulent nous remettre dans le train pour Paris, j'ai un plan, on se sauvera. » Ce n'était pas vrai, je n'avais pas de plan, et depuis ma fugue, les fusiliers me surveillaient. « Et où est-ce qu'on irait ? Ils nous reprendraient n'importe où. » Je lui serrais les mains très fort. « Tu verras, on marchera le long de la côte, on ira à Nice, chez le frère de l'oncle Simon. Après, on ira en Italie, en Grèce, et on arrivera jusqu'à Jérusalem. » Je n'avais pas la moindre idée des pays qu'il fallait traverser pour arriver jusqu'à Eretz Israël, mais le Berger avait parlé de l'Italie et de la Grèce. Maman souriait un peu. « Enfant ! Et où prendra-t-on l'argent pour le voyage ? » Je disais : « L'argent ? Ce n'est rien, on travaillera en route. Tu verras, à toutes les deux, on n'aura besoin de personne. » A force d'en parler, je finissais même par y croire. Si on ne trouvait pas de travail, je chanterais dans les rues et dans les cours, avec le visage peint en noir et des gants blancs, comme les Minstrels dans les rues de Londres, ou bien j'apprendrais à marcher sur un fil, et je m'habillerais avec un collant couvert de paillettes, et les passants jetteraient des pièces dans un vieux chapeau, et il y aurait toujours maman pour surveiller, parce que le monde est plein de gens méchants. J'imaginais même que le Berger marchait avec nous en Italie, et aussi Reb Joël, avec ses habits noirs et sa boîte de prières. Il parlerait de la religion aux hommes, il parlerait de Jérusalem. Et les gens s'assiéraient autour de lui pour l'écouter, et ils nous donneraient à manger, et un peu d'argent, surtout les femmes et les jeunes filles, à cause du Berger et de ses beaux cheveux d'or.

Il fallait que je fasse un plan pour nous sauver. Je passais les nuits à remuer cela dans ma tête. J'imaginais toutes les ruses, pour échapper aux marins, à la police. Peut-être qu'on pourrait se jeter à la mer, et nager dans les vagues avec des sortes de bouées, ou sur un radeau, jusqu'à ce qu'on ait passé la frontière italienne. Mais maman ne savait pas nager, et je n'étais pas sûre que le Berger savait, ni que Reb Joël

186

accepterait de se jeter à l'eau avec son beau costume noir et son livre.

D'ailleurs, il n'accepterait pas de laisser là sa famille, d'abandonner son peuple aux mains des ennemis qui nous retenaient prisonniers. Il fallait partir tous, les vieux, les enfants, les femmes, tous ceux qui étaient prisonniers, parce qu'eux aussi ils méritaient d'arriver à Jérusalem. D'ailleurs, Moïse lui-même n'aurait pas abandonné les autres pour se sauver tout seul vers Eretz Israël. C'était bien ça qui était si difficile.

Ce que j'aimais le mieux, dans la grande salle où on était prisonniers, c'étaient les longs après-midi, après le repas, quand le soleil éclairait les hautes fenêtres et dissipait un peu le froid humide. Les femmes s'installaient dans les rectangles de lumière découpés sur les dalles de pierre grise, en étendant des couvertures par terre comme des tapis, et elles bavardaient pendant que les enfants jouaient à côté d'elles. Le bruit de leurs conversations faisait un drôle de bourdonnement de ruche. Les hommes, eux, restaient au fond de la salle, ils parlaient à voix basse, en fumant et en buvant du café, assis sur les lits de sangle, et le bruit de leurs voix faisait une rumeur plus grave, ponctuée d'éclats de voix, de rires.

Alors j'aimais bien entendre les histoires que racontait Reb Joël. Il venait s'asseoir par terre, dans la lumière d'une des fenêtres, avec les enfants, et ses cheveux et ses habits noirs brillaient comme de la soie. Au début, Joël ne parlait que pour moi et pour Jacques Berger, sans élever la voix, pour ne pas déranger les autres. Il ouvrait son livre noir, et il lisait lentement, d'abord dans cette langue si belle, si âpre et douce, que j'avais entendue déjà dans le temple, à Saint-Martin. Puis il parlait en français, lentement, en cherchant ses mots, et parfois le Berger l'aidait, parce qu'il ne parlait pas bien cette langue. Après, maman venait aussi, et d'autres enfants, des filles, des garçons étrangers, qui ne parlaient pas notre langue, mais qui restaient quand même à écouter. Il y avait aussi une jeune fille qui s'appelait Judith, vêtue pauvrement, toujours avec un fichu à fleurs sur la tête, comme une paysanne. On attendait que Reb Joël commence à parler, et quand il commençait, c'était comme une voix intérieure qui disait ce qu'on entendait. Il parlait de la loi et de la religion, comme si c'étaient les choses les plus faciles du monde. Il disait ce que c'était que l'âme, simplement, en parlant de notre ombre, et la justice, en parlant de la lumière du soleil, de la beauté des enfants. Puis il prenait le Livre du Commencement, celui que l'oncle Simon Ruben avait donné à maman avant notre départ, et il expliquait ce qui était écrit. Il n'y avait rien de mieux que l'histoire du commencement du monde. Il disait d'abord les mots dans la langue divine, lentement, en faisant résonner chaque nom et chaque syllabe, et quelquefois on croyait qu'on avait compris rien qu'en entendant les mots de cette langue résonner ici, dans le silence de notre prison. Car à cet instant-là tout le monde cessait les bavardages et les discussions, et même les vieux hommes écoutaient, assis sur les lits de sangle. C'étaient les mots de D..., ceux qu'il avait suspendus dans l'espace avant de faire le monde. Joël disait lentement le nom dans un souffle, comme cela, « Elohim, Elohim, lui seul au milieu des autres, le plus grand des êtres, celui qui est seul et de lui-même, celui qui peut faire... ». Il disait les premiers jours, ici, dans cette grande salle, avec le rectangle des fenêtres qui tournait lentement sur le sol.

« *Ainsi, premièrement, Elohim fit la personne du ciel, la personne de la terre.* »

Je disais : « Des personnes ? Le ciel et la terre étaient des personnes ? »

« Oui, des personnes, les premières créatures, semblables à Elohim. »

Il lisait encore : « *Car la terre était en train de naître et l'obscurité était dans le vide.* » Il disait : « Elohim se servait du vide, le vide est le ciment de la terre, de l'existence. »

Il continuait : « *Et le souffle du plus grand des êtres, Elohim, marchait et semait sur la surface des eaux.* » Il disait : « Le souffle, l'haleine, sur le froid de l'eau. »

Il parlait du soleil, de la lune, c'étaient des contes. On ne pensait plus à l'ombre de la salle, au temps qui faisait tourner les fenêtres sur le sol.

C'était extraordinaire. Nous tous, Judith, même les jeunes enfants, nous comprenions aussitôt ce que voulaient dire ces paroles.

Il lisait encore : « *Il dit, lui, le plus grand, la lumière sera. Et la lumière fut faite. Il vit, lui, le plus grand, comme c'était bien. Lui, le plus grand, il sépara la lumière de l'obscurité.* » Il disait : « La lumière était ce qu'on pouvait connaître, et l'obscurité était le ciment de la terre. Alors l'un et l'autre étaient donnés pour toujours, séparés, et impossibles à garder ensemble. D'un côté l'intelligence, de l'autre le monde... »

« *Alors lui, le plus grand des êtres, il donna comme nom à la lumière IOM, et à l'obscurité, LAYLA.* » Nous entendions ces noms, les plus beaux noms que nous ayons jamais entendus. « IOM était comme la mer, sans limites, emplissant tout, donnant tout. LAYLA était le vide, le ciment du monde. » J'écoutais les mots de cette langue divine, qui résonnaient dans la prison. « *Alors ce fut la fin du jour à l'ouest, et l'aube à l'est. IOM EHED.* »

Quand Joël disait cela, Jour Un, c'était comme un frisson : le premier jour, le moment de la naissance.

« *Alors il dit, le plus grand des êtres, il y aura une ouverture au centre des eaux. Et il fit, lui, le plus grand des êtres, cette rupture entre les eaux d'en bas et les eaux d'en haut. Cela fut fait.* »

« Que sont les eaux d'en bas ? » Je demandais cela. Joël me regardait sans répondre. Enfin : « Attends, le livre ne parle pas sans raison. Ecoute la suite : *et il donna, lui, le plus grand des êtres, à cet espace le nom de SHAMAÏN, les cieux, les eaux d'en haut, et il y eut la nuit à l'ouest, l'aube à l'est. IOM SHENI.* » Il attendait un bref instant, puis il reprenait : « *Et il dit, lui, le plus grand des êtres, les eaux d'en bas seront conduites vers un seul point de rencontre, et on verra la terre. Et cela fut fait.* »

« Pourquoi l'eau était-elle là d'abord ? »

« C'était le mouvement, avant l'immobilité, le premier mouvement de la vie. »

Je pensais à la mer qu'il faudrait traverser. La terre sans eau commencerait de l'autre côté. Joël lisait à nouveau, puis il traduisait :

« *Et lui, le plus grand des êtres, il donna nom à la terre, ERETZ, et à l'eau qui bougeait il donna nom IAMMIM, l'eau sans fin, la mer. Et il vit, lui, le plus grand des êtres, que cela était bien.* »

« Comment était Eretz ? » J'essayais d'imaginer les premières terres sorties de la mer, comme les îles sombres que j'avais vues, dans la tempête, sur le pont du *Sette Fratelli*.

« Comment le vois-tu ? » Joël se tournait vers moi, puis vers le Berger, et vers chacun de nous. Et comme personne ne disait rien :

« Tu vois, cela ne peut pas se dire... »

Il continuait : « *Il dit, lui, le plus grand des êtres, sur la terre poussera l'herbe verte avec ses graines, chacune avec sa graine pour ensemencer la terre. Et cela fut fait.* »

Il s'arrêtait : « Avez-vous pensé à cette graine ? »

Il disait : « Le mouvement qui unit la chaleur et le froid, qui unit l'intelligence et le monde. Le jour, la nuit, les graines, l'eau... Tout existait déjà... »

Il lisait les paroles du livre : « *Et la terre fit pousser une herbe vive, chaque herbe avec sa graine, chaque herbe avec son fruit portant sa graine, selon l'espèce, et il vit, lui, le plus grand des êtres, que c'était bien. Et ce fut la nuit à l'ouest, et l'aube à l'est. IOM SHELISHI.* »

La voix remue au fond de moi, elle touche mon cœur, mon ventre, elle est dans ma gorge et dans mes yeux. Cela me trouble tant que je m'éloigne un peu et que je me cache le visage dans le châle de maman. Chaque parole entre en moi pour briser quelque chose. La religion est ainsi. Elle brise des choses en vous, des choses qui empêchaient cette voix de circuler.

Chaque jour, depuis des semaines, dans cette prison, j'écoute la voix du maître. Avec les autres enfants, avec les femmes et les hommes, nous sommes assis sur le sol, et nous écoutons cet enseignement. Maintenant, je n'ai plus envie de m'enfuir, de courir dehors au soleil pour aller voir la mer. Ce que dit le livre a beaucoup plus d'importance que ce qu'il y a au-dehors.

Joël lisait : « *Et il dit, lui, le seul, il y aura une lumière dans le vide du ciel, pour séparer le jour de la nuit, et les lumières pour représenter le futur, pour mesurer le passage du temps, pour mesurer le changement des êtres vivants.* »

« Est-ce que c'était cela, le temps ? »

Mais Joël me regardait sans répondre. Il lisait :

« *Et elles seront comme des lumières brillant dans le vide du ciel, pour illuminer la vie sur la terre. Et cela fut fait.* »

Puis il se tournait vers moi pour répondre :

« Ce n'est pas le temps qu'Elohim donnait. C'était l'intelligence, le pouvoir de comprendre. Ce qu'on appelle aujourd'hui la science. Tout était prêt pour que

191

la mécanique du monde puisse marcher. La science, c'était la clarté des étoiles... »

Jamais personne ne m'avait parlé des étoiles, depuis que mon père me les avait montrées, un soir, l'été de sa mort. Les étoiles fixes, et les étoiles filantes, qui glissaient comme des gouttes sur la surface de la nuit. Ainsi, il m'avait donné mon nom, étoile, petite étoile...

« Et il fit, lui, le seul, les grandes lumières sœurs, la plus grande, au centre, le signe du jour, et la plus petite, le signe de la nuit. Et toutes celles qui s'appelaient Chochabim, les étoiles. »

Joël refermait le Livre du Commencement, parce que la nuit tombait. Le silence entrait dans la salle comme un froid. Nous nous levions, les uns après les autres, chacun pour regagner son coin. Avec maman, j'allais m'asseoir sur mon lit, près du mur. « Maintenant, je sais que nous arriverons jusqu'à Jérusalem. » Je disais cela pour redonner du courage à maman, mais parce que j'y croyais aussi. « Quand nous saurons tout ce qu'il y a dans le livre, nous serons arrivées. » Maman souriait : « C'est une bonne raison pour le lire. » J'aurais voulu demander à maman pourquoi mon père ne m'avait jamais lu le livre, pourquoi il préférait me lire les romans de Dickens. Peut-être qu'il voulait que je le trouve moi-même, le jour où j'en aurais vraiment besoin. Alors tout ce qu'il m'avait expliqué, et tout ce qu'on m'avait enseigné à l'école, jusqu'à présent, tout cela devenait clair et vrai, tout devenait facile à comprendre. C'était devenu réel.

L'avocat est venu nous voir dans notre prison. Il est arrivé tôt ce matin, avec un cartable plein de papiers, et il est resté une bonne partie de la journée, dans la grande salle, à parler avec les gens. Il a même mangé avec nous, quand les fusiliers marins ont apporté le repas, des pommes de terre bouillies et de la viande. Les vieux Juifs ne voulaient pas manger la viande, parce qu'ils disaient qu'elle n'était pas bonne, mais les femmes et les enfants ont mangé sans les écouter. Le Berger disait que l'important, c'était de vivre, pour avoir la force d'être libres et d'aller jusqu'à Jérusalem. L'avocat est venu parler aussi avec maman, et avec Jacques Berger, et à la mère de Judith qui était avec nous. L'avocat était un homme plus très jeune, vêtu d'un complet gris, avec des cheveux bien coiffés et une petite moustache. Il avait une voix très douce, et des yeux gentils, et maman était bien contente de pouvoir parler avec lui. Il a posé quelques questions à maman, pour savoir d'où on venait, qui on était, et pourquoi on avait décidé de partir pour Jérusalem. Il notait les noms et les réponses sur un cahier d'écolier, et quand il a su que mon père était mort pendant la guerre, à cause des Allemands, et qu'il était dans les maquis, il a écrit tout cela avec soin dans le cahier. Il a dit qu'on ne pouvait pas rester ici, dans cette prison. Pour Jacques Berger, et pour la mère de Judith, il a noté aussi leurs noms, et il a examiné tous les papiers avec soin, parce qu'on les lui avait donnés, au quartier général, avant qu'il ne vienne. Ensuite il a rendu à chacun ses papiers, sa carte d'identité ou son passeport. Les gens l'ont entouré, et il a serré la main à chacun. Les hommes et les femmes se pressaient autour de lui, ils lui posaient des questions, ils demandaient quand on allait être libérés, si on allait nous renvoyer à Paris. Ceux qui venaient de Pologne surtout cherchaient à savoir, les femmes parlaient toutes à la fois. Alors il a demandé le silence, et il a dit à voix forte, pour que chacun puisse entendre, et ceux qui ne parlaient pas le français se faisaient traduire en même temps ses paroles : « Mes amis, n'ayez aucune crainte, mes chers amis. Tout va s'arranger, vous allez bientôt être libres. Je vous le promets, vous n'avez rien à craindre. » Les voix disaient autour de lui : « Et le bateau ? Est-ce qu'on va pouvoir reprendre le bateau ? » Il y avait un brouhaha, avec ce mot de bateau, et l'avocat a dû parler encore plus fort. « Oui, mes amis, vous allez pouvoir continuer votre voyage. Le bateau est prêt à partir. Le commandant Frullo a fait installer les canots de sauvetage qui manquaient, et je vous promets... Je vous promets que vous pourrez reprendre votre voyage dans un ou deux jours. » Quand l'avocat est parti, la nuit tombait déjà. Il a serré encore les mains de tout le monde, même celles des petits enfants.

Et il répétait : « Ayez confiance, mes chers amis. Tout va s'arranger. »

Nous avons vécu les heures suivantes dans une sorte d'exaltation. Les femmes parlaient et riaient, et la nuit, les enfants ne voulaient pas dormir. C'était peut-être à cause du vent de sécheresse qui soufflait ces jours-là. Le ciel était si pur qu'on y voyait même la nuit. Moi je restais assise près d'une fenêtre, enveloppée dans ma couverture, et je regardais la lune glisser entre les barreaux, descendre vers le mur, au bout de l'esplanade. Dans la grande salle, les hommes parlaient à voix basse. Les vieux religieux priaient.

Maintenant il me semblait que la distance qui nous séparait de la grande ville sainte n'existait plus, comme si cette même lune qui glissait dans le ciel éclairait Jérusalem, les maisons, les jardins d'oliviers, les dômes et les minarets. Le temps non plus n'existait plus. C'était le même ciel qu'autrefois, quand Moïse attendait dans la maison de Pharaon, ou quand Abraham rêvait comment avaient été faits le soleil et la lune, les étoiles, l'eau, la terre, et tous les animaux du monde. Ici, dans cette prison de l'Arsenal, je savais que nous étions une partie de ce temps-là, et cela me faisait frissonner de peur et me faisait battre le cœur, comme quand j'écoutais les paroles du livre.

Cette nuit-là, le Berger est venu s'asseoir près de la fenêtre, à côté de moi. Lui non plus, il n'arrivait pas à dormir. Nous avons parlé, à voix basse. Peu à peu, autour de nous, les gens se sont couchés, et les enfants se sont endormis. On entendait le bruit régulier des respirations, les ronflements des vieux. Le Berger me parlait de Jérusalem, de cette ville où nous pourrions enfin être nous-mêmes. Il a dit qu'il allait travailler dans une ferme, et quand il aurait économisé, il irait faire ses études, peut-être en France, ou au Canada. Il ne connaissait personne là-bas, il n'avait ni parent, ni ami. Il a dit que maman et moi, nous pourrions aussi travailler dans un kibboutz. C'était la première fois que j'entendais parler de cela, de l'avenir, du travail. Je pensais aux champs de blé, à Roquebillière, et aux hommes qui avançaient en maniant les faux, aux enfants qui glanaient les épis. Mon cœur battait, je sentais la chaleur du soleil sur mon visage. J'étais si fatiguée, il me semblait que je n'avais pas cessé d'attendre, à Festiona, dans le champ, en haut du village, les yeux sur la paroi rocheuse où aboutissait le chemin du col, par où mon père n'avait jamais paru.

Alors j'ai mis ma tête contre l'épaule de Jacques Berger, et il a passé son bras autour de moi, comme quand je guettais l'arrivée du bateau, dans les rochers, à Port d'Alon. Je sentais l'odeur de son corps, l'odeur de ses cheveux. J'avais envie de dormir, enfin, de fermer les yeux, et quand je les rouvrirais, je serais au milieu des oliviers, dans les collines de Jérusalem, je verrais la lumière briller sur les toits et sur les minarets.

Maman est venue. Sans rien dire, gentiment, elle m'a prise par le bras, elle m'a aidée à me lever, elle m'a conduite vers mon lit, près du mur. Le Berger a compris. Il s'est écarté, il a dit bonsoir avec une voix enrouée, et il est retourné jusqu'à son lit, du côté des hommes. Maman m'a couchée, elle m'a bien serrée dans ma couverture, pour que je n'aie pas froid. J'étais si fatiguée, jamais je n'avais aimé maman aussi fort, parce qu'elle ne disait rien. Elle m'a bien bordée dans ma couverture, comme quand j'étais petite, dans la mansarde, à Nice, et j'écoutais grincer la girouette sur les toits de tôle. Elle m'a embrassée près de l'oreille, comme j'aimais. Puis elle s'est couchée à son tour, et j'ai écouté son souffle régulier, sans entendre les respirations et les ronflements des autres dormeurs. Je me suis endormie alors qu'elle avait les yeux ouverts dans le noir et qu'elle me regardait.

Le *Sette Fratelli* est parti ce matin, à l'aube. La mer est lisse, sombre, encombrée de mouettes. Maintenant, nous avons le droit de monter sur le pont, à condition de ne pas gêner la manœuvre. L'avocat nous a accompagnés jusqu'au pied de la coupée. Il nous a serré la main à chacun, en disant : « Au revoir, mes amis. Bonne chance ! » Reb Joël, dans son habit noir, est monté le dernier. Il lui a demandé humblement ce qu'on pouvait faire pour le payer, mais l'avocat lui a serré la main, et il lui a dit : « Ecrivez-moi quand vous serez arrivés. » Il est resté debout sur le quai. Le capitaine Frullo a donné l'ordre de lâcher les amarres. Le moteur du bateau s'est mis à vibrer plus fort, et nous avons commencé à nous éloigner. L'avocat restait sur le quai, secoué par les bourrasques, avec son cartable d'écolier à la main. Les femmes et les enfants ont agité leurs mouchoirs, et le quai est devenu de plus en plus petit, avec la silhouette à peine visible dans la lumière de l'aube.

Maman est enveloppée dans sa couverture et dans son châle noir, elle est déjà pâle à cause du roulis. Elle a regardé la côte s'éloigner, les grandes presqu'îles s'ouvrir. Elle est descendue se coucher dans la cale. Chacun a retrouvé la place qu'il occupait au début du voyage.

Au large, les dauphins ont accompagné notre navire, bondissant devant l'étrave. Puis le soleil est arrivé, et les dauphins sont allés se cacher. Ce soir, nous serons en Italie, à La Spezia.

Debout sur la passerelle, Esther regardait le pont du bateau, où les passagers s'étaient assemblés. Il faisait un temps extraordinaire. Pour la première fois depuis des jours, les nuages gris s'étaient écartés, et le soleil resplendissait. La mer était d'un bleu violent, magnifique. Esther ne se rassasiait pas de la regarder.

Cette nuit, le *Sette Fratelli* était passé au large de Chypre, tous feux éteints, machines arrêtées, à la seule vitesse du vent qui faisait claquer les voiles. Dans la cale, personne ne dormait, sauf les très jeunes enfants, qui n'avaient pas conscience du danger. Tout le monde savait que l'île était là, tout près, à bâbord, et que les vedettes anglaises patrouillaient. A Chypre, les Anglais avaient emprisonné des milliers de gens, hommes, femmes, enfants, qui avaient été capturés en mer sur la route d'Eretz Israël. Le Berger disait que si les Anglais les prenaient, ils les renverraient sûrement. Ils les mettraient dans un camp, et ensuite dans des bateaux pour les ramener, les uns en France, les autres en Italie, ou en Allemagne, ou en Pologne.

Esther n'avait pas dormi cette nuit. Le navire glissait silencieusement sur la mer houleuse, roulant et penchant à cause du poids du vent dans la grand-voile. Le commandant Frullo ne voulait personne sur le pont. On ne pouvait pas allumer une lampe, ni même un briquet pour une cigarette. Dans la cale du *Sette Fratelli*, il faisait noir comme dans un four. Esther serrait fort la main de sa mère, écoutant le froissement de l'eau sur la coque, les claquements de la voile. La nuit avait été très longue. C'était une nuit où chaque instant comptait, comme à Festiona, quand les Allemands cherchaient les fugitifs dans la montagne, ou comme cette nuit où les Américains avaient bombardé Gênes. Mais cette nuit était encore plus longue, parce que maintenant la fin du voyage était proche, après ces vingt jours en mer. Tout le monde avait tellement attendu, prié, parlé, chanté. Dans le noir, les voix avaient chanté un instant, en sourdine, dans une langue inconnue. Puis elles s'étaient arrêtées brusquement, comme si, quelque part en mer, malgré la distance et le bruit des vagues, les patrouilles des Anglais allaient les entendre.

A un moment, malgré l'interdiction, quelqu'un avait allumé un briquet pour regarder l'heure, et la nouvelle avait circulé de l'un à l'autre, en allemand, en yiddish, puis en français : « Minuit... C'est minuit. On a dépassé Chypre. » Comment savaient-ils cela ? Esther essayait d'imaginer l'île, ses hautes montagnes, derrière le navire, tel un monstre funèbre. Les passagers recommençaient à parler, on entendait des rires. Il y avait eu des bruits de pas sur le pont, l'écoutille s'était ouverte. Silvio, le jeune Italien ami d'Esther, avait descendu quelques marches : « Silence, ne pas faire de bruit. Les bateaux anglais sont par ici. » On avait entendu des ordres sur le pont, puis le bruit mou de la voile qu'on amenait. Privé de vent, le navire s'était redressé, il oscillait sur la houle, recevant les vagues tantôt d'un bord, tantôt de l'autre. Où étaient les Anglais ? Esther avait l'impression qu'ils étaient de tous les côtés à la fois, traçant leurs cercles sur la mer, à la recherche de leur proie qu'ils devinaient dans l'ombre.

Le navire était resté très longtemps immobile, tournant sur lui-même dans le vent, bousculé par les vagues. Sur le pont, il n'y avait plus un bruit. Peut-être que les marins italiens étaient partis ? Peut-être qu'ils avaient abandonné le navire ? Esther continuait à serrer la main de sa mère. Le silence était tel que les jeunes enfants s'étaient réveillés, et qu'ils avaient commencé à pleurer, et leurs mères essayaient d'étouffer leurs cris contre leur poitrine.

Les minutes, les secondes duraient, chaque battement de cœur était séparé du suivant par une attente douloureuse. Au bout d'un temps très long, il y avait eu à nouveau un bruit de pas sur le pont, et la voix du commandant avait crié : « Alza la vela ! Alza la vela ! » De nouveau, le vent avait gonflé la voile. On avait entendu craquer les mâts, et les sifflements dans les agrès. Le navire avait recommencé à avancer contre la houle, penché sur le côté.

Rien n'avait semblé plus beau à Esther. Dans le noir, les gens avaient recommencé à parler, à voix basse d'abord, puis de plus en plus fort, et tous à la fois, criant, riant, chantant. L'écoutille s'était rouverte.

Silvio était descendu avec une lampe tempête. Il avait dit : « Nous sommes passés. » Tout le monde avait crié et applaudi. Un peu plus tard, les moteurs avaient redémarré. Le grondement des machines semblait une musique bien douce. Alors on s'était couché par terre, la tête appuyée sur les paquets préparés pour l'arrivée. Esther s'était endormie, sans lâcher la main d'Elizabeth, écoutant les vibrations régulières des moteurs dans le plancher, les yeux fixés sur l'étoile de lumière de la lampe tempête.

Avant le lever du soleil, elle était montée sur le pont. Les marins dormaient encore. Quand elle avait ouvert l'écoutille, le vent lui avait coupé le souffle. Il y avait si longtemps qu'elle était enfermée dans la cale, qu'elle était restée un instant en équilibre, sans pouvoir bouger. Puis elle avait marché avec précautions jusqu'à l'avant du navire, et elle s'était installée là, avec le triangle du foc gonflé devant elle. C'est là qu'elle avait vu le jour se lever sur la mer.

D'abord, il n'y avait que l'ombre bleue, les étoiles qui se balançaient, la lumière vague de la galaxie. La clarté s'était levée peu à peu sur l'horizon, droit devant, une tache qui effaçait les étoiles. Pendant quelques instants, le ciel était devenu gris, et la mer était apparue, avec ses crêtes luisantes, et l'horizon tendu sur le monde, pareil à une cassure. Le navire avançait régulièrement, dépassant lentement les vagues, sans heurt, avec le vent qui appuyait sur les voiles, et la vibration monotone des moteurs. Quand la lumière était arrivée, Esther avait fixé son regard sur la ligne étroite de l'horizon, sans ciller, sans dévier. Appuyée sur le garde-corps, il lui semblait qu'elle ne faisait qu'un avec l'étrave, que c'était elle qui fendait la mer, qui glissait sur son propre désir, comme un oiseau en vol plané, elle allait droit vers l'horizon, cherchant à voir la première la ligne des côtes, fine et légère comme un nuage, et pourtant réelle, elle scrutait la mer jusqu'à en avoir mal.

Elle était restée comme cela des heures. Puis Silvio avait touché son épaule. « Mademoiselle, s'il vous plaît. » Elle l'avait regardé sans comprendre. Le soleil maintenant était haut dans le ciel, la mer brûlait. Silvio l'avait aidée à marcher jusqu'à la dunette : « Le commandant ne veut pas... C'est dangereux. » Il avait dit « danzéreux », mais Esther ne pouvait pas rire. Son visage était figé par le vent, par la douleur du regard.

« Venez, on va vous donner du café. » Mais quand elle était arrivée devant le trou noir de l'écoutille, Esther n'avait pas voulu entrer. Elle ne pouvait plus descendre au fond de la cale, sentir l'odeur de la peur, l'attente. Si elle descendait, jamais les côtes d'Eretz Israël n'apparaîtraient sur la mer. Elle secouait la tête, et les larmes coulaient sur ses joues. C'était le vent et la lumière du soleil qui avaient fait naître les larmes, mais tout d'un coup, elle avait senti les sanglots dans sa gorge. Silvio l'avait regardée, gêné, puis il avait mis son bras autour de ses épaules et il l'avait fait asseoir sur le pont, à l'abri de l'échelle de la dunette. Un instant après, il était revenu avec une tasse de faïence : « Caffè. » Elle avait trempé ses lèvres dans le liquide brûlant. Ses cheveux étaient collés sur ses joues par les larmes, sa bouche n'arrivait pas à sourire. « Merci. » Elle aurait voulu parler, demander, mais les mots ne passaient plus dans sa gorge. Le jeune garçon avait compris son regard. Il avait montré l'horizon, du côté de la proue : « Mezzodì. » Puis il était retourné avec les autres marins. Esther avait entendu leurs voix qui se moquaient de lui.

Les passagers étaient sortis de la cale, les uns après les autres. Le soleil était au zénith, il brillait sur la mer, et les femmes et les enfants, quand ils arrivaient sur le pont, s'abritaient les yeux avec leurs mains.

201

Tous, ils étaient pâles, fatigués, éblouis comme s'ils avaient passé des années à fond de cale. Les hommes avaient le visage mangé par la barbe, les vêtements froissés. Ils avaient mis des chapeaux ou des casquettes pour se protéger du soleil et du vent. Les femmes étaient enveloppées dans leurs châles, certaines avaient mis des manteaux à col de fourrure. Les vieux avaient enfilé leurs lourds caftans. Les uns après les autres, ils se massaient sur le pont, à l'arrière du navire, et ils regardaient en silence, vers l'horizon, à l'est. Le Reb Joël était là, lui aussi, dans son costume noir.

Dans la timonerie, les marins avaient allumé la radio, la musique venait, s'éloignait, c'était la même voix étrange et rauque qu'Esther avait écoutée, une nuit, dans le détroit de Messine, la voix de Billie Holiday qui chantait un blues.

Elizabeth est arrivée à son tour. Jacques Berger la tenait par la main. Son visage semblait très pâle contre ses vêtements noirs. Esther aurait voulu la rejoindre, mais la foule des passagers l'empêchait de traverser. Elle est montée sur l'échelle de la dunette, pour mieux voir. Comme les autres, le regard d'Elizabeth était fixé sur l'horizon. Maintenant, le soleil avait commencé à redescendre de l'autre côté du navire. Le vent avait cessé. Tout d'un coup, sans comprendre comment, la côte était là, devant le navire. Personne n'a rien dit, comme si on avait peur de se tromper. Chacun regardait la ligne grise qui était apparue sur la mer, pareille à une vapeur. Au-dessus d'elle, de grands nuages étaient arrêtés.

Puis les voix des hommes et des femmes commençaient à faire résonner le même mot : « Eretz Israël ! Eretz Israël ! » Même les marins italiens s'étaient arrêtés de bouger. Eux aussi, ils regardaient la ligne de la côte.

Le soleil faisait étinceler les vagues. Les voiles du bateau paraissaient plus blanches. Alors on a vu les premiers oiseaux qui volaient autour du navire. Leurs cris résonnaient dans le silence de la mer, par-dessus les voix des gens et le grondement des moteurs, par-dessus la voix de Billie Holiday. Tout le monde s'est arrêté de parler pour les écouter. Esther se souvenait maintenant de l'oiseau noir qui devait franchir les montagnes, autrefois, l'oiseau que son père lui avait montré. Eux aussi, avant la nuit, ils seraient arrivés. Ils se poseraient librement sur les plages.

Reb Joël est venu jusqu'à l'échelle de la dunette. Il avait soigneusement peigné sa barbe et ses cheveux, et son costume noir brillait au soleil comme une armure. Son visage exprimait la fatigue, l'inquiétude, mais aussi l'énergie, et ses yeux brillaient comme lorsqu'il lisait le Livre du Commencement, dans la prison, en France. Il a traversé la foule, saluant chacun, comme s'il les retrouvait après une longue absence. Malgré la fatigue de son visage, sa silhouette mince semblait celle d'un jeune homme.

Devant l'échelle, il s'est arrêté, et il a ouvert le livre. Maintenant, tout le monde était tourné vers lui, sans regarder davantage la ligne de la terre qui s'étendait devant la proue du navire. Le commandant Frullo est venu, lui aussi, et les marins ont éteint la radio. Dans le silence de la mer, la voix de Joël s'est élevée. Il lisait lentement, dans cette langue étrange et douce, la langue qu'avaient parlée Adam et Eve au Paradis, la langue qu'avait parlée Moïse dans le désert de Sin. Esther ne comprenait pas, mais les mots entraient en elle, comme ils l'avaient déjà fait, se mêlaient à son souffle. Les mots resplendissaient sur la mer si bleue, ils éclairaient chaque partie du navire, même les endroits salis ou meurtris par le voyage, même les taches sur le pont, ou les déchirures de la voile.

Ils éclairaient chaque visage. Les femmes vêtues de noir, les jeunes filles avec leurs fichus à fleurs, les hommes, les jeunes enfants, tout le monde écoutait. Entre chaque parole du livre, Joël s'arrêtait, et on entendait le bruit de l'étrave, le grondement du moteur. Les paroles du livre étaient belles comme la mer, elles portaient le navire en avant, vers la ligne nuageuse d'Eretz Israël.

Assise sur les marches de l'échelle, Esther écoutait la voix, elle regardait la côte qui grandissait. Les paroles ne s'effaceraient jamais. C'étaient les mêmes paroles que celles que Joël avait enseignées dans la prison, qui parlaient du bien et du mal, de la lumière et de la justice, de la naissance de l'homme dans le monde. Et aujourd'hui, c'était cela, c'était le commencement. La mer était neuve. La terre venait d'apparaître au-dessus des flots, la lumière du soleil brillait pour la première fois, et dans le ciel, les oiseaux volaient au-dessus du navire, pour montrer le chemin de la plage où ils étaient nés.

Ensuite, tout s'est passé très vite, comme dans un rêve. Le *Sette Fratelli* a mouillé au large d'une grande plage, devant la ligne des montagnes vert sombre. Des canots sont venus jusqu'au navire, et ont débarqué les gens, par petits groupes. Quand le tour d'Elizabeth et d'Esther est venu, la jeune fille a vu sur la plage les hommes qui attendaient, les valises et les paquets, et les femmes qui serraient leurs enfants contre elles. Elle a eu peur, tout à coup. Elle est retournée à sa place, à côté de l'échelle de la dunette, comme si elle voulait repartir avec le navire, continuer le voyage. Elizabeth l'attendait, et Jacques Berger lui faisait signe de venir, mais elle restait, les mains accrochées aux rampes de l'échelle. Finalement, Elizabeth est venue à elle, elle l'a entraînée vers le garde-corps, et elles sont descendues ensemble par l'échelle de corde jusqu'au canot.

Un instant après, Esther et Elizabeth étaient sur la plage. Le Berger était debout à côté des valises, son visage roux était tendu par l'inquiétude, ses yeux éblouis par la lumière. Malgré elle, Esther s'est mise à rire, et tout de suite après, elle a senti les larmes dans ses yeux. Son visage brûlait de fièvre. Elle s'est laissée glisser dans le sable, elle a appuyé son buste contre la valise de sa mère. Elle ne regardait plus rien. « Tout est fini, tout va bien aller, Estrellita. » La voix d'Elizabeth était calme, à présent. Esther sentait les doigts fins qui caressaient ses cheveux emmêlés par le sel. Jamais sa mère ne lui avait dit « petite étoile », c'était la première fois.

Au large, le navire trépidait. Les chaînes des ancres remontaient par saccades. Sur le pont, les marins italiens regardaient la plage. La grand-voile a flotté en clapotant dans le vent, puis s'est gonflée d'un coup. Le *Sette Fratelli* s'est éloigné. L'instant d'après, il n'y avait plus que la mer éblouissante au soleil couchant, et les canots qu'on halait sur la plage. Esther et Elizabeth ont marché lentement sur la plage, avec Jacques Berger qui portait les valises. Près des dunes, les gens attendaient, allongés sur le sable. Certains avaient étendu leurs couvertures. La nuit tombait. Le vent était tiède, l'odeur était douce, pleine de pollen. Elle enivrait un peu.

C'était la lumière qui était belle, la lumière, et les pierres. Comme si elle n'avait jamais connu cela avant, comme s'il n'y avait eu que l'ombre. La lumière, c'était le nom de la ville qu'elle entendait depuis qu'elle était toute petite, le nom que son père disait le soir, pour qu'elle s'endorme avec. Le nom était devant elle, devant Elizabeth, quand elles marchaient sur le chemin de cailloux, à travers la forêt, pour aller en Italie. C'était le nom qu'elle voulait entendre, quand elle attendait, chaque après-midi, à Festiona, cachée dans les herbes, là où devait arriver son père. C'était le nom même qui était dans l'appartement du 26 de la rue des Gravilliers, dans le passage sombre, les escaliers où l'eau ruisselait, avec le toit troué comme une harde. C'était lui encore, dans le navire qui fuyait sur la mer de l'hiver c'était lui qui brillait quand elle montait sur le pont, qui éblouissait.

Esther courait dans les rues de la ville nouvelle, là où les immigrants s'étaient installés. Elle allait en haut de la colline, elle se perdait dans les bois de pins. Elle allait si loin qu'elle n'entendait plus rien d'humain, seulement le sifflement du vent dans les aiguilles de pin, le froissement léger d'un oiseau.

Le bleu du ciel donnait le vertige. Les rochers

brûlaient d'une flamme blanche. La lumière était si violente que les larmes coulaient de ses yeux. Elle s'asseyait par terre, la tête appuyée sur ses genoux, le col de son manteau relevé jusqu'aux oreilles.

C'était là que Jacques Berger l'avait retrouvée, un matin, et après cela, il l'avait accompagnée chaque jour. Peut-être qu'il avait suivi ses traces, ou bien il l'avait épiée de loin, quand elle courait à travers les rues jusqu'à la montagne. Il l'avait appelée par son nom, en criant fort, et elle s'était cachée derrière un buisson. Ensuite, quand il était passé, elle était redescendue, jusqu'à un vieux mur. C'est là qu'il l'avait rattrapée. Ils avaient marché au milieu des pins, il la tenait par la main. Quand il l'avait embrassée, elle s'était laissée faire, tournant la tête de côté pour fuir son regard.

Jacques parlait des dangers qui étaient partout, à cause de la guerre. Il disait qu'il allait se battre contre les ennemis d'Israël, contre les Arabes, contre les Anglais. Un jour, il avait parlé de la nouvelle de la mort de Gandhi, il était pâle et bouleversé comme si c'était arrivé ici. Esther entendait cela, elle voyait la mort qui brillait, dans le ciel, dans les pierres, dans les pins et les cyprès. La mort brillait comme une lumière, comme le sel, sous les pas, dans chaque arpent de terre.

« Nous marchons sur les morts », disait Esther. Elle pensait à tous ceux qui étaient morts ailleurs, oubliés, abandonnés, tous ceux que les soldats de la Wehrmacht chassaient dans les montagnes, dans la vallée de la Stura, ceux qu'on avait enfermés dans le camp de Borgo San Dalmazzo, et qui n'étaient jamais revenus. Elle pensait à la pente, en dessous du Coletto, où elle avait guetté la silhouette de son père, si longtemps que sa vue se brouillait et qu'elle perdait connaissance. Les pierres blanches brillaient ici, elles étaient les ossements de ceux qui avaient disparu.

Jacques lisait le livre noir du Commencement, et Esther écoutait les noms de ceux qui étaient morts sur cette terre, ceux dont les ossements s'étaient transformés en pierres. Elle demandait : « Lis-moi ce que Reb Joël a lu sur le pont du bateau, quand nous sommes arrivés. » Il lisait, lentement, et sa voix douce devenait forte, violente, elle faisait frissonner Esther.

« L'Eternel a parlé à Moïse, il a dit : je suis l'Eternel, j'ai apparu à Abraham, à Isaac, à Jacob. J'étais IAOH, le souverain, je ne me suis pas montré à eux comme un esprit. Alors, j'avais fait alliance avec eux, en leur donnant le pays de Canaan, cette terre de leur errance où ils avaient vécu en étrangers. Enfin, j'ai entendu les gémissements des enfants d'Israël, asservis par les Egyptiens, et je me suis souvenu de l'alliance. Parle aux enfants d'Israël, dis-leur : je suis l'Eternel. Je veux vous soustraire aux malheurs de l'Egypte, je veux vous délivrer de l'esclavage. Et je vous affranchirai en tendant le bras, en envoyant des châtiments terribles. Je vous adopterai comme mon peuple, je serai votre roi. Et vous reconnaîtrez que je suis IAOH, l'Eternel, car je vous aurai délivré du malheur de l'Egypte. Alors je vous ferai entrer sur la terre que j'ai promise à Abraham, à Isaac, à Jacob, je vous la donnerai comme possession héréditaire. »

Les paroles résonnaient dans le silence de la montagne. Jacques se penchait vers Esther, l'entourait de son bras. « Qu'as-tu donc ? Tu as froid ? » Elle secouait la tête, mais sa gorge était serrée. « Pourquoi faut-il qu'il y ait la guerre ? Ne peut-on vivre en paix ? » Jacques disait : « Il faut que ce soit la dernière guerre, qu'il n'y en ait plus jamais d'autres. Alors, les paroles du livre seront accomplies, nous pourrons rester sur la terre que Dieu nous a donnée. »

Mais la montagne, au-dessus de la ville d'Haïfa, était blanche d'ossements. La lumière n'était pas douce.

Elle brûlait les yeux, elle était violente et féroce, et la peur était dans le vent, dans le ciel bleu, dans la mer. « Je suis fatiguée, si fatiguée », disait Esther. « Je voudrais tellement me reposer. » Jacques la regardait, sans comprendre. Sur lui, la lumière était plus douce, sur ses cheveux et sa barbe blonde, dans ses yeux pâles. Elle parvenait à sourire. Elle regardait sa grande main blanche entre ses mains à elle, si noires, si petites, des mains de bohémienne. Ils restaient allongés sur la pente caillouteuse, ils respiraient l'odeur du myrte et des pins, ils écoutaient la musique furtive du vent.

Quand le soleil redescendait vers la mer, Jacques prenait la main d'Esther, et ils marchaient à travers les oliviers, de terrasse en terrasse, jusqu'aux maisons de la ville nouvelle. La plaine était devant eux, avec quelques fumées légères. Les pigeons volaient au-dessus des toits. Dans le port, il y avait de nouveaux navires, ceux qui avaient forcé le blocus des Anglais. Esther et Jacques entraient dans les rues de la ville sans se lâcher la main. C'est comme cela qu'ils s'étaient fiancés.

Le 14 mai au matin, les gens ont commencé à arriver sur la place de Jaffa, devant la Grande Mosquée, et le long de la plage. Certains n'étaient venus que pour quelques heures, des fermes des environs. Beaucoup, comme Esther, Elizabeth, et Jacques Berger, étaient venus avec leurs valises, pour commencer le voyage. Les jeunes gens et les jeunes filles formaient des groupes bruyants. Quelques femmes pauvres, accompagnées de jeunes enfants, s'étaient abritées dans le bois de pins. Le soleil brillait déjà avec force. Comme les pauvres, Elizabeth et Esther s'étaient installées sur la plage, près de la vieille ville. Les gens attendaient en silence, sans savoir ce qui allait se passer. Aujourd'hui, c'était le jour où tout allait commencer, c'était ce qu'on disait. Les camions allaient emmener les gens à Jérusalem.

Maintenant, d'autres familles arrivaient sur la plage. C'étaient pour la plupart des gens venus d'Europe centrale, vêtus d'habits noirs. Ils s'installaient sur les dunes, à côté de la route, et ils attendaient en regardant la mer, sans impatience. Seuls les enfants et les jeunes gens ne tenaient pas en place. Ils parcouraient la plage, s'interpellaient. Certains avaient apporté des instruments de musique, un accordéon, une guitare, un

harmonica. On entendait de temps à autre un brouhaha de chansons.

Personne ne pensait à ce qui allait arriver, à cette
journée. C'était comme d'être séparé du temps, en
train de flotter au-dessus de la terre. Cette journée était
comme cela, sans commencement ni fin. Quand les
camions étaient venus dans le camp des immigrants, à
Haïfa, il faisait encore nuit. Esther et Elizabeth dormaient tout habillées, avec leurs valises prêtes à côté
d'elles. En un instant, elles étaient montées dans le
camion. Jacques, lui, était monté dans un camion où il
n'y avait que des hommes, tous armés pour le cas où ils
seraient attaqués sur la route. Quand les camions
étaient entrés dans Tel-Aviv, le soleil brillait. Pour
cela, cette journée paraissait n'avoir pas eu de commencement.

Quand les camions sont entrés, ils ont croisé un
convoi qui roulait en sens inverse, vers Haïfa. Tous les
hommes sont descendus sur la route pour regarder le
convoi. Ils criaient et applaudissaient. Jacques est
venu retrouver Esther. Ses yeux brillaient d'émotion.
Il a dit : « Ce sont les Anglais qui s'en vont. Nous
sommes libres ! » Les blindés anglais roulaient lentement sur la route poussiéreuse, et au milieu du convoi
il y avait l'auto du haut commissaire Cunningham. Ils
sont passés devant les hommes et les femmes, ils ont
disparu dans le nuage de poussière, vers le croiseur
Euryalus qui les attendait.

Maintenant, sur la plage, les gens ont commencé à
manger, du pain, des olives, des fruits. Des jeunes gens,
sur des feux de bois mort, avaient fait rôtir deux
moutons, et ils distribuaient les morceaux de viande
grillée autour d'eux. Un des garçons est venu au-
devant d'Esther, il lui a tendu l'assiette où étaient les
morceaux de viande. Esther s'est servie, et Elizabeth
aussi, et Jacques a pris un morceau lui aussi. Le garçon

avait douze ou treize ans. Il avait un joli visage hâlé, des cheveux bouclés, et d'immenses yeux noirs brillants comme le jaspe. Esther lui a demandé en français : « Comment t'appelles-tu ? » Mais il ne comprenait pas. Jacques a traduit. « Yohanan. Il dit qu'il vient de Hongrie. Il va aussi à Jérusalem. » Il est reparti pour distribuer les morceaux de viande, aux familles qui attendaient sur la plage.

Quand ils ont eu fini de manger, ils se sont lavé les mains avec du sable et de l'eau de mer. Jacques Berger a pris le Livre du Commencement, et il a commencé à lire lentement, en traduisant au fur et à mesure *Beha' alote'ha*, le passage qui parle de la lumière qui était suspendue dans le ciel, comme un météore, jusqu'au matin, et le nuage qui recouvrait la tente du tabernacle, et qui guidait le peuple de Moïse dans le désert. Esther écoutait les mots mystérieux et lointains, et cela résonnait étrangement ici, sur cette plage, devant la mer si bleue, sous le ciel, avec les immigrants qui attendaient de loin en loin, et les enfants qui jouaient dans le sable, la musique de l'harmonica qui venait d'on ne savait où, et l'odeur de la fumée. Esther pensait aux lumières qu'elle avait vues à Saint-Martin, la première fois qu'elle était entrée dans le chalet, les bougies allumées dans la pénombre, et le vieil homme, Eïzik Salanter, vêtu de son châle blanc, qui lisait les mots de cette langue douce et âpre qu'elle ne comprenait pas.

Un peu avant quatre heures, Esther et Jacques sont allés jusqu'au musée, dans la vieille ville. Ils marchaient avec la foule, les jeunes gens, les enfants. Autour du musée, il y avait des soldats armés, et aussi des miliciens portant brassard. La grande avenue était pleine de monde, et tout était silencieux. Ceux qui arrivaient, s'arrêtaient, attendaient sans faire de bruit, sans parler. D'une voiture sont descendus des hommes, des femmes, qui sont entrés dans le musée. Par-dessus les têtes, en se mettant sur la pointe des pieds, Esther a vu un petit homme vêtu de noir, au visage de vieux pâtre, avec une ample chevelure blanche. Ensuite un haut-parleur, fixé dans le jardin de la vieille maison, a commencé à diffuser la voix un peu rauque, voilée, et chacun s'était arrêté de respirer pour écouter ce qu'elle disait, même ceux qui ne comprenaient pas l'hébreu. Penché sur Esther, Jacques traduisait les paroles : « Israël est le lieu où est né le peuple juif, c'est là que sont nées sa religion, son indépendance, sa civilisation... Pour lui, et pour l'univers, c'est là que fut écrit le Livre, pour qu'il soit donné au monde... » Il s'est arrêté de traduire, parce qu'il ne pouvait plus parler. Quand la voix d'un seul coup s'est tue, il y a eu un silence, puis un chant a commencé à résonner, d'abord lointain, et de proche en proche, gagnant la rue tout entière, les rues voisines, si loin que le monde entier devait l'entendre. Esther ne chantait pas, parce qu'elle n'avait jamais appris les paroles, mais sa gorge était serrée et ses yeux pleins de larmes. Il y a eu un autre silence, et le haut-parleur a porté la voix légère et lente du vieux rabbin Maimon qui donnait sa bénédiction. Jacques s'est penché vers Esther, il a dit : « Israël existe, Israël est proclamé. » Au-dessus du musée, le drapeau est monté sur la hampe, avec l'étoile bleue qui flottait dans le ciel.

Les jeunes gens couraient dans les rues, chantaient. Les mains se joignaient, les farandoles se formaient, serpentaient. Esther était prise, elle courait elle aussi, à perdre haleine, le long des rues inconnues, sa main dans la main d'une jeune fille vêtue d'un tricot rayé de marin. Après tant de fatigues, c'était un vertige, une folie. Jacques courait aussi, le long des rues éblouissantes, rejoignant Esther, s'éloignant de nouveau. La musique et les chants étaient partout.

Dans un café, près de la plage, ils se sont assis pour se reposer, boire du café, de la bière. La jeune fille au tricot rayé s'appelait Myriam, une autre, Alexia. Les garçons ont dit leurs prénoms aussi, Samuel, Ivan, David. Ils ne parlaient que le yiddish, l'allemand, un peu d'anglais. Ils ont bu et fumé, et ri en cherchant à se parler, comme cela, à tâtons. Plus rien n'avait d'importance. Jacques serrait Esther contre lui, il caressait ses cheveux. Il était un peu ivre.

Ils ont repris leur errance à travers les rues. Malgré les préparatifs du shabbat, les jeunes gens continuaient à danser, à faire de la musique. Quand la nuit est tombée, ils sont retournés vers la plage, là où les pins poussaient dans la terre argileuse, au milieu des avancées rocheuses dans la mer. Les garçons ont ramassé du bois et des aiguilles de pin, et ils ont fait un feu entre les pierres, pour regarder briller la lumière. Sans parler trop, ils restaient assis autour du feu, écoutant les crépitements de la flamme, jetant de temps à autre des brindilles. Jamais ils n'avaient vu une aussi belle lumière, dans la nuit, avec le vent qui soufflait de la mer.

Quand le feu s'est éteint, ils se sont allongés entre les arbres, sur des aiguilles de pin. Esther sentait la terre tourner lentement sous elle, comme un radeau emporté par le flot. Contre elle, elle sentait le corps de Jacques, elle entendait son souffle. Elle entendait aussi le bruit des autres couples, leurs corps qui froissaient les aiguilles de pin et brisaient les brindilles. Les lèvres du Berger cherchaient les siennes. Elle sentait son corps qui tremblait. Elle s'est relevée : « Viens, il faut retourner auprès de maman. » Ils ont marché un moment sans rien dire. Puis Esther a pris la main de Jacques, et ils sont allés en courant jusqu'au bout de la plage, en trébuchant dans le sable. Ils ont retrouvé Elizabeth, enveloppée dans sa vieille couverture, le dos appuyé contre les valises. Quand ils sont arrivés, elle a dit seulement : « Il faut dormir. » Et elle s'est allongée sur le sable.

Deux jours plus tard, Esther et Elizabeth étaient sur la plate-forme arrière du camion qui roulait vers Jérusalem. Le convoi, formé de six camions et d'une jeep américaine, avançait lentement sur la route défoncée, à travers les collines arides, à l'est de Ramla. Dans les camions de tête il y avait les hommes armés, et Jacques Berger était avec eux. Les quatre camions de queue transportaient les femmes et les enfants. Quand elle écartait la bâche, Esther ne voyait que la poussière et les phares allumés du camion qui suivait. La poussière diminuait, par instants et elle apercevait les collines, les ravins, quelques maisons. Le vent était froid, le ciel d'un bleu immuable. Pourtant la guerre était là, partout autour d'eux. Les nouvelles disaient que des fermiers juifs avaient été assassinés, dans la colonie d'Ataroth. A Tel-Aviv, avant leur départ, Jacques avait lu à Esther la déclaration du général Shealtiel, affichée sur les murs : « L'ennemi tourne ses regards vers Jérusalem, siège éternel de notre peuple éternel. Ce sera une bataille sauvage, sans merci, sans retraite. Notre destin sera la victoire, ou l'extermination. Nous lutterons jusqu'au dernier homme, pour notre survie, et pour notre capitale. » L'armée arabe, commandée par John Bagot Glubb et par le roi

Abdallah avait bombardé la route entre Tel-Aviv et Haïfa. Les Egyptiens avaient franchi la frontière, ils marchaient pour rejoindre les troupes sur la rive ouest de la mer Morte.

Pourtant, dans les camions, personne n'avait peur. Il y avait encore l'ivresse de la proclamation d'Israël, la ronde à travers les rues ensoleillées, les chansons, la soirée si douce, sur la plage, au milieu des pins.

Les gens disaient que, maintenant que les Anglais étaient partis, tout allait s'arranger. D'autres disaient que cette guerre ne faisait que commencer, que ce serait la troisième guerre mondiale. Mais Elizabeth ne voulait pas entendre cela. Elle aussi avait ressenti l'ivresse, la joie, maintenant que le but du voyage était si proche. Ses yeux brillaient, elle parlait, elle riait même, comme elle ne l'avait pas fait depuis longtemps. Esther regardait son visage régulier encadré par le foulard noir, elle la trouvait jeune, très belle.

Toutes ces heures pendant lesquelles les gens avaient attendu le départ, c'était elle qui avait parlé de Jérusalem, des temples, des mosquées, des dômes brillants, des jardins et des fontaines. Elle en parlait comme si elle l'avait déjà vu, et peut-être qu'elle l'avait vu en rêve. La ville était l'endroit le plus beau du monde, où tout ce qu'on désirait se réalisait, où il ne pouvait pas y avoir de guerre, parce que tous ceux qui avaient été chassés et spoliés dans le monde, et qui avaient erré sans patrie, pouvaient y vivre en paix.

La caravane des camions est entrée dans une forêt de pins et de cèdres, traversée par des torrents clairs. Au village de Latrun, le convoi s'est arrêté, et les soldats et les immigrants sont descendus pour se rafraîchir. Il y avait une fontaine et un lavoir, l'eau ruisselait avec un bruit tranquille. Les femmes ont lavé leur visage, et leurs bras, à cause de la poussière, les enfants s'arrosaient en riant. Esther a bu longuement l'eau froide, avec délices. Il y avait des abeilles dans l'air. Les rues du village étaient désertes, silencieuses. On entendait parfois comme un grondement d'orage, loin dans les montagnes.

Pendant que les femmes et les enfants buvaient, les hommes étaient debout à l'entrée des rues, leur fusil à la main. Le silence était étrange, menaçant. Esther se souvenait du jour où, avec Elizabeth, elles étaient arrivées sur la place, à Saint-Martin, quand les gens s'assemblaient pour partir, les vieillards dans leurs manteaux noirs, les femmes le visage serré dans un foulard, les enfants qui couraient sans comprendre, et alors c'était le même silence. Seul le grondement, comme l'orage.

Le convoi est reparti. Plus loin, la route franchissait des défilés encombrés de rochers, où la nuit s'était déjà installée. Les camions ont ralenti. Esther a écarté la bâche, et elle a vu une colonne de réfugiés. Une femme s'est penchée à côté d'elle. « Des Arabes. » C'est tout ce qu'elle a dit. Les réfugiés marchaient sur le bord de la route le long des camions. Ils étaient une centaine, peut-être davantage, seulement des femmes et de jeunes enfants. Vêtues de haillons, pieds nus, la tête enveloppée dans des chiffons, les femmes avaient détourné le visage tandis qu'elles passaient dans le nuage de poussière. Certaines portaient des fardeaux sur leur tête. D'autres avaient des valises, des cartons ficelés. Une vieille avait même une poussette déglinguée chargée d'objets hétéroclites. Les camions étaient arrêtés et les réfugiés passaient lentement, avec leurs visages détournés au regard absent. Il y avait un silence pesant, un silence mortel sur ces visages pareils à des masques de poussière et de pierre. Seuls les enfants regardaient, avec la peur dans leurs yeux.

Esther est descendue, elle s'est approchée, elle cherchait à comprendre. Les femmes se détournaient, certaines lui criaient des mots durs dans leur langue. Soudain, de la troupe se détacha une très jeune fille. Elle marcha vers Esther. Son visage était pâle et fatigué, sa robe pleine de poussière, elle portait un grand foulard sur ses cheveux. Esther vit que les lanières de ses sandales étaient cassées. La jeune fille s'approcha d'elle jusqu'à la toucher. Ses yeux brillaient d'une lueur étrange, mais elle ne parlait pas, elle ne demandait rien. Un long moment, elle resta immobile avec sa main posée sur le bras d'Esther, comme si elle allait dire quelque chose. Puis, de la poche de sa veste elle sortit un cahier vierge, à la couverture de carton noir, et sur la première page, en haut à droite, elle écrivit son nom, comme ceci, en lettres majuscules : N E J M A. Elle tendit le cahier et le crayon à Esther, pour qu'elle marque aussi son nom. Elle resta un instant encore, le cahier noir serré contre sa poitrine, comme si c'était la chose la plus importante du monde. Enfin, sans dire un mot, elle retourna vers le groupe des réfugiés qui s'éloignait. Esther fit un pas vers elle, pour l'appeler, pour la retenir, mais c'était trop tard. Elle dut remonter dans le camion. Le convoi se remit à rouler au milieu du nuage de poussière. Mais Esther ne parvenait pas à effacer de son esprit le visage de Nejma, son regard, sa main posée sur son bras, la lenteur solennelle de ses gestes tandis qu'elle tendait le cahier où elle avait marqué son nom. Elle ne pouvait pas oublier les visages des femmes, leur regard détourné, la peur dans les yeux des enfants, ni ce silence qui pesait sur la terre, dans l'ombre des ravins, autour de la fontaine. « Où vont-ils ? » Elle a posé la question à Elizabeth. La femme qui avait écarté la bâche l'a regardée sans rien dire. « Où vont-ils ? » a répété Esther. Elle a haussé les épaules, peut-être parce qu'elle ne comprenait pas. C'est une autre femme, vêtue de noir, au visage très pâle, qui a répondu : « En Irak. » Elle a dit cela durement, et Esther n'a pas osé demander autre chose. La route était défoncée par la guerre, la poussière faisait un halo jaune sous la bâche du camion. Elizabeth tenait la main d'Esther serrée dans la sienne, comme autrefois sur le chemin de Festiona. La femme a dit encore, en regardant Esther, comme si elle cherchait à lire dans ses pensées : « Il n'y a pas d'innocents, ce sont les mères et les femmes de ceux qui nous tuent. » Esther a dit : « Mais les enfants ? » Les yeux agrandis par la peur étaient dans son esprit, elle savait que rien ne pourrait effacer leur regard.

Le soir, le convoi est arrivé devant Jérusalem. Les camions se sont arrêtés sur une grande place. Il n'y avait pas de soldats, ni de gens armés, seulement des femmes et des enfants qui attendaient auprès d'autres camions. Le soleil disparaissait, mais la ville brillait encore. Esther et Elizabeth sont descendues avec leurs valises. Elles ne savaient pas où aller. Jacques Berger était déjà parti vers le centre de la ville. Le grondement du tonnerre était tout proche, chaque déflagration ébranlait le sol, on voyait la lueur des incendies. Devant Esther et Elizabeth, il y avait le mur de la ville, les collines couvertes de maisons aux fenêtres étroites, et peut-être, les silhouettes fabuleuses des mosquées et des temples. Dans le ciel couleur de cuivre, une grande fumée noire montait du centre, s'élargissait, formait un nuage menaçant où commençait la nuit.

Nejma

Camp de Nour Chams, été 1948

Ceci est la mémoire des jours que nous avons vécus au camp de Nour Chams, telle que j'ai décidé de l'écrire, moi, Nejma, en souvenir de Saadi Abou Talib, le Baddawi, et de notre tante Aamma Houriya. En souvenir aussi de ma mère, Fatma, que je n'ai pas connue, et de mon père, Ahmad.

Le soleil ne brille-t-il pas pour tous ? J'entends cette interrogation à chaque instant. Celui qui l'a faite, il y a de cela plus d'un an, maintenant est mort. Il est enterré au sommet de la colline qui domine le camp. Ce sont ses enfants qui ont ouvert la terre à coups de bêche, rejetant les cailloux en deux tas égaux de chaque côté, puis ils l'ont descendu, enveloppé dans un vieux drap qu'ils ont cousu eux-mêmes, mais qui était trop court, et c'était étrange le corps du vieillard raidi dans ce drap d'où sortaient ses deux pieds nus, en train de descendre dans la tombe. Ses fils ont repoussé la terre avec leurs bêches, et les enfants plus jeunes ont aidé avec leurs pieds. Puis ils ont placé par-dessus les pierres les plus grosses, pour que les chiens errants ne puissent pas rouvrir la tombe. Moi je pensais aux histoires que notre tante nous racontait, les jours de

223

pluie, ces goules, ces loups affamés qui mangeaient les morts. Aamma Houriya aimait raconter des histoires terrifiantes, quand le ciel s'assombrissait, des histoires de diables et de revenants. Quand le vieux Nas est mort, c'est à cela que je pensais, avant même de ressentir du chagrin, à la voix d'Aama Houriya qui racontait en même temps que la pluie.

Quand les soldats sont venus chez lui, pour l'emmener vers le camp, le vieux leur a dit cela, et après il ne cessait de répéter cette interrogation. Les soldats n'avaient sans doute pas compris. Et s'ils avaient compris, peut-être que cela les aurait fait rire : « Le soleil ne brille-t-il pas pour tous ? »

Notre camp avait plus que sa part de soleil, cet été-là, quand la terre se fendait et que les puits séchaient les uns après les autres. Le vieux Nas est mort à la fin de l'été, quand les rations ont commencé à se faire plus maigres. Alors les gens attendaient l'arrivée du camion des Nations unies pendant des heures, sur la colline de pierres, au-dessus du camp, parce que c'est l'endroit où on voit le mieux la route de Tulkarm.

Quand le camion arrive, on le sait longtemps à l'avance, parce que du haut de cette colline on voit très bien le nuage de poussière, à l'ouest, du côté de Zeïta. Alors les enfants commencent à crier et à chanter. Ils crient et ils chantent interminablement les mêmes mots, « La farine !... La farine !... Le lait !... La farine !... » après quoi ils dévalent en courant la colline, jusqu'à l'entrée du camp, et ils tapent avec des bâtons sur des bidons d'essence vides, ou dans les vieilles boîtes de conserve, et ils font tant de bruit que les vieux les maudissent et que tous les chiens errants se mettent à aboyer. Le vieux Nas, du haut de sa colline, maintenant peut encore les entendre, il est le premier averti de l'arrivée des camions qui apportent la farine, l'huile, le lait et la viande séchée. Peut-être que s'il était monté en haut de la colline de pierres avec les enfants, il ne serait pas mort. Mais en bas, dans les rues du camp, c'est le bruit qui venait de partout, le bruit des voix des gens qui se désespèrent, c'est cela qu'il a entendu, et cela lui a rongé le cœur, et c'est pour cela qu'il n'a plus voulu vivre. Il est mort jour après jour, comme une plante qui se dessèche.

Le bruit des paroles est venu d'abord de Jenin, et il s'est répandu dans tous les camps, à Fariaa, à Balata, à Askar : les Nations unies nous abandonnent, ils ne vont plus nous donner de nourriture, ni de médicaments, et nous allons tous mourir. D'abord les vieux vont mourir, parce que ce sont les plus faibles, les vieilles femmes, et les enfants à peine sevrés, les parturientes, les malades de fièvres. Après cela mourront les jeunes, même les plus forts et les plus courageux des jeunes hommes. Ils deviendront pareils à des arbustes desséchés par le vent du désert, ils mourront. Ainsi en ont décidé les étrangers, pour que nous disparaissions à jamais de la surface de la terre.

Hassan et Saïd, les deux fils de Nas sont forts et virils, ils ont la taille haute, les jambes musclées, leur visage est noirci par les travaux des champs, leur regard est plein de flamme. Mais la rumeur est entrée en eux, le bruit des voix, quand ils ont enterré leur père dans son drap, en haut de la colline de pierres. Alors maintenant ils n'attendent même plus l'arrivée des camions des étrangers. Peut-être qu'ils les haïssent. Peut-être qu'ils ont honte d'être devenus ce qu'ils sont, pareils à des mendiants qui quémandent leur nourriture aux portes des villes.

Le camp de Nour Chams est en train de sombrer peu à peu dans le malheur. Quand nous sommes arrivés dans le camion bâché des Nations unies, nous ne savions pas que cet endroit allait être notre nouvelle vie. Nous pensions tous que c'était pour un jour ou deux, avant de reprendre la route. Le temps que cessent les bombardements et les combats dans les villes, et alors les étrangers nous donneraient à chacun une terre, un jardin à cultiver, une maison où on pourrait recommencer à vivre comme avant. Les fils du vieux Nas avaient une ferme, à Tulkarm. Ils ont tout laissé, les bêtes, les outils, et même les réserves de grain, l'huile, et leurs femmes ont laissé leurs ustensiles de cuisine, leur linge, parce qu'ils croyaient eux aussi qu'ils s'en allaient pour un jour ou deux, le temps que les affaires s'arrangent. Au berger voisin qui ne faisait pas partie du convoi des gens qu'on déplaçait, les fils de Nas avaient recommandé de surveiller la maison pendant leur absence, d'empêcher qu'on ne vole les poules et de donner à boire aux chèvres et aux vaches. Pour le dédommager, ils lui avaient donné la plus vieille chèvre du troupeau, celle qui était stérile et dont les pis avaient séché. Quand ils étaient montés dans le camion, le vieux berger bédouin les avait regardés partir, ses yeux étroits comme deux fentes sur son visage, avec la vieille chèvre poussiéreuse attachée à une corde et qui cherchait à brouter un journal sur la route. C'était la dernière image qu'ils avaient emportée de leur maison natale, puis le camion en roulant avait tout caché dans un nuage de poussière.

Je regarde le camp, du haut de la colline de pierres, assise sur un rocher non loin de l'endroit où est enterré le vieux Nas. Est-ce qu'il pensait à cette colline quand il disait : le soleil ne brille-t-il pas pour tous ? Ici la lumière ne cesse pas de brûler les étendues du désert, la lumière du soleil a une telle force que les autres collines, du côté de Yaabad et de Jenin, semblent avancer comme des vagues.

Au-dessous de moi, il y a les allées rectilignes du camp. Jour après jour, c'est devenu notre prison, et qui

226

sait si ce ne sera pas notre cimetière ? Sur la plaine caillouteuse, limitée à l'est par le lit de l'oued desséché, le camp de Nour Chams fait une grande tache sombre, couleur de rouille et de boue, à laquelle aboutit la route de poussière. Ici, en haut de la colline, dans le silence de l'après-midi, j'aime imaginer les toits d'Akka, toute la variété des toits plats, des coupoles, des hautes tours, et les murailles anciennes, au-dessus de la mer, où on voit les mouettes planer dans le vent, et les voiles minces des bateaux de pêche. Je comprends maintenant que jamais plus rien de cela ne sera pour nous. Akka, un jour, quand les soldats arabes en haillons, la tête ensanglantée, les jambes enveloppées de chiffons en guise de pansements, désarmés, le visage creusé par la faim et par la soif, certains encore enfants mais déjà transformés en hommes par la fatigue et par la guerre, et la foule des femmes, des jeunes enfants, des impotents, qui s'étirait jusqu'à l'horizon, quand ils arrivèrent devant les murs d'Akka, et qu'ils n'osèrent pas franchir les portes, mais s'allongèrent sur le sol dans les oliveraies en attendant qu'on leur donne l'eau et le pain, un peu de lait aigre. C'était le printemps alors, et ils racontaient ce qui s'était passé à Haïfa, ils racontaient les combats dans les rues étroites, à travers le marché couvert de la vieille ville, et tous les corps qui gisaient, face contre terre. Alors les gens avaient marché vers Akka, le long de la mer, sur l'immense plage de sable, tout le jour, brûlés par le soleil et par le vent, jusqu'aux murs de notre ville.

Je me souviens, j'ai erré ce soir-là, seule, vêtue d'une robe très longue et enveloppée dans des voiles, courbée et un bâton à la main pour faire croire que j'étais une vieille en quête d'un peu de nourriture, parce qu'on racontait dans la ville que des bandits se cachaient parmi les fugitifs, et qu'ils violaient les jeunes filles. Aux portes de la ville, j'ai vu tous ces gens étendus à même la terre, parmi les arbustes et les oliviers, pareils à des milliers de mendiants. Ils étaient épuisés, mais ils ne dormaient pas. Leurs yeux étaient agrandis par la fièvre, par la soif. Quelques-uns avaient su faire des feux qui brillaient de loin en loin sur la plage, dans la pénombre du crépuscule, éclairant leurs visages de vaincus. Des vieillards, des femmes, des enfants. Aussi loin qu'on pouvait voir, sur la plage et dans les dunes, il y avait ces gens, comme si on les avait jetés sur la terre. Ils ne se plaignaient pas, ils ne disaient rien. Et ce silence était plus terrible encore que des cris ou des plaintes. Seulement, par instants, un jeune enfant qui pleurnichait, puis s'arrêtait. Et le bruit de la mer sur la plage, les longues vagues qui s'étalaient, effleuraient les barques échouées.

J'ai marché un moment au milieu de ces corps, et j'éprouvais tellement de pitié que j'en avais oublié de feindre l'allure d'une vieille mendiante. Puis tout d'un coup je n'ai plus eu le courage. Je suis retournée vers la ville. Aux portes, un homme armé a voulu me barrer le passage. Il m'a demandé durement : « Où vas-tu ? » J'ai dit mon nom, et la maison de mon père. Il m'a éclairé le visage avec une torche électrique. Puis il s'est moqué de moi, en me demandant ce qu'une fille de mon âge faisait seule dehors. Je suis partie sans lui répondre. J'avais honte, à cause de tout ce que j'avais vu.

Ensuite j'entends les armes crépiter autour de la ville, les coups de canon qui ébranlent la terre, quand les Druzes ont fait la guerre à la Haganah, jour et nuit, avant l'été. Alors les hommes valides sont partis pour la guerre, et Ahmad mon père est parti avec eux, vers le nord. Il m'a confié la maison, il m'a donné sa bénédiction, et il est parti. Lui aussi, il a cru qu'il serait bientôt de retour, mais il n'est jamais revenu. Plus tard, j'ai appris qu'il avait été tué lors du bombardement de Nahariyya.

Ensuite les camions bâchés sont venus, afin d'emmener les habitants civils, ailleurs, en sûreté. Les soldats sont venus, ils se sont installés dans notre maison, et moi je suis montée dans un camion.

Les convois bâchés roulaient devant les portes d'Akka, sous le regard de ceux qui restaient. Les camions partaient dans toutes les directions, vers Kantara, vers Nabatieh, ou bien vers Gaza au sud, ou vers Tulkarm, Jenin, Ramallah. Certains, à ce qu'on disait, allaient même jusqu'à la ville de Salt, et Amman, de l'autre côté du fleuve Jourdain. Aamma Houriya et moi, nous ne savions pas où nous allions. Nous ne savions pas que nous allions rejoindre les corps jetés sur la terre que j'avais vus, un soir, sous les remparts.

Le camp de Nour Chams est sans doute la fin de la terre, parce qu'il me semble qu'au-delà il ne peut rien y avoir, qu'on ne peut plus rien espérer. Les jours se sont amoncelés. Ils sont pareils à cette fine poussière qui ne vient de nulle part, invisible et impalpable, mais qui recouvre tout, les habits, les toits des tentes, les cheveux et même la peau, une poussière dont je sens le poids, qui se mêle à l'eau que je bois, dont je sens le goût dans les aliments et sur ma langue quand je me réveille après la nuit.

Il y a trois puits à Nour Chams, trois trous creusés dans le lit de la rivière desséchée, bordés de cercles de pierres plates, recouverts de vieilles planches. Le matin, à l'aube, quand le soleil est encore caché derrière les collines et que le ciel est immense et pur, je vais avec les seaux chercher l'eau, l'eau de la nuit, encore fraîche et claire, parce que personne ne l'a encore troublée. Déjà commence la file ininterrompue de femmes et d'enfants qui se dirigent vers les puits. Au début, quand nous sommes arrivées au camp, il y avait encore ce bruit de voix, ces rires, comme si c'était n'importe où dans le monde, dans un endroit sans guerres et sans prisons. Les femmes prenaient des nouvelles des uns et des autres, colportaient les potins, inventaient des histoires, comme si tout cela n'était rien, comme si elles étaient simplement en voyage et qu'elles allaient bientôt rentrer chez elles.

Elles disaient : « D'où es-tu ? » Et les voix claires prononçaient les noms des lieux où elles étaient nées, où elles s'étaient mariées, où leurs enfants étaient nés aussi : Qalqiliya, Jaffa, Qaqun, Shafa Amr, et les noms des gens qu'elles avaient connus, les rues vieilles d'Akka, d'Al-Quds, de Nablus, Hamza qui vivait non loin de la grotte de Makpela, Malika, la mère du cordonnier qui avait son étal près de la synagogue Rabbi Yokhanan, et Aïcha qui avait trois filles, et qui vivait à côté de la grande église des Chrétiens, près de la citadelle où Glubb Pacha avait installé ses canons. J'écoutais ces noms, Moukhalid, Jebaa, Kaisariyeh, Tantourah, Yajour, Djaara, Nazira, Djitt, Ludd, Ramleh, Kafr Saba, Ras al-Aïn, Asqalan, Gazza, Tabariya, Roumaneh, Araara, tous ces noms qui résonnaient étrangement dans l'air froid, autour des puits, comme s'ils étaient déjà dans un autre monde...

Aamma Houriya était trop fatiguée pour pouvoir venir écouter les noms près des puits. Alors, quand je revenais avec les deux seaux d'eau, je les posais devant la porte de notre cabane et je lui racontais tout ce que j'avais entendu, même les noms que je ne connaissais pas. Elle écoutait tout cela en hochant la tête, comme si cela avait une signification profonde que je ne pouvais comprendre. J'avais une mémoire exceptionnelle.

Cela, c'était au début, parce qu'après, peu à peu, le bruit des voix a décru, à mesure que l'eau des puits devenait plus rare et plus boueuse. Maintenant, il fallait laisser l'eau décanter dans les seaux une ou deux heures avant de la verser dans les cruches, en penchant le seau précautionneusement pour que la vase reste au fond. Alors le soleil montait chaque matin sur une terre encore plus âpre, plus rouge, calcinée, avec ces maigres buissons d'épines et ces acacias incapables d'ombre, la vallée de l'oued desséché, et les maisons de planches et de carton, les tentes déchirées, les abris fabriqués avec des tôles de voitures, des bidons d'essence, des bouts de pneus attachés avec du fil de fer en guise de toits. Tous regardaient, chaque matin, le soleil apparaître au-dessus des collines après la prière, sauf la vieille Leyla, qui portait sa destinée dans son nom puisqu'elle était aveugle et que ses yeux blancs ne pouvaient pas apercevoir le soleil. Elle restait, elle, assise sur une grosse pierre devant sa grotte, marmonnant des prières ou des insultes, attendant que quelqu'un lui porte à boire et à manger, et chacun savait que le jour où on l'oublierait, elle mourrait. Ses fils avaient tous été tués à la guerre, pendant la prise d'Haïfa, et elle était restée seule au monde.

Peu à peu, même les enfants avaient cessé de courir et de crier et de se battre aux abords du camp. Maintenant, ils restaient autour des huttes, assis à l'ombre dans la poussière, faméliques et semblables à des chiens, se déplaçant avec le mouvement du soleil. Sauf quand approchait l'heure de la distribution de nourriture, quand le soleil était au zénith.

Je les voyais alors, et c'était un miroir de ma propre faiblesse, de ma propre déchéance. Les traits de l'enfance, chez beaucoup d'entre eux, surtout parmi les pauvres, les orphelins de père et de mère, ou ceux qui avaient fui les villages de la côte sous les bombes, sans argent, sans provisions, semblaient déjà flétris par une vieillesse incompréhensible. Petites filles maigres aux épaules voûtées, leur corps flottant dans des robes trop grandes pour elles, petits garçons à demi nus, aux jambes arquées, aux genoux trop gros, la peau d'un gris sombre, couleur de cendre, le cuir chevelu mangé par la teigne, les yeux envahis de moucherons. C'étaient les visages surtout que je regardais, que je fixais parce que je ne voulais pas les voir : l'expression que je ne pouvais pas comprendre, leur regard vide, lointain, étranger, où brillait la lumière de la fièvre. Quand je marchais dans les rues de Nour Chams, sans but, au hasard, longeant les rangs de maisons, les murs de carton goudronné, de vieilles planches, c'étaient ces visages d'enfants que j'apercevais partout, ces regards vides et lointains qui me hantaient. Et comme dans un miroir je voyais mon propre visage, non celui d'une jeune fille de seize ans, beauté voilée que les yeux impatients des jeunes gens interrogent, mais visage d'une vieille femme ridée, flétrie, noircie par le malheur, desséchée par l'approche de la mort.

Partout où j'allais dans le camp, c'était ce visage que je voyais, mon visage, et mes mains amaigries où saillaient les veines, et la silhouette de mon corps fragile et fuyant comme une ombre. Les autres détournaient les yeux, ou bien, au contraire, me fixaient sans ciller, dans l'ombre de leur tarh, comme du fond d'une grotte, sans rien dire, mais avec une sorte de folie muette.

Maintenant, même aux puits, les femmes avaient cessé de parler. Elles ne se plaignaient plus, elles ne prononçaient plus les noms des villes et des gens disparus. Avec la sécheresse de l'été, l'eau avait encore baissé au fond des puits, et le seau basculé au bout de la corde raclait un fond boueux, presque noir.

L'eau était devenue si rare qu'on ne pouvait plus se laver, ni laver les habits. Les vêtements des enfants étaient souillés d'excréments, de nourriture, de terre, et les robes des femmes étaient devenues rigides de crasse, pareilles à de l'écorce.

232

Les vieilles femmes, le visage noir, les cheveux emmêlés, sentaient une odeur de charogne qui me soulevait le cœur. Nous partagions à ce moment-là notre maison avec une vieille paysanne du littoral (de Zarqa). L'odeur de la vieille femme m'était devenue si insupportable que j'avais pris l'habitude de dormir dehors, dans la poussière, enroulée dans une vieille toile.

Je ne me sentais bien que lorsque je pouvais m'éloigner du camp. Je grimpais, tôt le matin, jusqu'en haut de la colline de pierres, jusqu'à la tombe du vieux Nas. Un jour, sur le chemin, j'ai vu pour la première fois une bête mourir de soif. C'était la chienne blanche de Saïd, le fils cadet de Nas, que je connaissais bien parce que le vieil homme s'était pris d'affection pour elle, vers la fin de sa vie, et qu'elle restait souvent près de lui, couchée, les pattes de devant bien allongées sur le sol, et la tête redressée. Elle n'avait pas de nom, il me semble, mais elle suivait le vieil homme partout où il allait. Quand il est mort, la chienne l'a suivi jusqu'à sa tombe, en haut de la colline, et elle n'est redescendue que le lendemain. Et depuis, chaque matin, elle montait en haut de la colline, et redescendait à la nuit tombante. Mais l'eau était devenue précieuse, et quand je l'ai rencontrée, un matin, elle était en train de mourir. Elle haletait si fort que je l'ai entendue depuis le bas du chemin. Entre les buissons d'épines, dans la lumière du soleil levant, elle était maigre, flasque, elle ressemblait à une tache. Je me suis approchée d'elle, jusqu'à la toucher, mais elle ne m'a pas reconnue. Elle était déjà du côté de la mort, les yeux vitreux, le corps secoué de frissons, sa langue noire et enflée sortie de sa bouche. Je suis restée à côté d'elle jusqu'à la fin, assise par terre, pendant que la lumière du soleil devenait éblouissante. Je pensais à ce que disait le vieux Nas, à cette interrogation qu'il répétait sans cesse, comme un refrain : « Le soleil ne brille-t-il pas pour tous ? » Alors le soleil était haut dans le ciel, il brûlait la terre sans espoir, il brûlait le visage des enfants, il brillait avec force sur le pelage de la chienne en train de mourir. Jamais je n'avais senti cela auparavant, cette sorte de malédiction, cette force impitoyable de la lumière sur une terre où la vie se brise et s'échappe, où chaque journée qui commence enlève quelque chose à la journée qui l'a précédée, où la souffrance est immobile, aveugle, impossible à comprendre comme les marmonnements de la vieille Leyla dans sa grotte.

Pour cela Saadi Abou Talib, le Baddawi, celui qui fut plus tard mon mari, et qui ne savait ni lire ni écrire, ayant appris que j'avais été à l'école à al-Jazzar, m'avait demandé d'écrire tout ce que nous endurons ici, au camp de Nour Chams, afin que cela se sache, et que nul n'ose l'oublier. Et moi, je l'ai écouté, et pour cela j'ai écrit la vie, jour après jour, sur les cahiers d'école que j'avais apportés avec moi. C'est Ahmad, mon père, avant de partir pour le nord d'où il n'est jamais revenu, qui a eu la volonté de me faire apprendre à lire et à écrire comme si j'étais un garçon, pour que je puisse apprendre les sourates du Livre, et calculer et résoudre les problèmes de géométrie comme n'importe quel garçon sait le faire. Avait-il pensé qu'un jour je me servirais de l'écriture pour remplir ces cahiers de ma mémoire ? Il me semble qu'il l'aurait approuvé, et c'est pourquoi j'ai écouté ce que me disait Saadi, le Baddawi.

Et pour elle aussi j'ai écrit, pour celle qui a marqué son nom en haut du cahier, sur la route de la source de Latrun, Esther Grève, dans l'espoir qu'elle lira un jour cela, et qu'elle viendra jusqu'à moi. Elle est venue, ce jour-là, et j'ai lu ma destinée sur son visage. Un bref instant, nous étions réunies, comme si nous devions nous rencontrer depuis toujours. Quand j'aurai fini d'écrire ces cahiers, je les donnerai à un soldat des Nations unies, pour qu'il les lui remette, là où elle se trouvera. Pour cela, j'ai la force d'écrire, malgré la solitude et la folie qui m'entourent.

J'ai parlé de la mort de la chienne blanche, de sa souffrance interrompue, tandis que le soleil montait impitoyablement dans le ciel au-dessus de la colline de pierres, parce que c'était la première fois que je voyais la mort. J'avais déjà vu des hommes et des femmes morts, couchés sur leurs nattes, dans les chambres très propres, très blanches, autrefois à Akka, les morts qui semblaient dormir dans le drap très blanc et très propre qu'on allait coudre sur eux, avec leurs yeux fermés, marqués d'une tache sombre, leurs lèvres serrées, maintenues par un léger fil qui entourait les mâchoires et se perdait dans les cheveux. Ainsi, ma tante Raïssa, et mon grand-père Mohamad, froids, immobiles, un peu gauches dans la mort comme s'ils n'étaient pas encore habitués. Puis les cercueils qu'on mettait dans les tombeaux, la tête tournée vers le sud, et le travail des fossoyeurs, les cris stridents des pleureuses professionnelles. Le vieux Nas lui-même était parti sans mystère, en premier, comme on souffle une lampe, et je n'avais vu de lui que cette forme enveloppée dans le vieux drap trop court, et ses deux pieds nus qui s'inclinaient vers le fond de la terre. Mais la chienne blanche était morte vraiment, j'avais vu la terreur sans but de son regard, ses yeux vitreux, j'avais entendu l'effort de son souffle qui ne voulait pas cesser, j'avais senti sous ma main le frisson très long et douloureux, puis le froid silence de son corps, tandis que le soleil éclairait sans pitié son pelage plein de poussière. Alors j'avais su que la mort était entrée dans notre camp. Maintenant, elle allait prendre les autres animaux, et les hommes, les femmes, les enfants, l'un après l'autre. J'avais couru à travers les buissons jusqu'en haut de la colline, là où on apercevait la route d'Attil, de Tulkarm, les collines de Jenin, la tache sombre de l'oued desséché, tout ce qui était devenu notre monde et nous retenait prisonniers. Pourquoi étions-nous là ? Pourquoi ne partions-nous pas, traversant ces collines, vers l'ouest, vers la mer qui pourrait nous sauver ?

La plupart des habitants du camp de Nour Chams venaient des montagnes. Ils avaient vécu dans ces vallées rouges semées d'arbres épineux, où avancent lentement les troupeaux de chèvres guidés par un enfant. Ils ne connaissaient rien d'autre, ils n'avaient jamais vu la mer. Même Aamma Houriya ne s'en souciait pas.

Mais moi, j'étais née à Akka, devant la mer, c'est là que j'avais grandi, sur la plage, au sud de la cité, me baignant dans les vagues qui venaient jusqu'aux remparts, près de la forteresse des Anglais, ou bien sous les murs de la forteresse des Français, guettant les voiles aiguës des pêcheurs, pour être la première, au milieu de tous les enfants, à reconnaître le bateau de mon père. Il me semblait que si je pouvais voir la mer, encore, la mort n'aurait plus d'importance, elle n'aurait plus de prise sur moi, ni sur Aamma Houriya. Alors le soleil ne serait plus aussi impitoyable, les jours n'ôteraient plus de souffle aux jours qui l'ont précédé. Maintenant, tout cela m'a été interdit.

Quand les soldats étrangers nous ont fait monter dans les camions bâchés pour nous conduire jusqu'ici, au bout de la terre, jusqu'à cet endroit tel qu'on ne peut aller plus loin, j'ai compris que je ne reverrai plus jamais ce que j'aimais. Où sont les voiles des bateaux qui glissent sur la mer, le matin, entourés de mouettes et de pélicans ?

Dans le regard des enfants, tapis dans l'ombre des

huttes, immobiles, pareils aux chiens errants dont personne ne se soucie, j'ai vu ma propre vieillesse, ma propre fin. Mon visage amaigri et ridé, à la peau terne, ma chevelure autrefois si belle, qui couvrait mon dos jusqu'aux reins comme un manteau de soie, devenue cette broussaille souillée, pleine de poussière et d'épines, mangée par les poux, et mon corps devenu léger, mes mains et mes pieds noircis où saillent les veines comme sur les mains et les pieds des vieilles femmes.

Il y a longtemps que plus personne à Nour Chams n'a de miroir. Les soldats, quand ils ont fouillé nos bagages, ont enlevé tout ce qui pouvait servir d'arme, les couteaux, les ciseaux, mais aussi les miroirs. Avaient-ils peur pour eux ? ou bien craignaient-ils que nous nous en servions contre nous-mêmes ?

Jamais je n'avais pensé aux miroirs auparavant. Il était naturel de pouvoir voir mon visage. A présent, j'ai compris que sans miroir on est différent, on n'est plus tout à fait la même. Peut-être que les soldats qui nous les ont enlevés le savaient ? Peut-être qu'ils avaient deviné comme nous regarderions avec inquiétude le visage des autres, comme nous chercherions à deviner en eux ce que nous étions devenus, pour essayer de nous souvenir de nous-mêmes, comme de notre propre nom ?

Chaque jour, chaque semaine qui passaient à Nour Chams, ajoutaient d'autres hommes, d'autres femmes, d'autres enfants.

Je me souviens maintenant comment notre tante Houriya est arrivée. Bien qu'elle ne fût rien pour moi, puisqu'elle était arrivée quelques jours après moi, avec les réfugiés qui venaient d'al-Quds, je l'appelais tante, parce que je l'aimais comme une parente véritable. Comme moi, elle est arrivée à Nour Chams dans un camion bâché des Nations unies. Elle avait, pour seul bagage, une machine à coudre. Comme elle n'avait pas de maison, je l'ai conduite dans la cabane de planches où je vivais seule, dans la partie du camp qui était contre la colline de pierres. Quand elle est descendue du camion, la dernière, elle m'est apparue telle que je l'ai connue jusqu'à la fin, digne et avec une belle allure au milieu de nous tous qui étions déjà fatigués par les épreuves. Une silhouette rassurante, bien droite sur le sol de poussière. Elle était vêtue de l'habit traditionnel, la longue galabieh de toile claire, le shirwal noir, le visage voilé de blanc, les pieds chaussés de sandales incrustées de cuivre. Les nouveaux venus avaient rassemblé leurs bagages, et ils avaient commencé à marcher vers le centre du camp, pour trouver un abri contre le soleil, une habitation. Le camion bâché des étrangers était reparti vers Tulkarm, dans un nuage de poussière. Elle, restait immobile, debout à côté de sa machine à coudre, comme si elle attendait un autre camion qui l'emmènerait plus loin. Puis, parmi les enfants qui la regardaient, elle m'a choisie, peut-être parce que j'étais la plus âgée. Elle m'a dit : « Montre-moi le chemin, ma fille. » Elle m'a dit cela, elle a prononcé le mot, benti, ma fille, et pour cela je crois que je l'ai appelée Aamma, tante, comme si c'était moi qu'elle était venue voir à Nour Chams, comme si c'était elle que j'attendais.

C'est son visage que j'ai aimé d'abord, quand elle s'est dévoilée dans la hutte. Sa peau était couleur de cuivre sombre, et ses yeux pers brillaient étrangement, comme s'il y avait une lumière particulière, quand elle me regardait, quelque chose de paisible et de troublant à la fois. Peut-être qu'elle savait voir au-delà des choses et des gens, comme font certains aveugles.

Aamma s'est installée dans la hutte où je vivais seule. Elle a posé sa machine à coudre, enveloppée dans des chiffons à cause de la poussière. Elle a choisi la partie de la maison le plus près de la porte. Elle dormait par terre dans un drap dont elle repliait sur elle les bords pour disparaître entièrement. Pendant le jour, quand elle avait fini de préparer à manger, elle se servait de temps en temps de sa machine à coudre pour réparer les vêtements des gens, qui la payaient avec ce qu'ils pouvaient, de la nourriture, des cigarettes, mais jamais d'argent, parce qu'ici, dans notre camp, l'argent ne servait plus à rien. Elle a fait cela du moins tant qu'elle a eu du fil. Les femmes lui apportaient du pain, du sucre, du thé, ou bien des olives. Mais parfois elles n'avaient rien d'autre à donner que des remerciements, et cela suffisait.

C'étaient les soirées qui étaient belles, à cause des contes. Quelquefois, comme cela, sans qu'on sache pourquoi, à la fin de l'après-midi, quand le soleil décline et disparaît derrière la brume, du côté de la mer, ou bien au contraire quand le vent chasse les nuages et que le ciel resplendit, avec le croissant de la lune penché tel un sabre, Aamma commençait à raconter une histoire de Djinn. Elle savait cela, elle le sentait, c'était le soir pour conter. Elle s'asseyait devant moi, et ses yeux brillaient d'un éclat étrange, quand elle disait : « Ecoute, je vais te raconter une histoire de Djinn. » Elle connaissait les Djenoune, elle les avait vus, pareils à des flammes rouges qui dansaient la nuit sur le désert. Le jour, on ne les voyait jamais, ils se cachaient dans l'éclat de la lumière. Mais la nuit, ils apparaissaient. Ils vivaient dans des villes, comme les humains, avec des tours et des remparts, des villes avec des bassins d'eau et des jardins. Elle seule savait où étaient ces villes, et elle m'avait même promis de m'y emmener, quand la guerre serait finie.

Donc, elle commençait à raconter une histoire. Elle s'asseyait devant la porte de notre hutte, le visage tourné vers l'extérieur, sans voile, parce que ce n'était pas seulement pour moi qu'elle racontait. J'étais assise à l'intérieur de la maison, dans l'ombre, tout près d'elle pour entendre sa voix.

Alors les enfants du voisinage arrivaient, les uns après les autres. De l'un à l'autre, ils s'avertissaient, et ils s'asseyaient devant la maison, dans la poussière, ou bien ils restaient debout, appuyés contre le mur de planches. Aamma Houriya, quand elle commençait à raconter une histoire de Djinn, avait une voix différente, une voix nouvelle. Ce n'était plus sa voix de tous les jours, mais plus étouffée, plus grave, qui nous obligeait à garder le silence pour mieux l'entendre. Le soir, il n'y avait plus un bruit dans le camp. Sa voix était comme un murmure, mais on entendait chaque mot, on ne l'oubliait pas.

Le visage d'Aamma Horriya changeait aussi, peu à peu. Pour mieux entendre, je m'allongeais sur le sol, devant la porte, et je voyais son visage qui s'animait. Ses yeux brillaient davantage, jetaient des éclats. Elle mimait les expressions, elle montrait sur son visage la peur, la colère, la jalousie. Elle mimait les voix, tantôt graves et sourdes, ou bien aiguës, stridentes, ou encore gémissantes. Ses mains gesticulaient, comme si elle dansait, en faisant sonner ses bracelets de cuivre. Mais le reste de son corps était immobile, assis en tailleur dans l'embrasure de la porte.

C'étaient de belles histoires, celles que nous contait Aamma Houriya, assise dans la poussière devant la hutte, pendant que la lumière du soleil s'adoucissait, et que le poids du jour diminuait. Des histoires qui nous faisaient peur, avec des hommes qui se transforment en loups en traversant une rivière, ou bien des morts qui sortaient de leurs tombeaux pour respirer. Des histoires de revenants, des villes de morts perdues quelque part dans le désert, et le voyageur égaré qui s'y aventurait n'en repartait plus jamais. Des histoires du Djinn qui devient le mari d'une femme, ou d'une Djenna qui s'empare d'un homme et l'entraîne jusque dans sa maison, en haut des montagnes. Quand le vent du désert souffle, il y a un mauvais Djinn qui entre dans le corps des enfants et leur fait perdre la raison, les fait monter en haut des maisons comme s'ils étaient des oiseaux, ou les fait sauter au fond des puits comme s'ils étaient des crapauds.

Elle nous racontait aussi des histoires de l'œil, quand Bayrut, la sorcière, envoûte la mère d'un jeune enfant et lui fait croire qu'elle est sa tante.

La jeune femme s'absente, un instant, et Bayrut s'empare de l'enfant pour mettre à sa place, dans le berceau, une grosse pierre enveloppée dans des linges, puis elle fait cuire l'enfant et le donne à manger à sa propre mère. Alors elle montrait comment on peut résister à l'œil, en mettant la main devant son visage et en écrivant sur son front le nom de Dieu avec de l'eau mêlée de cendres. Elle montrait comment effrayer les sorcières, en soufflant dans sa main ouverte un peu de sable. Elle racontait aussi les histoires d'Aïcha l'Africaine, cruelle et noire, déguisée en esclave, qui mangeait le cœur des enfants pour rester immortelle. Quand Aamma Houriya me prenait la main, me faisait asseoir à côté d'elle, devant la maison, et disait : « Qu'est-ce que je vais te raconter ce soir ? » Je répondais aussitôt : « Une histoire de la vieille Aïcha, l'immortelle ! »

J'oubliais qui j'étais, où j'étais, j'oubliais les trois puits à sec, les baraques misérables où les hommes et les femmes étaient couchés sur le sol, attendant la nuit, attendant l'inconnu, j'oubliais les enfants affamés qui guettaient en haut de la colline de pierres l'arrivée des camions des Nations unies et qui criaient, quand ils voyaient le nuage de poussière sur la route : « Le pain !

La farine! Le lait! La farine!» Et ce pain qu'on
distribuait alors, dur, amer, à raison de deux tranches
par jour et par personne, et quelquefois seulement une
tranche. J'oubliais les plaies qui couvraient le corps
des enfants, les morsures des poux, des puces, les
talons crevassés, les cheveux qui tombaient par plaques, la conjonctivite qui brûlait les paupières.

Ce que racontait Aamma Houriya n'était pas toujours pour nous faire peur. Quand elle voyait que nous
étions accablés, que les enfants étaient fatigués et leur
visage creusé par la faim, et que la brûlure du soleil
était insupportable, elle disait : « Aujourd'hui, c'est un
jour pour une histoire d'eau, une histoire de jardin, une
histoire de ville aux fontaines qui chantent et aux
jardins pleins d'oiseaux. »

Sa voix était plus douce, ses yeux brillaient d'une
lumière plus gaie quand elle commençait son histoire :

« Autrefois, vous savez, la terre n'était pas ce qu'elle
est aujourd'hui. La terre était habitée par des Djenoune en même temps que par les hommes. La terre
était pareille à un grand jardin, entouré par un fleuve
magique qui pouvait couler dans les deux sens. D'un
côté, il allait vers le couchant, de l'autre, il allait vers le
levant. Et cet endroit était si beau qu'on l'appelait
Firdous, le paradis. Vous savez, ce n'était pas très loin
d'ici, à ce qu'on m'a dit. C'était sur le rivage de la mer,
tout près de la ville d'Akka. Il y a encore aujourd'hui un
petit village qui porte ce nom, le paradis, et on dit que
les habitants de ce village sont tous descendants des
Djenoune. Est-ce la vérité, est-ce un mensonge, je ne
saurais vous le dire. Toujours est-il que dans cet
endroit, c'était le printemps éternel, des jardins remplis de fleurs et de fruits, des fontaines qui ne taris-
saient jamais, et les habitants ne manquaient jamais
de nourriture. Ils vivaient de fruits, de miel, et
d'herbes, car ils ne savaient pas ce qu'était le goût de la

chair. Au milieu de ce grand jardin, il y avait un palais magnifique, couleur de nuages, et dans ce palais vivaient les Djenoune, car c'étaient eux les maîtres de cette terre, c'était à eux que Dieu l'avait confiée. En ce temps-là, les Djenoune étaient bons, ils ne cherchaient à nuire à personne. Les hommes, les femmes et les enfants vivaient dans le jardin, autour du palais. L'air était si doux, le soleil si clément qu'ils n'avaient pas besoin de maison pour se protéger, et jamais ne venait l'hiver ni le froid. Et maintenant, enfants, je vais vous raconter comment tout fut perdu. Car là où se trouvait autrefois ce jardin au nom si doux, Firdous, le paradis, ce jardin plein de fleurs et d'arbres, où chantaient sans cesse les fontaines et les oiseaux, ce jardin où les hommes vivaient en paix en mangeant seulement les fruits et le miel, maintenant est la terre sans eau, la terre âpre et nue, sans aucun arbre, sans aucune fleur, et les hommes y sont devenus si méchants qu'ils s'y livrent une guerre cruelle et sans merci, sans que les Djenoune les aident. »

Aamma Houriya s'arrêtait de parler. Nous restions immobiles, dans l'attente de ce qui allait suivre. C'est pendant qu'elle racontait cette histoire, je m'en souviens, que le jeune Baddawi, Saadi Abou Talib est arrivé pour la première fois dans le camp. Il s'est assis sur ses talons, un peu à l'écart, pour écouter ce que disait notre tante. Aamma Houriya, cette fois-là, a observé un long silence, pour que nous puissions entendre les battements de notre cœur, les bruits légers qui venaient des autres maisons, avant la nuit, la voix des bébés, les aboiements des chiens. Elle savait la valeur du silence.

Elle a continué : « C'était l'eau qui était belle dans ce jardin, vous savez. C'était une eau comme vous n'en avez jamais vu, ni goûté, ni rêvé, une eau si claire, si fraîche et pure que ceux qui en buvaient avaient en eux la jeunesse éternelle, ils ne vieillissaient pas, ils ne mouraient jamais. Les ruisseaux couraient à travers ce jardin, ils allaient jusqu'à ce grand fleuve qui en faisait le tour, et qui coulait dans les deux sens, du couchant au levant, et du levant au couchant. Ainsi étaient les choses, en ce temps-là. Et elles continueraient toujours, et nous serions nous aussi, aujourd'hui, dans ce jardin, à l'ombre des arbres, à l'heure où je vous parle, en train d'écouter la musique des fontaines et le chant des oiseaux s'il n'était arrivé que les Djenoune, les maîtres de ce jardin, ne se soient mis en colère contre les hommes et n'aient tari toutes les sources, et versé du sel dans le grand fleuve qui est devenu ce qu'il est aujourd'hui, amer et sans fin. »

Houriya s'arrêtait encore un peu. Nous voyions le ciel s'obscurcir lentement. Des fumées montaient çà et là entre les toits des baraques, mais elles étaient illusoires et mensongères, nous le savions bien. Les vieilles femmes avaient allumé du feu pour faire bouillir de l'eau, mais elles n'avaient rien d'autre à y jeter que quelques herbes et quelques racines qu'elles avaient déterrées dans les collines. Certaines n'avaient rien à faire cuire, mais elles faisaient du feu par habitude, comme si elles allaient se nourrir avec la fumée, comme les revenants des histoires que nous racontait Aamma Houriya. Elle, continuait son récit, et tout d'un coup, mon cœur battait plus vite parce que j'avais compris que c'était notre propre histoire qu'elle racontait, ce jardin, ce paradis que nous avions perdu lorsque la colère des génies nous avait frappés.

« Comment les Djenoune se sont-ils mis en colère contre les hommes, pourquoi ont-ils détruit ce jardin où nous aurions dû vivre dans le printemps éternel ? Il y en a qui disent que c'est à cause d'une femme, parce qu'elle a voulu entrer dans le palais des Djenoune, et pour faire cela, elle a fait croire aux hommes qu'ils étaient aussi forts que les Djenoune, et qu'ils pourraient aisément les chasser de leur palais, étant plus nombreux. D'autres disent que c'est à cause de deux frères, l'un nommé Souad, et l'autre Safi, nés du même père et de deux mères différentes et qui à cause de cela se haïssaient, chacun voulant garder pour soi la part de jardin de l'autre. On raconte qu'ils se battaient tout enfants, à mains nues, et alors les Djenoune riaient de voir leurs efforts, comme deux jeunes béliers qui s'affrontent dans la poussière. Puis ils sont devenus plus grands et ils se sont battus avec des bâtons et des pierres, et les Djenoune, du haut des murailles de leur palais, tout près des nuages, continuaient de rire et se moquaient d'eux, les comparant à des singes. Mais ils sont devenus adultes, et le combat continuait, maintenant avec des épées et des fusils. Les deux hommes étaient aussi forts l'un que l'autre, et aussi rusés. Ils se blessaient cruellement, leur sang coulait sur la terre, mais aucun des deux ne voulait se reconnaître vaincu. Les Djenoune les regardaient toujours du haut de leur palais, et ils disaient : qu'ils se battent et qu'ils épuisent leurs forces, après quoi ils pourront devenir amis. Mais alors est intervenue une vieille, une sorcière disait-on, au visage noir, vêtue de haillons, et peut-être que c'était déjà Aïcha, car elle était très vieille, et elle connaissait tous les secrets des Djenoune. Les deux frères sont allés la consulter l'un après l'autre, et ils lui ont promis beaucoup d'or pour qu'elle leur donne la victoire. La vieille esclave a cherché dans ses bagages, et elle leur a donné à chacun d'eux un cadeau. A l'aîné, Souad, elle a donné une petite cage qui contenait un animal sauvage, à la gueule rouge, qui brillait curieusement dans la nuit, et jamais personne n'en avait vu de semblable dans ce jardin. Au deuxième garçon, qui s'appelait Safi, elle a donné un grand sac de peau qui contenait un nuage invisible et puissant. Car en ce

245

temps-là, dans ce jardin, il n'existait ni le feu ni le vent. Alors les deux frères, au comble de leur haine, sans réfléchir, ont jeté l'un contre l'autre ces deux présents empoisonnés. Quand celui qui avait la petite cage l'ouvrit, l'animal sauvage à la gueule rouge bondit au-dehors, et tout de suite il s'empara des arbres et des herbes et il devint très grand. L'autre frère, alors, ouvrit le sac de peau, et du sac sortit le vent qui souffla sur le feu et le transforma en un incendie gigantesque qui embrasa tout le jardin. Les flammes rouges brûlèrent tout, les arbres, les oiseaux, et les hommes qui étaient dans ce jardin, sauf quelques-uns qui trouvèrent refuge dans le grand fleuve. Maintenant, dans leur palais entouré de fumées noires, les Djenoune ne riaient plus. Ils dirent : « Que la malédiction de Dieu soit sur vous tous, les hommes, et sur vos générations. » Et ils quittèrent à tout jamais le jardin dévasté. Et avant de partir, ils fermèrent toutes les sources et toutes les fontaines, pour être sûrs que rien ne repousse sur cette terre, puis ils jetèrent une grande montagne de sel qui se brisa et se répandit dans le fleuve. C'est ainsi que le jardin de Firdous est devenu ce désert sans eau, et que le grand fleuve circulaire est devenu amer et a cessé de couler dans les deux sens. Ici se termine mon histoire. Depuis ce temps, les Djenoune n'aiment plus les hommes, ils ne leur ont pas encore pardonné, et sur cette terre continue d'errer la vieille Aïcha, l'esclave immortelle, qui donne des armes et la mort à ceux qui écoutent ses paroles. Que Dieu nous préserve de la rencontrer sur notre chemin, enfants. »

La nuit était venue, Aamma Houriya maintenant se relevait, elle allait vers les puits pour faire sa prière, et les enfants retournaient chacun vers sa maison. Allongée sur le sol, à ma place près de la porte, j'entendais encore la voix d'Aamma Houriya, légère, régulière comme sa respiration. Je sentais l'odeur des fumées dans le ciel, l'odeur de la faim. Je pensais alors, combien de temps encore les Djenoune abandonneront-ils les hommes ?

Roumiya est venue au camp de Nour Chams à la fin de l'été. Quand elle est venue, elle était déjà enceinte de plus de six mois. C'était une femme très jeune, presque une jeune fille, avec un visage très blanc, marqué par la fatigue, mais qui avait gardé quelque chose d'enfantin, qu'accentuait sa chevelure blonde coiffée en deux nattes régulières, et ses yeux couleur d'eau, qui vous regardaient avec une sorte d'innocence peureuse, à la manière de certains animaux. Aamma Houriya l'avait prise tout de suite sous sa protection. Elle l'avait conduite jusqu'à notre maison et elle l'avait installée là, à la place de la vieille qui avait trouvé un abri ailleurs. Roumiya était une des survivantes de Deir Yassin. Le mari de Roumiya était mort là-bas, ainsi que son père et sa mère, et ses beaux-parents. Les soldats étrangers l'avaient trouvée errant sur la route et ils l'avaient emmenée dans un hôpital militaire, parce qu'ils croyaient qu'elle était folle. D'ailleurs, peut-être que depuis ce jour, Roumiya était devenue folle, parce qu'elle avait pris l'habitude de rester assise dans un coin pendant des heures, sans bouger, sans prononcer une parole. Les soldats l'avaient conduite dans les camps, près de Jérusalem, à Jalazoun, à Mouaskar, à Deir Ammar, puis à Tulkarm, à Balata. Et c'était ainsi qu'elle avait fini par arriver au bout de la route, jusqu'à notre camp.

Au début, quand elle est arrivée chez nous, elle ne voulait pas quitter son voile, même à l'intérieur de la maison. Elle restait assise, à côté de la porte, absolument sans bouger, avec son grand voile taché de poussière qui l'enveloppait jusqu'aux genoux, et elle regardait droit devant elle avec des yeux vides. Les enfants du voisinage disaient qu'elle était folle, et quand ils passaient devant la porte, ou quand ils la croisaient sur le chemin, à l'entrée du camp, ils soufflaient de la poussière dans le creux de leur main, pour écarter le mauvais sort.

Ils parlaient d'elle en chuchotant, ils disaient, « habla, habla », elle est devenue folle, ils disaient aussi, « khayfi », elle a eu peur, parce que ses yeux étaient fixes et dilatés comme ceux d'un animal effrayé, mais en vérité c'étaient les enfants qui avaient peur. Pour nous tous, elle est restée un peu comme cela, khayfi. Mais Aamma Houriya, elle, a su trouver la voie. Elle a apprivoisé Roumiya un peu chaque jour. C'est elle qui lui donnait à manger, au début elle lui apportait une écuelle de bouillie de farine avec du lait Klim, comme pour un enfant, et elle lui passait le doigt humecté de salive sur ses lèvres sèches, pour qu'elle commence à manger. Elle lui parlait douce-ment, elle la caressait, et peu à peu Roumiya s'est réveillée, elle a recommencé à vivre. Je me souviens de la première fois qu'elle a enlevé son voile, son visage blanc qui brillait à la lumière, son nez fin, sa bouche enfantine, les tatouages bleus sur ses joues et sur son menton, et sa chevelure surtout, longue, épaisse, pleine de reflets de cuivre et d'or. Jamais je n'en avais vu d'aussi belle, et je comprenais pourquoi on lui avait donné ce nom, Roumiya, parce qu'elle n'était pas de notre race.

Son regard avait, un bref instant, cessé de montrer la peur, elle nous avait regardées, Aamma Houriya et moi, mais sans rien dire, sans sourire. Elle ne parlait presque jamais, seulement quelques mots, pour demander de l'eau, ou du pain, ou bien tout à coup une phrase qu'elle récitait sans la comprendre, et qui n'avait pas de sens pour nous non plus.

Parfois, j'en avais assez d'elle, de son regard vide, et

j'allais en haut de la colline de pierres, là où avait été enterré le vieux Nas, là où maintenant vivait le Baddawi, dans une hutte qu'il avait fabriquée avec des branches et des pierres. Je restais avec les autres enfants, comme si je guettais l'arrivée des camions du ravitaillement. Peut-être que c'était la beauté de Roumiya qui me chassait, sa beauté silencieuse, son regard qui semblait traverser tout et le vider de son sens.

Quand le soleil montait au plus haut du ciel, et que les murs de notre maison chauffaient comme les parois d'un four, Aamma Houriya baignait le corps de Roumiya avec une serviette imprégnée d'eau. Chaque matin, elle allait chercher de l'eau aux puits, parce que l'eau était rare et couleur de boue, et qu'il fallait la laisser reposer longtemps. C'était sa ration pour boire et cuisiner, et Aamma Houriya l'employait à laver le ventre de la jeune femme, mais personne d'autre ne le savait. Aamma Houriya disait que l'enfant qui allait naître ne pouvait pas manquer d'eau, car il vivait déjà, il entendait le bruit de l'eau qui coulait sur la peau, il sentait la fraîcheur, comme une pluie. Aamma Houriya avait des idées étranges, c'était comme ses histoires, lorsqu'on les avait comprises, tout paraissait plus clair et plus vrai.

Quand le soleil était au plus haut du ciel, et que plus rien ne bougeait dans le camp, avec la chaleur qui enveloppait les baraques de planches et de carton goudronné comme les flammes enveloppent un four, Aamma Houriya accrochait son voile devant la porte, et cela faisait une ombre bleue. Docilement, Roumiya se laissait dévêtir entièrement. Elle attendait l'eau qui ruisselait de la serviette. Partie par partie, les doigts agiles d'Aamma lavaient son corps, la nuque, les épaules, les reins. Sur son dos, les longues tresses se tordaient comme des serpents mouillés. Puis Roumiya s'étendait sur le dos, et Aamma faisait couler l'eau sur ses seins, sur son ventre dilaté. Moi, au début, je sortais, je marchais au-dehors pour ne pas voir cela, je titubais dans la lumière trop forte. Ensuite, j'étais restée, presque malgré moi, parce qu'il y avait quelque chose de puissant, d'incompréhensible et de vrai dans les gestes de la vieille femme, pareils à un rite lent, à une prière. Le ventre énorme de Roumiya surgissait sous la robe noire retroussée jusqu'au cou, pareil à une lune, blanc, marbré de rose à cause de la pénombre bleue. Les mains d'Aamma étaient fortes, elles tordaient la serviette au-dessus de la peau, et l'eau cascadait en faisant son bruit secret, dans la maison qui ressemblait à une grotte. Je regardais la jeune femme, je voyais son ventre, ses seins, son visage renversé aux yeux fermés, et je sentais la sueur couler sur mon front, dans mon dos, coller mes cheveux à mes joues. Dans notre maison, comme un secret au milieu de la chaleur et de la sécheresse du dehors, j'entendais seulement le bruit de l'eau qui s'égouttait sur la peau de Roumiya, sa respiration lente, et la voix d'Aamma Houriya qui chantonnait une berceuse, sans paroles, juste un murmure, un bourdonnement prolongé qu'elle interrompait chaque fois qu'elle plongeait la serviette dans le seau.

Tout cela durait infiniment, si longtemps que lorsque Aamma Houriya avait fini de baigner Roumiya, celle-ci s'était endormie, sous les voiles qui se tachaient sur son ventre.

Au-dehors, le soleil éblouissait encore. Sur le camp, il y avait le poids de la poussière, le silence. Avant la nuit, j'étais en haut de la colline, les oreilles pleines du bruit de l'eau et du bourdonnement de la voix de la vieille femme. Peut-être que j'avais cessé de voir le camp avec les mêmes yeux. C'était comme si tout avait changé, comme si je venais d'arriver, et que je ne savais pas encore ce qu'étaient ces pierres, ces maisons noires, l'horizon fermé par les collines, cette vallée sèche semée d'arbres brûlés, où jamais ne vient la mer.

Il y a si longtemps que nous sommes prisonniers de ce camp, j'ai du mal à me souvenir comment c'était, avant, à Akka. La mer, l'odeur de la mer, les cris des mouettes. Les barques glissant à travers la baie, à l'aube. L'appel de la prière, au crépuscule, dans la lumière vague, quand je marchais auprès des remparts, dans les oliveraies. Les oiseaux s'envolaient, les tourterelles paresseuses, les pigeons aux ailes argentées qui traversaient le ciel ensemble, tournant, basculant, repartant dans l'autre sens. Dans les jardins, les merles poussaient des cris inquiets quand la nuit arrivait. C'est tout cela que j'ai perdu.

Ici, la nuit vient tout d'un coup, sans appel, sans prière, sans oiseaux. Le ciel vide change de couleur, devient rouge, puis la nuit monte au fond des ravins. Quand je suis arrivée, au printemps, les nuits étaient chaudes. Les collines de pierres soufflaient la chaleur du soleil jusqu'au cœur de la nuit. Maintenant, c'est l'automne, les nuits sont froides. Dès que le soleil a disparu derrière les collines, on sent le froid qui monte de la terre. Les gens s'enveloppent comme ils peuvent, dans les couvertures que les Nations unies ont distribuées, dans des manteaux sales, dans des draps. Le bois est devenu si rare, qu'on n'allume plus de feu pour

252

la nuit. Tout est noir, silencieux, glacé. On est abandonnés, loin du monde, loin de la vie. Jamais je n'avais
ressenti cela avant. Très vite, les étoiles apparaissent
dans le ciel, font leurs dessins magnifiques. Je me
souviens, autrefois, sur la plage, avec mon père, je
marchais, et des dessins des étoiles me semblaient
familiers. C'étaient comme des lumières de villes
inconnues suspendues dans le ciel. Maintenant, leur
lumière pâle et froide fait paraître notre camp encore
plus obscur, plus abandonné. Les soirs où la lune est
ronde, les chiens errants aboient. « C'est la mort qui
passe », dit Aamma Houriya. Au matin les hommes
vont jeter au loin les cadavres des chiens morts dans la
nuit.

Les enfants crient aussi dans la nuit. Je sens un
frisson tout le long de mon corps. Est-ce qu'au matin, il
faudra aller chercher les corps des enfants morts dans
la nuit ?

Le Baddawi, celui qui s'appelle Saadi, s'est installé
dans la colline de pierres, près de l'endroit où a été
enterré le vieux Nas il y a plus d'un an déjà. Non loin
de la tombe, il a construit un abri avec de vieilles
branches et un morceau de toile. Il reste là tout le jour
et toute la nuit, presque sans bouger, à regarder la
route de Tulkarm. Les enfants montent le voir chaque
matin, et avec eux il surveille la route où doit venir le
camion du ravitaillement. Mais quand le camion
arrive, il ne descend pas. Il reste assis à côté de son
abri, comme si cela ne le regardait pas. Il ne va jamais
chercher sa part. Parfois il a si faim, qu'il descend à mi-
chemin de la colline, et comme notre maison est la
première qu'il rencontre, il reste debout, un peu en
retrait. Aamma Houriya prend un peu de pain, ou une
galette de pois chiches qu'elle a faite elle-même. Elle
dépose cela sur une pierre, et elle retourne chez elle.

Saadi s'approche. Son regard me fixe, avec une sorte de timidité et de dureté qui fait battre mon cœur. Les chiens qui rôdent dans les collines autour du camp ont la même couleur dans leurs yeux. Le Baddawi est le seul qui n'ait pas peur des chiens. Là-haut, sur la colline, il leur parle. Les enfants racontent cela, et Aamma Houriya, quand elle l'a entendu, a dit qu'il était simple, et que pour cela, notre camp était protégé.

Chaque matin, je suis allée en haut de la colline, pour voir arriver le camion des Nations unies. C'est ce que j'ai dit. Mais c'était aussi pour voir le Baddawi, assis sur sa pierre, devant sa hutte de branches, enveloppé dans son manteau de laine. Ses cheveux sont longs et emmêlés, mais son visage est celui d'un jeune garçon encore imberbe, avec seulement une légère moustache. Quand je me suis approchée, il m'a regardée, et j'ai vu la couleur de ses yeux, pareille à celle des chiens errants. Il ne descend de la colline que pour aller boire aux puits. Il attend dans la file, et quand vient son tour, il puise l'eau dans le seau avec sa main, et il ne boit plus jusqu'au soir. Les filles se moquent de lui, mais elles en ont un peu peur aussi. Elles disent qu'il se cache dans les buissons pour les épier quand elles vont uriner. Elles disent qu'il a essayé d'entraîner une fille, et qu'elle l'a mordu. Mais ce sont des ragots.

Quelquefois, quand Aamma Houriya raconte une histoire de Djinn, il vient écouter. Il ne s'assoit pas avec les enfants. Il reste un peu à l'écart, la tête inclinée vers le sol, pour écouter. Aamma Houriya dit qu'il est seul au monde, qu'il n'a plus de famille. Mais personne ne sait d'où il vient, ni comment il est arrivé ici, au bout de la route, à Nour Chams. Peut-être qu'il y était avant tout le monde, avec un troupeau de chèvres, et quand ses bêtes sont mortes, comme il ne savait pas où aller, il est resté. Peut-être qu'il est né ici.

Il s'est approché de moi, il m'a parlé. Sa voix était

douce, avec un accent que je n'avais jamais entendu auparavant. C'est Aamma Houriya qui dit qu'il parle comme les gens du désert, comme un Baddawi. Pour cela nous l'appelons ainsi.

Il me regardait avec ses yeux jaunes. Il me demandait qui j'étais, d'où j'étais. Quand je lui ai parlé d'Akka et de la mer, il voulait savoir comment était la mer. Il ne l'avait jamais vue. Il connaissait seulement le grand lac salé, et la vallée immense de Ghor, et al-Moujib, où il disait que les Djenoune avaient leurs palais. Moi, je lui racontais ce que j'avais vu, les vagues régulières qui vont mourir sur les murs de la ville, les arbres échoués sur la plage, et à l'aube, les bateaux à voile traversant la brume au milieu des vols de pélicans. L'odeur de la mer, le goût du sel, le vent, le soleil qui entre dans l'eau chaque soir, jusqu'à la dernière étincelle. J'aimais sa façon d'écouter, son regard brillant, ses bras qu'il croisait sur son manteau, ses pieds nus posés bien à plat sur la terre.

Je ne parlais pas comme Aamma Houriya, car je ne savais pas de contes. Je ne savais dire que ce que j'avais vu. Lui, à son tour, parlait de ce qu'il savait, des montagnes où il gardait les troupeaux, près du grand lac salé, marchant jour après jour le long des rivières qui courent sous le sable, rongeant les herbes et les buissons, avec pour seuls compagnons les chiens courant au-devant de lui. Les camps des nomades, l'odeur des feux, les voix des femmes, ses frères venus d'ailleurs, avec d'autres troupeaux, qui se rencontraient puis s'en allaient.

Quand je lui parlais, ou quand il me parlait, des enfants venaient pour écouter. Leurs yeux étaient agrandis par la fièvre, leurs cheveux emmêlés, leur peau noire brillait à travers leurs vêtements en haillons. Mais nous étions semblables à eux, moi, la fille de la ville de la mer, et lui, le Baddawi, plus rien ne nous distinguait, nous avions le même regard de chien errant. Nous parlions, chaque soir, quand le crépuscule atténuait la brûlure du jour, en regardant les minces colonnes de fumée qui montaient du camp, et alors plus rien ne semblait désespéré. Nous pouvions nous échapper, nous redevenions libres.

Maintenant, moi non plus, je n'allais plus attendre le camion du ravitaillement. En haut de la colline, assise à côté de Saadi, je voyais le nuage de poussière au loin, sur la route de Tulkarm, et j'entendais les cris des enfants ameutés qui psalmodiaient : « La farine !... Le lait !... La farine !... »

C'était Aamma Houriya qui devait aller chercher les rations. Moi, je restais à écouter Saadi, cherchant à me souvenir encore mieux comment c'était, autrefois, sur la plage d'Akka, quand j'attendais le retour des bateaux de pêche et que j'essayais d'apercevoir la première celui de mon père.

Aamma me grondait : « Le Baddawi t'a ensorcelée ! Je vais lui donner des coups de bâton ! » Elle se moquait de moi.

La guerre est si loin. Jamais il n'y a rien. Au début, les enfants jouaient avec des bouts de bois, ils imitaient le bruit des fusils, ou bien ils se jetaient des cailloux en se couchant par terre, comme si c'étaient des grenades. Maintenant, ils ne font même plus cela. Ils ont oublié. « Pourquoi ne partons-nous pas ? Pourquoi ne retournons-nous pas à la maison ? » Ils demandaient cela aussi, et maintenant ils ont oublié. Leurs pères et leurs mères détournent le regard.

Dans les yeux des hommes, il y a une sorte de fumée, un nuage. Cela éteint leur regard, le rend léger, étranger. Il n'y a plus la haine, la colère, il n'y a plus les larmes, ni le désir, ni l'inquiétude. Peut-être est-ce parce que l'eau manque tellement, l'eau, la douceur.

Alors il y a cette taie, comme sur le regard de la chienne blanche quand elle avait commencé à mourir.

Pour cela, j'aime les yeux de Saadi. Lui, n'a pas perdu l'eau de son regard. Ses iris jaunes brillent comme ceux des chiens qui rôdent dans les collines, autour du camp. Quand je viens le voir, il y a une lumière dans ses yeux. Il rit, mais à l'intérieur de lui-même, sans bouger les lèvres, juste avec les yeux. Cela se voit très bien.

Quelquefois il parle de la guerre. Il dit que, quand tout sera fini, il ira vers le sud, du côté du grand lac salé, dans la vallée de son enfance. Il ira à la recherche de son père, de ses frères, de ses oncles et de ses tantes. Il pense qu'il les retrouvera, et qu'il pourra recommencer à marcher avec ses bêtes, le long des rivières invisibles.

Il dit des noms que je n'ai jamais entendus avant, des noms aussi lointains que les noms des étoiles : Suweima, Suweili, Basha, Safut, Madasa, Kamak, et Wadi al-Sirr, la rivière du secret, où chacun finit par arriver. Là-bas, selon ce qu'il dit, la terre est si âpre et le vent si fort que les hommes fuient comme la poussière. Quand le vent se lève, les bêtes marchent vers le Jourdain, et parfois même au-delà jusqu'à la grande ville d'al-Quds, celle que les Hébreux nomment Jérusalem. Quand le vent cesse, les bêtes retournent vers le désert. Il dit comme le vieux Nas : la terre n'est-elle pas à tout le monde ? Le soleil ne brille-t-il pas pour tous ? Son visage est jeune, mais son regard est plein de connaissance. Il n'est pas prisonnier au camp de Nour Chams. Il peut s'en aller quand il le veut, traverser les collines, aller jusqu'à al-Quds, et même plus loin, de l'autre côté du fleuve, jusqu'à ces villes d'or et de nacre où Aamma Houriya dit qu'autrefois vivaient les rois qui commandaient même aux Djenoune, à Bagdad, à Ispahan, à Bassora.

Une nuit, j'étais si mal, je brûlais dans ma peau. Je sentais comme une pierre posée sur ma poitrine. Je suis sortie. Dehors, tout était calme. Aamma Houriya dormait enveloppée dans son drap près de la porte, mais Roumiya ne dormait pas. Ses yeux étaient grands ouverts. Je voyais sa respiration soulever son corps, mais elle n'a rien dit quand je suis passée devant elle.

J'ai vu les étoiles. Peu à peu, dans la nuit, tout s'est mis à briller avec force, d'une lumière dure qui me faisait mal. L'air était chaud, le vent qui soufflait semblait l'haleine d'un four. Pourtant, il n'y avait personne dehors. Même les chiens étaient cachés.

Je regardais les allées rectilignes du camp, les toits goudronnés des maisons, les plaques de tôle qui brinquebalaient dans le vent. C'était comme si tout le monde était mort, comme si tout avait disparu, à jamais. Je ne sais pourquoi j'ai agi ainsi : j'avais peur, soudain, j'avais trop mal à cause de ce poids sur ma poitrine, à cause de la fièvre qui me brûlait jusqu'aux os. Alors je me suis mise à courir le long des allées du camp, sans savoir où j'allais, et je criais : « Réveillez-vous !... Réveillez-vous !... » D'abord, ma voix ne parvenait pas à traverser ma gorge, je poussais seulement un cri rauque qui me déchirait, un cri de folie. Cela résonnait bizarrement dans le camp endormi, et bientôt les chiens ont commencé à aboyer, un, puis un autre, puis tous les chiens autour du camp, jusque dans les collines invisibles. Et moi je continuais à courir le long des allées, pieds nus dans la poussière, avec cette brûlure sur mon visage et dans mon corps, cette douleur qui ne voulait pas s'échapper. Je criais à tout le monde, à toutes les maisons de planches et de tôle, à toutes les tentes, à tous les abris de carton : « Réveillez-vous ! Réveillez-vous ! » Les gens commençaient à sortir. Les hommes apparaissaient, les femmes drapées dans leurs manteaux malgré la chaleur. Je courais, et j'entendais distinctement ce qu'ils disaient, la même chose qu'ils avaient dite quand Roumiya était arrivée : « Elle est folle, elle est devenue folle. » Les enfants s'éveillaient, les plus grands couraient avec moi, les autres pleuraient dans le noir. Mais je ne pouvais plus m'arrêter. Je courais et je courais à travers le campement, passant et repassant par les mêmes rues, tantôt du côté de la colline, puis en bas, dans la direction des puits, et le long du fil de fer barbelé que les étrangers avaient installé autour des puits, et j'entendais ma respiration siffler dans mes poumons, j'entendais les coups de mon cœur, je sentais le feu du soleil sur mon visage, sur ma poitrine. Je criais, d'une voix qui n'était plus la mienne : « Réveillez-vous !... Préparez-vous !... »

Puis, d'un seul coup, le souffle m'a manqué. Je suis tombée par terre, près du fil de fer barbelé. Je ne pouvais plus bouger, plus parler. Les gens se sont approchés, des femmes, des enfants. J'entendais le bruit de leurs pas, j'entendais avec netteté leur souffle, leurs paroles. Quelqu'un a apporté de l'eau dans une tasse de fer, l'eau a coulé dans ma bouche, sur ma joue, comme du sang. J'ai aperçu le visage d'Aamma, tout près de moi. J'ai prononcé son nom. Elle était là, sa main douce appuyée sur mon front. Elle murmurait des paroles que je ne comprenais pas. Puis j'ai compris que c'étaient des prières, et j'ai senti que les Djenoune s'éloignaient de moi, qu'ils m'abandonnaient. Tout à coup, je me suis sentie vide, en proie à une extrême faiblesse.

J'ai pu marcher, appuyée sur les bras d'Aamma. Allongée sur la natte, dans notre maison, j'ai entendu les bruits de voix diminuer. Les chiens ont aboyé encore longtemps, et je me suis endormie avant eux.

Quand je suis allée en haut de la colline de pierres, le matin, Saadi est venu vers moi, il m'a dit : « Viens, je veux te parler. » Nous sommes allés près de la tombe du vieux Nas. C'était encore de bonne heure, il n'y avait pas d'enfants. J'ai vu que Saadi avait changé. Il avait lavé son visage et ses mains en allant aux puits, à l'heure de la prière, et ses habits, quoique déchirés, étaient propres. Il a serré ma main très fort dans la sienne, et son regard brillait d'un éclat que je ne connaissais pas. Il a dit : « Nejma, j'ai entendu ta voix, cette nuit. Je ne dormais pas quand tu as commencé à nous appeler. J'ai compris que tu avais reçu cela de Dieu. Personne ne t'a entendue, mais moi j'ai entendu ton appel, et pour cela je me suis préparé. »

J'ai voulu retirer ma main et partir, mais il me tenait si fort que je ne pouvais pas m'échapper. La colline était déserte, silencieuse, le camp était loin. J'avais peur, et la peur se mêlait à une émotion que je ne comprenais pas, à cause de l'éclat de son regard. Il m'a dit : « Je veux que tu viennes avec moi. Nous irons de l'autre côté du fleuve, jusqu'à la vallée où je suis né, à al-Moujib. Tu seras ma femme, et nous aurons des fils, si Dieu le permet. » Il parlait sans hâte, avec une sorte de joie qui illuminait son regard. C'était cela qui

m'attirait et me faisait peur en même temps. « Si tu le
veux, nous partirons aujourd'hui même. Nous empor-
terons du pain, un peu d'eau, et nous traverserons les
montagnes. » Il montrait la direction du levant, les
collines encore sombres.

Le ciel était vide, le soleil commençait son ascension.
La terre brillait d'un éclat neuf. Au-dessous, en bas de
la colline, il y avait le camp pareil à une tache obscure,
d'où montaient quelques fumées. On voyait les formes
des femmes près des puits, les enfants qui couraient
dans la poussière.

« Parle-moi, Nejma. Il suffit que tu dises oui, et nous
partirons aujourd'hui. Il n'y a personne qui puisse
nous retenir. » J'ai dit : « Cela ne se peut pas, Saadi. Je
ne peux pas partir avec toi. » Son regard s'est assom-
bri. Il a lâché ma main, et il s'est assis sur un rocher. Je
me suis assise près de lui. J'entendais mon cœur battre
fort dans ma poitrine, parce que j'avais envie de partir.
Pour ne pas entendre mon cœur, j'ai parlé. J'ai parlé
d'Aamma Houriya, de Roumiya et de l'enfant qui allait
naître. J'ai parlé de ma ville d'Akka, où je devais
retourner. Il écoutait sans rien répondre, en regardant
l'étendue de la vallée, le camp semblable à une prison,
avec ces gens qui allaient et venaient le long des rues
comme des fourmis, qui s'affairaient autour des puits.
Il a dit : « Je croyais que j'avais compris ton appel,
l'appel que Dieu t'avait envoyé cette nuit. » Il a dit cela
d'une voix égale, mais il était triste et j'ai senti des
larmes dans mes yeux, et mon cœur s'est mis à battre
encore, parce que je voulais m'en aller. A mon tour, j'ai
pris ses mains, aux doigts si longs et fins, où les ongles
faisaient des taches claires sur la peau noire. Je sentais
le sang dans ses mains. « Peut-être qu'un jour je
partirai, Saadi. Mais maintenant, je ne peux pas m'en
aller. Es-tu en colère contre moi ? » Il m'a regardée en
souriant, et ses yeux brillaient de nouveau. « C'était

donc cela, le message que Dieu t'avait envoyé ? Alors moi aussi je resterai. »

Nous avons marché un peu dans la colline. Quand nous sommes arrivés devant son abri, j'ai vu qu'il avait préparé un paquet pour la route. De la nourriture enveloppée dans un linge, et une bouteille d'eau attachée avec une ficelle. « Quand la guerre sera finie, je t'emmènerai chez nous, à Akka. Là-bas, il y a beaucoup de fontaines, nous n'aurons pas besoin d'emporter de l'eau. »

Il a défait le paquet, et nous nous sommes assis par terre pour manger un peu de pain. La lumière du soleil dissipait la fraîcheur du matin. On entendait la rumeur du camp, les enfants qui arrivaient. Il y eut même le vol d'un oiseau, rapide, qui jetait des cris aigus. Tous deux nous éclatâmes de rire, parce qu'il y avait si longtemps que nous n'avions pas vu d'oiseau. J'avais posé ma tête sur l'épaule de Saadi. J'écoutais sa voix hésitante, chantante, qui parlait de la vallée où il suivait le troupeau, avec ses frères, le long de la rivière souterraine d'al-Moujib.

Après cela, c'était l'hiver, et la vie est devenue difficile à Nour Chams. Cela faisait maintenant presque deux ans que nous étions dans le camp. Le camion de ravitaillement venait de moins en moins, deux fois par semaine, ou même une seule fois. Il se passait une semaine entière sans que le camion ne vienne au camp. Il y avait des rumeurs de guerre, on racontait des choses terribles. On disait qu'à al-Quds, la vieille ville avait brûlé, et que les combattants arabes jetaient des pneus enflammés dans les caves et dans les magasins. Dans le camion, arrivaient des réfugiés, hommes, femmes, enfants au visage défait. Ce n'étaient plus les paysans pauvres, comme au début. C'étaient les gens les plus riches, d'Haïfa, de Jaffa, des commerçants, des avocats, même un dentiste. Quand ils descendaient du camion, les enfants en haillons les entouraient, psalmodiaient : « Foulous ! Foulous ! » Ils suivaient les nouveaux venus en les harcelant, jusqu'à ce que ceux-ci leur donnent quelques pièces. Mais ils ne savaient pas où s'installer dans le camp. Certains dormaient à l'air libre, avec leurs valises amoncelées à leurs pieds, enveloppés dans leurs couvertures. Pour eux, le camion avait apporté des cigarettes, du thé, des biscuits Marie. C'étaient les chauffeurs qui leur vendaient cela à la sauvette, pendant que les pauvres faisaient la queue pour recevoir les rations de farine, de lait Klim, de viande séchée.

Quand les nouveaux venus descendaient du camion, les gens les entouraient, leur posaient des questions : « D'où êtes-vous ? Quelles nouvelles ? Est-ce que c'est vrai que Jérusalem brûle ? Qui connaît mon père, le vieux Serays, sur la route d'Aïn Karim ? Toi, as-tu vu mon frère ? Il habite dans la plus grande maison de Suleïman, celle où il y a un magasin de meubles ? Et mon magasin de tissus, devant la porte de Damas, est-ce qu'il a été épargné ? Et mon magasin de poteries, près de la Mosquée d'Omar ? Et moi, ma maison d'al-Aksa, une belle maison blanche avec deux palmiers devant la porte, la maison de Mehdi Abou Tarash ? Avez-vous des nouvelles de mon quartier, près de la gare ? Est-il vrai que les Anglais l'ont bombardé ? » Les nouveaux venus avançaient au milieu des questions, hébétés par le voyage, clignant des yeux à cause de la poussière, leurs beaux habits déjà salis de sueur, et peu à peu les questions cessaient, et le silence revenait. Les gens du camp s'écartaient devant eux, essayant encore de lire une réponse à leurs questions dans leurs yeux vides, dans leurs épaules affaissées, dans le visage des enfants où luisait la peur comme une mauvaise sueur.

Cela, c'était quand arrivaient les premiers habitants des villes, chassés par les bombes. Leur argent ici ne servait plus à rien. En vain l'avaient-ils distribué, par poignées de billets, tout le long de la route. Pour un laissez-passer, pour le droit de rester encore un peu dans leur maison, pour le prix d'une place dans le camion bâché qui les avait emmenés jusqu'au camp, au bout de la route.

Ensuite les rations sont devenues de plus en plus maigres, à cause de tout ce monde qui était entré dans le camp. Maintenant, la mort frappait partout. Quand

j'allais aux puits, le matin, le passage entre les barbelés était jonché de cadavres de chiens que se dis-
putaient les survivants, en grondant comme des
bêtes sauvages. Les enfants ne pouvaient plus
s'aventurer loin des maisons, de peur d'être dévorés
par les chiens. Quand je montais en haut de la
colline de pierres, pour voir Saadi, je devais tenir
un bâton à la main, pour éloigner les chiens. Lui,
n'avait pas peur. Il voulait rester là. Son regard
brillait toujours, et il me prenait la main pour me
parler, et sa voix était douce. Mais je ne restais plus
très longtemps. Roumiya avait atteint le moment de
mettre au monde, et je ne voulais pas être au loin
quand cela arriverait.

Aamma Houriya était fatiguée. Elle ne pouvait
plus baigner Roumiya. Maintenant les puits étaient
presque à sec, malgré les pluies. Ceux qui puisaient
en dernier ne rapportaient que de la boue. Il fallait
attendre toute la nuit pour que l'eau revienne au
fond des puits.

La seule nourriture, c'était la bouillie d'avoine
délayée dans du lait Klim. Les hommes valides, les
jeunes garçons de dix ou onze ans, et même les
femmes partaient, les uns après les autres. Ils
allaient vers le nord, vers le Liban, ou vers l'est, du
côté du Jourdain. On disait qu'ils allaient là-bas
rejoindre les feddaïne, les sacrifiés. On les appelait
les aïdoune, les revenants, parce qu'ils reviendraient
un jour. Saadi ne voulait pas aller à la guerre, il ne
voulait pas être un revenant. Il attendait que je
parte avec lui, pour aller jusqu'à la vallée de son
enfance, à al-Moujib, de l'autre côté du grand lac
salé.

Roumiya ne sortait presque plus de la maison,
seulement pour faire ses besoins, dans le ravin, en

dehors du camp. Elle n'y allait qu'avec moi, ou bien accompagnée d'Aamma Houriya, titubant le long du chemin en tenant son ventre entre ses mains.

C'est là, dans le ravin, que les douleurs commencèrent. J'étais en haut de la colline, car c'était tôt le matin, et le soleil était très bas, éclairant la terre à travers une brume. C'était un temps pour les Djenoune, un temps pour voir les flammes rouges danser auprès du puits de Zikhron Yaacov, comme l'avait vu Aamma Houriya, juste avant que n'arrivent les Anglais.

J'ai entendu un cri aigu, un cri qui a troué le silence de l'aube. J'ai laissé Saadi, et j'ai commencé à descendre la colline en courant, écorchant mes pieds nus sur les pierres aiguës. Le cri avait résonné une seule fois, et je restais en arrêt, cherchant à deviner d'où il était venu. Quand je suis entrée dans notre maison, j'ai vu les draps rejetés de côté. La cruche d'eau que j'avais remplie à l'aube était encore neuve. Instinctivement, je suis allée vers le ravin. Mon cœur battait, parce que le cri était entré en moi, j'avais compris que c'était le moment, Roumiya allait mettre au monde. J'ai couru à travers les broussailles, vers le ravin. J'ai entendu à nouveau sa voix. Elle ne criait pas, elle se plaignait, geignant de plus en plus fort, puis s'arrêtant comme pour reprendre son souffle. Quand je suis entrée dans le ravin, je l'ai vue. Elle était allongée par terre, les jambes repliées, enveloppée dans son voile bleu, la tête recouverte. A côté d'elle, Aamma Houriya était assise, elle la caressait, elle lui parlait. Le ravin était encore dans l'ombre. Il y avait une fraîcheur de nuit qui atténuait un peu l'odeur de l'urine et des excréments. Aamma Houriya a relevé la tête. Pour la première fois, je voyais une expression de désarroi dans son regard. Ses yeux étaient embués de larmes. Elle a dit : « Il faut l'emmener. Elle ne peut plus marcher. » J'allais m'éloigner pour chercher de l'aide, mais Roumiya a écarté le voile, elle s'est redressée. Son visage d'enfant était déformé par la douleur et l'angoisse. Ses cheveux étaient mouillés de sueur. Elle a dit : « Je veux rester ici. Aidez-moi. » Puis elle a recommencé ses plaintes, rythmées par les contractions de son utérus. Moi je restais debout devant elle, incapable de bouger, incapable de penser. Aamma Houriya m'a parlé durement : « Va chercher l'eau, les draps ! » Et comme je ne bougeais pas : « Va vite ! Elle est en train d'accoucher. » Alors je suis partie en courant, avec le bruit de mon sang dans mes oreilles, et ma respiration qui sifflait dans ma gorge. Dans la maison, j'ai pris les draps, la cruche d'eau, et comme je me hâtais, l'eau jaillissait de la cruche et inondait ma robe. Les enfants me suivaient. Quand je suis arrivée à l'entrée du ravin, je leur ai dit de s'en aller. Mais ils restaient là, ils escaladaient les côtés du ravin pour voir. Je leur ai jeté des pierres. Ils se sont reculés, puis ils sont revenus.

Roumiya souffrait beaucoup, allongée par terre. J'ai aidé Aamma à la soulever, pour l'envelopper dans le drap. Sa robe était trempée par les eaux, et sur son ventre blanc, dilaté, les contractions faisaient comme des ondes à la surface de la mer. Je n'avais jamais vu cela. C'était effrayant et beau à la fois. Roumiya n'était plus la même, son visage avait changé. Renversé en arrière, face au ciel lumineux, son visage semblait un masque, comme si quelqu'un d'autre l'habitait. La bouche ouverte, Roumiya haletait. De sa gorge montaient par instants des gémissements qui n'étaient plus sa voix. J'ai osé m'approcher encore. Avec un linge mouillé, j'ai mis de l'eau sur son visage. Elle a ouvert les yeux, elle m'a regardée, comme si elle ne me reconnaissait pas. Elle a murmuré : « J'ai mal, j'ai mal. » J'ai tordu le linge au-dessus de ses lèvres pour qu'elle puisse boire.

L'onde revenait, sur son ventre, montait jusqu'à son visage. Elle arquait son corps en arrière, serrait les lèvres comme pour empêcher la voix de sortir, mais l'onde grandissait encore, et la plainte glissait au-dehors, devenait un cri, puis se brisait, devenait souffle haletant. Aamma Houriya avait mis ses mains sur son ventre, et elle appuyait de tout son poids, aussi fort que si elle voulait expulser la saleté d'un linge au bord du lavoir. Je voyais cela avec effroi, le visage grimaçant de la vieille femme tandis qu'elle meurtrissait le ventre de Roumiya, il me semblait que j'étais en train d'assister à un crime.

Soudain l'onde se mit à bouger plus vite. Roumiya s'arc-bouta sur ses talons, les épaules contre les cailloux du ravin, le visage tourné vers le soleil. Dans un cri surnaturel, elle poussa l'enfant hors de son corps, puis elle retomba lentement sur la terre. Alors maintenant il y avait cette forme, cet être, enveloppé de sang et de placenta, portant autour du corps un cordon vivant, et que Aamma Houriya avait pris, et qu'elle commençait à laver, et qui poussa tout d'un coup son premier cri.

Je regardais Roumiya étendue, sa robe retroussée sur son ventre meurtri par les poings d'Aamma, ses seins gonflés aux pointes violettes. Je ressentais la nausée, un vertige immense. Aamma Houriya, quand elle eut fini de laver le bébé, coupa le cordon avec une pierre, noua la blessure sur le ventre de l'enfant. Pour la première fois, elle me regardait avec un visage apaisé. Elle me montra le bébé, minuscule, fripé : « C'est une fille ! Une très jolie fille ! » Elle dit cela d'une voix détendue, comme s'il ne s'était rien passé en vérité, comme si elle avait trouvé le bébé dans un panier. Elle le déposa doucement sur la poitrine de sa mère, où le lait coulait déjà. Puis elle les recouvrit d'un drap propre, et elle s'assit à côté d'elles, en chantonnant. Maintenant, le soleil montait dans le ciel. Les femmes commençaient à arriver dans le ravin. Les hommes et les enfants restaient au loin, sur les pentes du ravin. Les mouches tourbillonnaient. Aamma Houriya eut l'air tout à coup de se souvenir de l'odeur épouvantable. « Il va falloir rentrer à la maison. » Des femmes apportèrent une couverture. A cinq, elles soulevèrent Roumiya avec son bébé serré contre sa poitrine, et elles l'emportèrent lentement, comme une princesse.

La vie avait changé, maintenant qu'il y avait le bébé dans notre maison. Malgré le manque de nourriture et d'eau, il y avait un nouvel espoir pour nous. Même les voisins ressentaient cela. Chaque matin, ils venaient devant notre porte, ils apportaient un présent, du sucre, des linges propres, un peu de lait en poudre qu'ils avaient pris sur leurs rations. Les vieilles femmes, qui n'avaient rien à offrir, apportaient du bois mort pour le feu, des racines, des herbes odorantes.

Roumiya aussi avait changé depuis la naissance du bébé. Elle n'avait plus ce regard étranger, elle ne se dissimulait plus derrière son voile. Elle avait donné comme nom à sa fille Loula, parce que c'était la première fois. *Al-marra al-loula*. Et je pensais que c'était vrai, ici, dans notre camp misérable, là où le monde nous avait rejetés, loin de tout. C'était vraiment la première fois. C'était le seul enfant qui était né ici. Maintenant, il y avait un cœur dans ce camp, il y avait un centre, et c'était dans notre maison.

Aamma Houriya ne se lassait pas de raconter la naissance à toutes les femmes qui venaient en visite, comme si c'était un miracle. Elle disait : « Imaginez que j'ai conduit Roumiya jusqu'au ravin, pour qu'elle fasse ses besoins, juste avant le lever du soleil. Et là,

Dieu a voulu que l'enfant naisse, dans ce ravin, comme pour montrer que la chose la plus belle peut apparaître dans l'endroit le plus vil, au milieu des ordures. » Elle brodait sur ce thème infiniment, et cela devenait une légende que les femmes se répétaient de bouche à oreille. Les visiteuses penchaient leur tête à l'intérieur de la maison, en retenant leur voile, pour avoir un coup d'œil sur cette merveille, Roumiya assise en train de donner son lait à Loula. Et c'est vrai que la légende qu'avait inventée Aamma Houriya l'entourait d'une lumière particulière, dans sa robe blanche toute propre, avec ses longs cheveux blonds défaits sur ses épaules, et cet enfant qui suçait son sein. Quelque chose allait vraiment commencer, c'était la première fois.

C'était en hiver, quand notre camp avait connu le désespoir, la faim, l'abandon. Les enfants et les vieux mouraient à cause des fièvres et des maladies que donnait l'eau des puits. C'était surtout vers le bas du camp, là où étaient installés les nouveaux arrivants. Saadi, du haut de la colline, voyait les gens qui enterraient les morts. Il n'y avait pas de cercueils, on enveloppait les morts dans un vieux drap, sans même le coudre, et on creusait à la hâte un trou à flanc de colline, en mettant quelques gros rochers pour que les chiens errants ne les déterrent pas. Mais nous voulions croire que cela se passait très loin, et que, grâce à Loula, rien de tout cela ne pouvait nous arriver.

Il faisait froid, à présent. La nuit, le vent soufflait sur les étendues de pierres, brûlait les paupières, engourdissait les membres. Parfois il pleuvait, et j'écoutais le bruit de l'eau ruisselant sur les planches et sur le toit de carton goudronné. Malgré notre malheur, cela me semblait aussi bon que si nous avions été dans une maison, avec de hauts murs bien secs, et un bassin

271

dans la cour où la pluie aurait fait sa musique. Pour récolter la pluie, Aamma avait mis sous les gouttières tous les récipients qu'elle avait pu trouver, les casseroles, les cruches, les boîtes de lait en poudre vides, et jusqu'à un vieux capot de voiture que les enfants avaient trouvé dans le lit de la rivière. Alors j'écoutais la pluie tintinnabuler dans tous les récipients, et je retrouvais la même joie qu'autrefois, chez moi, quand j'écoutais l'eau cascader le long du toit et sur les carreaux de la cour, et arroser les orangers en pots que mon père avait plantés. C'était un bruit qui me donnait envie de pleurer, aussi, parce qu'il me parlait, il me disait que jamais plus rien ne serait comme avant, et que je ne retrouverais plus ma maison, ni mon père, ni les voisins, ni rien de ce que j'avais connu.

Aamma Houriya venait s'asseoir près de moi, comme si elle devinait ma tristesse. Elle me parlait doucement, peut-être qu'elle me racontait une histoire de Djinn, et je m'appuyais sur elle, mais sans trop peser, parce qu'elle était affaiblie par les privations. Le soir, quand la pluie avait commencé à tomber, elle avait plaisanté : « Maintenant, la vieille plante va pouvoir reverdir. » Mais je savais bien que la pluie ne lui rendrait pas ses forces. Elle était si pâle et maigre, et la toux ne la quittait plus.

A présent, c'était Roumiya qui s'occupait d'elle. Aamma gardait le bébé enveloppé dans les linges, elle lui chantait des berceuses.

Il y avait longtemps que le camion des Nations unies n'était pas revenu. Les enfants allaient dans les collines à la recherche de racines à manger, de feuilles et de fruits de myrte. Saadi connaissait bien le désert. Il savait capturer des proies, de petits oiseaux et des gerboises qu'il faisait griller et qu'il partageait avec nous. Jamais je n'aurais cru que manger de si petites bêtes me ferait tant plaisir. Il rapportait aussi des baies sauvages, des arbouses, qu'il cueillait loin, au-delà des collines. Quand il apportait sa récolte, dans un chiffon qu'il déposait cérémonieusement sur la pierre plate devant la porte, nous nous précipitions sur les fruits pour les manger et les sucer avidement, et lui, d'une voix égale, se moquait : « Ne vous mordez pas les doigts ! Ne mangez pas des pierres ! »

Il y avait quelque chose d'étrange à présent, entre le Baddawi et Roumiya. Elle, qui autrefois regardait ailleurs quand Saadi approchait de la maison, mainte-nant tirait son voile sur son visage, comme pour se cacher, mais ses yeux clairs regardaient le jeune homme. Le matin, quand je revenais des puits, je n'avais plus besoin d'aller en haut de la colline pour trouver Saadi. Il était là, assis sur la pierre plate, à côté de la maison. Il ne parlait à personne, il restait un peu à l'écart, comme s'il attendait quelqu'un. Maintenant, je ne pouvais plus prendre sa main dans la mienne, ni mettre ma tête sur son épaule pour l'écouter. Il me parlait avec la même voix douce et chantante, mais je devinais que ce n'était plus moi qu'il attendait. C'était la silhouette de Roumiya, cachée dans l'ombre de la maison, Roumiya dont Aamma Houriya était en train de passer la longue chevelure au peigne fin, Roumiya qui allaitait son bébé, ou qui préparait le repas avec de la farine et de l'huile. Parfois, ils parlaient ensemble. Roumiya s'asseyait sur le pas de la porte, enveloppée dans son voile bleu, et Saadi s'asseyait de l'autre côté de la porte, et ils parlaient, ils riaient.

Alors je montais en haut de la colline, mon bâton à la main, pour éloigner les chiens. Il n'y avait plus d'enfants, j'étais la seule à guetter l'arrivée du camion du ravitaillement. La lumière du soleil éblouissait, le vent soulevait la poussière au fond des vallées. Au loin, l'horizon était gris, bleu, impalpable. Je pouvais ima-giner que j'étais au bord de la mer, sur la plage, au

273

crépuscule, et que je guettais l'arrivee des barques de pêche, pour voir la première celle que je connaissais bien, avec sa voile rouge et, sur l'étrave, l'étoile verte de mon nom, que mon père emmenait avec lui.

Un matin, un étranger est venu dans notre camp, accompagné de soldats. J'étais en haut de la colline à guetter quand le grand nuage de poussière s'est levé sur la route de Zeïta, et j'ai compris que ce n'étaient pas les camions de nourriture. Mon cœur s'est mis à battre de peur, parce que je croyais que c'étaient les soldats qui venaient pour nous tuer.

Quand le convoi est entré dans le camp, tout le monde est resté caché, parce qu'on avait peur. Puis les hommes sont sortis des cabanes, et avec eux les femmes et les enfants. J'ai descendu la colline en courant.

Les camions et les voitures s'étaient arrêtés à l'entrée du camp, et des hommes et des femmes en étaient descendus, des soldats, des médecins, des infirmières. Certains prenaient des photos, ou parlaient aux hommes, distribuaient des bonbons aux enfants.

Je me suis approchée dans la foule pour entendre ce qu'ils disaient. Les hommes en blanc parlaient en anglais, et je ne comprenais qu'un mot ou deux, au vol. « Qu'est-ce qu'ils disent ? Qu'est-ce qu'ils disent ? » Une femme m'interrogeait avec inquiétude. Dans ses bras, il y avait un enfant au visage émacié, au crâne tondu par la teigne. « Ce sont des médecins, ils viennent pour nous soigner. » J'ai dit cela pour la rassurer. Mais elle continuait à regarder, à demi cachée par son voile, elle répétait : « Qu'est-ce qu'ils disent ? »

Au milieu des soldats, il y avait un étranger très grand et mince, élégant, habillé en gris. Alors que tous les autres portaient des casques, lui était nu-tête. Il avait un visage doux, un peu rouge, il penchait la tête de côté pour écouter ce que lui disaient les médecins. J'ai pensé qu'il était le chef des étrangers, et je me suis approchée pour mieux le voir. Je voulais aller vers lui, je voulais lui parler, lui dire ce que nous souffrions, ici, les enfants qui mouraient chaque nuit, qu'on enterrait le matin au pied de la colline, les pleurs des femmes qui bourdonnaient d'un bout à l'autre du camp, et il fallait se boucher les oreilles et courir jusqu'à la colline, pour ne pas les entendre.

Quand ils se sont mis à marcher dans les rues, avec les soldats, mon cœur s'est mis à battre très vite. J'ai couru vers eux, sans honte malgré ma robe déchirée et mes cheveux emmêlés et mon visage taché par la saleté. Les soldats ne m'ont pas vue tout de suite, parce qu'ils surveillaient les côtés, au cas où quelqu'un aurait voulu les attaquer. Mais lui, le grand homme aux habits clairs, il m'a vue, et il s'est arrêté de marcher, les yeux fixés sur moi, comme s'il m'interrogeait. Je voyais bien son visage doux, rougi par le soleil, ses cheveux argentés. Les soldats m'ont arrêtée, m'ont retenue, ils serraient mes bras si fort qu'ils me faisaient mal. J'ai compris que je n'arriverais pas jusqu'au chef, que je ne pourrais pas lui parler, alors j'ai crié tout ce que je savais en anglais, c'était : « Good morning sir ! Good morning sir !... » Je criais cela de toutes mes forces, et je voulais qu'il comprenne ce que j'avais à lui dire avec ces seuls mots. Mais les soldats m'ont écartée, et le groupe des hommes en blanc et des infirmières est passé. Lui, leur chef, s'est retourné vers moi, il m'a regardée en souriant, il a dit quelque chose que je n'ai pas compris, mais je crois que c'était simplement, « Good morning », et tous les gens ont continué avec lui. Je l'ai vu qui s'éloignait à travers le camp, sa haute silhouette claire, sa tête un peu penchée de côté. Je suis retournée avec les autres, les femmes, les enfants. J'étais si fatiguée de ce que j'avais fait que je ne sentais pas la douleur de mes bras, ni même le désespoir de n'avoir rien pu dire.

Je suis revenue dans notre maison. Aamma Houriya était allongée sous la couverture. J'ai vu comme elle était pâle et maigre. Elle m'a demandé si le camion de nourriture était enfin arrivé et, pour la rassurer, j'ai dit que le camion avait tout apporté, du pain, de l'huile, du lait, de la viande séchée. J'ai parlé aussi des médecins et des infirmières, des médicaments. Aamma Houriya a dit : « C'est bien. C'est bien. » Elle est restée allongée par terre sous la couverture, la tête appuyée sur une pierre.

La maladie est venue dans le camp, malgré la visite des médecins. Ce n'était plus la mort furtive, qui emportait les jeunes enfants et les vieillards pendant la nuit, ce froid qui entrait dans le corps des plus faibles et éteignait la chaleur de la vie. C'était une peste, qui parcourait les allées du camp, et semait la mort en plein jour, à chaque instant, même chez les hommes les plus valides.

Cela avait commencé par les rats, qu'on voyait mourir dans les rues du camp, en plein soleil, comme s'ils avaient été chassés du fond des ravins. Au début, les enfants jouaient avec les rats morts, et les femmes les jetaient au loin en les ramassant avec un bâton. Aamma Houriya disait qu'il fallait les brûler, mais il n'y avait pas d'essence, ni de bois pour faire un bûcher.

Les rats étaient sortis de tous les côtés. La nuit, on les entendait courir sur les toits des maisons, leurs griffes grinçaient sur la tôle et sur les planches.

C'était la mort qu'ils fuyaient ainsi. Le matin, quand j'allais à l'aube chercher l'eau de la journée, les alentours des puits étaient jonchés de rats morts. Même les chiens errants n'y touchaient pas.

Les enfants sont morts d'abord, ceux qui avaient joué avec les rats. Le bruit s'est répandu dans le camp, parce que des enfants, les frères ou les amis de ceux qui étaient morts, couraient à travers le camp en criant. Leurs voix aiguës répercutaient les mots terribles, incroyables, qu'ils ne comprenaient pas eux-mêmes, comme les noms de démons : « Habouba !... Kahoula !... » Les cris des enfants résonnaient comme des cris d'oiseaux sinistres, dans l'air immobile de l'après-midi. Je suis sortie sous le soleil brûlant, j'ai marché dans les allées du camp. Il n'y avait personne. Tout semblait endormi, et pourtant la mort était partout. Vers l'extrémité nord, là où étaient les nouveaux venus, les riches d'al-Quds, de Jaffa, d'Haïfa, qui avaient fui la guerre, les gens étaient rassemblés devant une maison. Il y avait là un homme vêtu comme un Anglais, mais ses habits étaient salis et déchirés. C'était le dentiste de Haïfa. C'était lui qui avait reçu les médecins et le chef des étrangers dans le camp. Je l'avais vu avec les soldats. Il m'avait regardée quand j'avais couru au-devant d'eux pour essayer de parler à l'homme aux habits clairs.

Il était debout devant la maison, avec un mouchoir sur son visage. A côté de lui, effondrées, des femmes pleuraient, leur voile sur leur bouche et sur leur nez. Dans l'ombre de la maison, il y avait le corps d'un jeune garçon étendu par terre. La peau de son buste et de son ventre était marquée de plaques bleu sombre, et sur son visage, jusque sur la paume de ses mains il y avait des taches effrayantes.

Le soleil brillait fort dans le ciel sans nuages, la chaleur faisait trembler les collines de pierres, autour du camp. Je me souviens d'avoir marché lentement dans les rues, pieds nus dans la poussière, écoutant les

277

bruits qui venaient des maisons. J'entendais les coups de mon cœur, et le silence m'entourait, sous cette lumière aveuglante, comme si le monde entier avait été touché par la mort. Dans les maisons, les gens étaient cachés dans l'ombre. On n'entendait pas leur voix, mais je savais qu'ici, ou là, il y avait d'autres enfants, et des femmes, des hommes, que la peste avait pris, et qui brûlaient de fièvre, et geignaient à cause de la douleur qui venait de leurs glandes enflées et dures, sous les bras, dans le cou, à l'aine. Je pensais à Aamma Houriya, et j'étais sûre que les marques fatales étaient déjà apparues sur son corps. J'avais la nausée. Je ne pouvais pas rentrer. Malgré la chaleur, j'ai grimpé la pente de cailloux, jusqu'en haut de la colline, jusqu'à la tombe du vieux Nas.

Il n'y avait plus d'enfants, et le Baddawi n'était plus dans son abri de branches. Plus personne ne guettait l'arrivée du camion de nourriture, et d'ailleurs peut-être qu'il ne viendrait plus jamais. La peste allait effacer tous les vivants de Nour Chams. Peut-être même qu'elle avait touché la terre entière, un fléau que les Djenoune avaient envoyé aux hommes, sur l'ordre de Dieu, pour qu'ils cessent de faire la guerre ; et ensuite, quand tous seraient morts et que le sable du désert aurait recouvert leurs os, les Djenoune reviendraient, ils régneraient à nouveau dans leur palais sur le jardin du paradis.

J'ai attendu tout le jour, à l'ombre des arbustes calcinés, espérant je ne savais quoi. Espérant peut-être que Saadi viendrait. Mais depuis qu'il habitait à côté de notre maison, il ne venait plus jusqu'au tombeau. Quand il partait, c'était pour plusieurs jours, pour chasser des lièvres ou des perdrix, dans les montagnes de l'est, ou vers le nord, à Bedus, là où il racontait qu'il y avait les ruines d'un palais des Djenoune, comme dans la vallée de son enfance.

Tout le jour, j'ai guetté du haut de la colline, attendant la silhouette d'un homme, d'un enfant, écoutant les voix lointaines des femmes.

Avant le coucher du soleil, je suis redescendue, à cause des chiens sauvages qui venaient avec la nuit. Dans la maison sombre, ce n'est pas Aamma qui était malade. C'était Roumiya. Etendue par terre, sur son drap, elle était déjà prise par le mal. La fièvre avait gonflé son visage, ses yeux étaient injectés. Elle respirait vite, en faisant un bruit douloureux, et son corps était secoué de frissons, par vagues. Près d'elle, Aamma Houriya était silencieuse. Enveloppée dans son voile bleu, elle la regardait sans bouger. Le bébé Loula n'était plus là. Aamma l'avait confié à une voisine. De temps en temps, comme j'avais fait dans le ravin, quand Roumiya accouchait, Aamma trempait un linge dans la cruche d'eau, et elle le tordait lentement au-dessus du visage de la jeune femme. L'eau coulait sur les lèvres, mouillait le cou, les cheveux. Déjà les yeux de Roumiya ne voyaient plus. Elle n'entendait plus, elle ne sentait même pas l'eau qui coulait sur ses lèvres écorchées.

Cette nuit-là, Aamma Houriya est restée tout le temps assise à côté de Roumiya. Dehors, la lune était pleine, magnifique, seule au milieu du ciel bleu-noir. Pour ne pas entendre le bruit de la respiration, j'ai dormi au-dehors, enveloppée dans ma couverture, la tête appuyée sur la pierre plate du seuil. A l'aube, Saadi est arrivé. Il apportait des perdrix, des dattes sauvages. Debout devant la porte de la maison, appuyé sur un bâton, il semblait très grand, maigre. Son visage noir brillait comme du métal.

Saadi est entré dans la maison, et j'ai guetté le silence, comme dans les rues du camp. Il est ressorti, il a fait quelques pas, et il s'est assis près de la porte, brisé de fatigue. Les oiseaux morts et les dattes se sont répandus dans la poussière. Je suis entrée dans la maison. Aamma Houriya était assise à la même place, son chiffon à la main. Dans l'ombre, je voyais le corps de Roumiya, son visage renversé, ses yeux fermés, ses cheveux blonds mouillés sur ses épaules. Elle semblait dormir. Je pensais quand elle était arrivée dans le camp, il y avait très longtemps, il me semblait, très longtemps. C'était le silence de la mort, et je ne sentais aucune larme dans mes yeux. Mais c'était une mort comme à la guerre, qui glaçait tout autour d'elle. Le visage de Roumiya n'était pas marqué par le mal. Il était très blanc, avec deux cernes sombres autour des yeux. Jamais je ne pourrais oublier ce visage. Comme je restais immobile, debout près de la porte, Aamma Houriya m'a regardée. Son regard était dur. Avec une voix que je n'avais jamais entendue, presque de la haine, elle a dit : « Va-t'en. Pars d'ici. Prends l'enfant et pars. Nous allons tous mourir. » Elle s'est couchée par terre, à côté de Roumiya. Elle a fermé les yeux, elle aussi, comme si elle allait s'endormir. Alors j'ai baisé sa tête, et je suis partie.

Dans la maison de la voisine, j'ai préparé un paquet, avec du pain, de la farine, des allumettes, du sel, plusieurs boîtes de lait Klim pour Loula. J'ai mis aussi mes cahiers, où j'avais écrit ma vie chaque jour. C'était tout ce que j'emportais du camp. Saadi avait gardé sa bouteille d'eau prête. Puis j'ai attaché le bébé dans mon dos, avec un voile, j'ai pris le paquet, et je suis sortie du camp, sur la route par laquelle venaient les camions du ravitaillement.

Le soleil était encore bas, au ras des collines, mais déjà l'horizon tremblait. A un moment, je me suis retournée pour regarder le camp. Saadi, à côté de moi, ne disait rien. Son regard était étroit et dur. Il a posé la main sur mon épaule, et il m'a entraînée sur le chemin.

Ils ont marché chaque jour, du lever du soleil jusqu'à midi, vers le sud, à travers les collines desséchées. Quand le lait Klim a été terminé, Nejma a dit qu'il fallait trouver du lait, sinon l'enfant mourrait. Les soldats occupaient Tulkarm. Du haut d'un promontoire, Saadi a guetté tout le jour, sans bouger, comme il faisait en haut de la colline de pierres, près de la tombe du vieux Nas. Sa vue était si perçante qu'il pouvait apercevoir les fils de fer barbelés qui enfermaient la ville, et les postes des mitrailleuses cachés sous les pierres. De l'autre côté, il y avait le fil noir de la voie ferrée qui traversait les champs fertiles, et plus loin encore, les fumées du port de Moukhalid, et l'étendue de la mer, sombre et irréelle.

Quand il est revenu, c'est cela surtout que Nejma a écouté : la mer, lointaine, inaccessible. Elle s'est allongée à l'ombre d'un arbre, pour donner à boire à Loula, avec le biberon où elle a délayé les dernières cuillerées de lait en poudre. Après avoir bu, l'enfant recommençait à geindre. Saadi est reparti.

Elle a attendu là, près de l'arbre, tout le reste du jour, puis dans la nuit froide, et encore le jour suivant, presque sans bouger, sauf pour faire ses besoins, se déplaçant avec l'ombre de l'arbre. Il restait seulement un peu d'eau sucrée pour Loula, et quelques biscuits Marie. Si Saadi ne revenait pas, il faudrait mourir.

Le bébé souffrait de la soif, de la chaleur. Malgré les linges qui l'enveloppaient, sa peau était brûlée par le soleil, ses lèvres étaient enflées. Pour l'apaiser, Nejma a chanté les chansons de son enfance, mais elle ne se souvenait plus très bien des paroles. Elle restait en suspens, le regard dans le vide, écoutant la respiration de Loula, un bruit étrange dans le silence des collines.

Plusieurs fois, elle a vu des ombres passer, et son cœur a battu plus fort, parce qu'elle croyait que c'était Saadi qui revenait. Mais c'étaient des gens qui fuyaient Tulkarm, qui allaient vers le sud, eux aussi. Ils sont passés sans se douter de la présence de Nejma, sans entendre Loula pleurnicher dans le noir.

Le deuxième soir, alors que Nejma avait fait sa prière en passant sa main sur son visage et sur celui de l'enfant, parce qu'elle s'apprêtait à mourir, Saadi est arrivé. Il est venu jusqu'à l'arbre, sans faire de bruit, il a dit à Nejma : « Viens voir. » Sa voix était impatiente. Il a aidé Nejma à marcher. « Viens vite. » Plus bas, Nejma a vu deux formes claires attachées à un arbuste : une chèvre et son chevreau. Elle a ressenti une joie violente, comme elle n'en avait pas eu depuis son enfance. Elle a couru vers les bêtes qui ont sursauté. La chèvre a tiré sur sa corde en se débattant, et le chevreau a commencé à courir à travers les broussailles. Nejma a posé le bébé par terre, elle s'est approchée de la chèvre, avec un des derniers biscuits anglais dans la paume de sa main. Quand la chèvre a été calmée, Nejma a essayé de la traire, mais ses mains n'avaient pas de force.

C'est le Baddawi qui a trait la chèvre, dans une assiette de métal. Les pis gonflés jetaient le lait épais, odorant. Tout de suite, Nejma a versé le lait chaud dans le biberon et l'a porté à Loula. Le bébé buvait sans reprendre son souffle, puis s'est endormi, et Nejma l'a couché au pied de l'arbre. Il restait encore du lait. Saadi a bu le premier, et Nejma a bu à son tour, à même l'assiette. Le lait tiède et salé coulait dans sa gorge, étendait sa chaleur jusqu'au fond de son corps. « C'est bon. » Pour la première fois, Nejma reprenait espoir. « Nous ne mourrons plus, maintenant. » Elle a dit cela à voix basse, pour elle-même. Saadi la regardait sans répondre.

La nuit est venue, et ils se sont couchés par terre, avec Loula entre eux. Dans la nuit, Nejma écoutait le chevreau qui trébuchait dans les pierres, puis les coups de tête quand il tétait sa mère. Les étoiles brillaient dans le ciel sombre. Il y avait longtemps que Nejma ne les avait pas regardées. Elles étaient belles vers le sud. Elles n'étaient pas les mêmes que celles qui luisaient au-dessus du camp.

Le froid arrivait. Nejma a pris la main du Baddawi, et il est venu près d'elle, en passant par-dessus le corps du bébé endormi. La tête appuyée contre sa poitrine, Nejma sentait la vibration de sa vie, son odeur. Ils sont restés un long moment sans bouger, les yeux ouverts dans le noir. Le désir a grandi dans le corps du garçon, il a défait ses vêtements. Nejma sentait un vertige, elle s'est mise à trembler. « As-tu peur ? » a demandé Saadi, sans moquerie, doucement. Elle s'est soudée à lui, l'entourant de ses bras et de ses jambes, pressant sa poitrine contre lui. Sa respiration allait vite, comme si elle avait couru. Il n'y avait pas de pensées en elle, seulement la nuit froide au-dehors, les étoiles brillantes, et le corps brûlant de Saadi, son sexe qui la pénétrait en la déchirant.

Ils ont marché chaque jour, un peu plus loin vers le sud, à travers les collines, apercevant de temps à autre la ligne sombre de la mer. Ensuite ils ont remonté le cours des rivières desséchées, jusqu'à Djemmal. La chèvre et le chevreau les suivaient, buvaient la même eau des puits, mangeaient les mêmes racines. Chaque matin et chaque soir, après que Loula était rassasiée, ils buvaient le lait tiède qui leur donnait des forces. Saadi avait montré à Nejma comment presser les pis gonflés et faire jaillir le lait.

Ils mangeaient les baies du myrte, les arbouses. Ils n'entraient pas dans les villes, de peur des soldats. La guerre était partout. Le grondement des canons roulait au loin comme le tonnerre, mais ils ne voyaient pas les combats. A certains endroits, les maisons écroulées, les carcasses des chevaux et des ânes, les trous des obus dans la terre. Un jour, comme ils approchaient d'Az-zoun, dans la montagne, il y a eu un bruit terrifiant dans le ciel. Saadi et Nejma sont restés figés, tandis que les avions avançaient, et leur ombre courait sur la terre. Les Constellations ont traversé lentement le ciel, traçant un demi-cercle dont Nejma et Saadi sem-blaient le centre. Pendant ce temps, la chèvre et son petit se sont enfuis à travers les broussailles. Quand les avions ont disparu derrière l'horizon, Nejma tremblait si fort qu'elle a dû s'asseoir par terre, en serrant l'enfant qui pleurait. « Ce n'est rien », a dit Saadi. « Ils vont vers le sud, à Jérusalem. » Mais il n'avait jamais vu des avions de si près.

Il a couru pour rattraper la chèvre. Pour reprendre la corde, il a dû ruser et se placer au vent, comme s'il chassait un lièvre.

Ensuite ils ont marché dans la direction d'Haouarah, vers l'est, jusqu'au soir. A la nuit tombante, ils sont arrivés dans la vallée d'Azzoun. Ils se sont installés au bord de la rivière, sous les acacias. La soirée était fraîche, le vent bruissait dans les feuilles, il y avait des chauves-souris dans le ciel. Un peu en retrait, un bois d'oliviers abandonnés faisait une odeur tranquille. Ici, avec l'eau de la rivière qui coulait doucement, l'odeur des arbres, le bruit du vent dans les acacias et les palmiers nains, on oubliait la faim, la soif, la guerre, tout ce qui faisait mourir les femmes et les enfants, qui chassait les gens loin de chez eux, et cette maladie qui faisait des taches sur le corps et le visage des adolescents, qui avait brûlé le corps de Roumiya. Nejma entendait la voix d'Aamma Houriya qui répétait : « Va-t'en ! Pars d'ici. Nous allons tous mourir. »

Saadi est allé se laver dans la rivière, avant la prière. Il s'est tourné vers la vallée de son enfance, al-Moujib, et il a touché le sable de la plage avec son front. Quand la nuit a été complète, il a ôté tous ses habits et il est entré dans la rivière. Il a nagé un moment contre le courant.

Nejma est venue le rejoindre. Elle a gardé son sherwal et, en tenant le bébé contre sa poitrine, elle est entrée dans la rivière. L'eau froide l'enveloppait, faisait des tourbillons dans son dos. Loula a crié, mais Nejma lui parlait doucement, et l'eau lui a donné envie de rire. A la lueur des étoiles, la rivière scintillait entre les rives noires. Le vent venait par rafales, résonnait dans les feuilles des acacias.

Quand Nejma est sortie, Saadi avait déjà trait la chèvre. Il a donné le biberon tiède à Loula. Puis à tour de rôle, ils ont bu à même l'assiette de métal. Nejma voulait allumer du feu pour se réchauffer, mais Saadi craignait d'attirer l'attention des soldats. Ils ont mangé des baies de myrte, des figues sauvages, et quelques olives amères. L'enfant dormait déjà enveloppé dans le voile de Nejma, dans un creux de sable.

Saadi et Nejma se sont couchés dans leurs habits. Ils écoutaient le bruit du vent dans les feuilles des acacias, le glissement continu de l'eau dans la vallée. Saadi s'est penché sur le visage de Nejma, il l'a effleuré de ses lèvres. Elle a goûté la chaleur de son souffle, comme une ivresse. Quand il l'a pénétrée, elle n'a plus ressenti de douleur. Elle a serré ses jambes et ses bras autour de son corps, ses mains ont entouré sa nuque. Elle entendait le bruit de la respiration qui grandissait, et les coups de son cœur, de plus en plus rapides.

Ils se sont installés pour rester, au fond de la vallée, là où la rivière faisait un bassin d'eau profonde, bleu comme la mer, que frôlaient les oiseaux. Sur les rives, il y avait les acacias, les tamaris, des oliviers sauvages. Dans une colline, au-dessus de la vallée, Saadi a découvert les ruines d'une ferme, quelques hauts murs en pierre et en pisé, les restes d'un toit calciné. L'incendie avait brûlé tout autour de la ferme, jusqu'au corral. Nejma n'a pas voulu entrer. Elle a dit que c'était une maison de morts. Saadi a enfermé les chèvres dans le corral, et il a construit un abri de branches plus bas, au bord de la rivière.

Les journées étaient longues et belles, ici, dans cette vallée. Le matin, Nejma regardait la lumière du soleil qui naissait dans l'échancrure des collines, au-dessus de l'eau de la rivière. L'eau brillait comme un chemin d'étincelles entre les rives encore sombres. Le ciel s'éclairait, et les collines rocheuses sortaient de la nuit. Nejma marchait jusqu'au bassin, laissant Loula dormir dans ses voiles, sous l'abri. Elle lavait son corps, son visage, ses cheveux, tournée vers le soleil. Quand la prière était faite, elle allumait le feu avec les branches mortes que Saadi apportait. Elle faisait bouillir dans la gamelle les salsifis blancs, les carottes sauvages, et d'autres racines que Nejma ne connaissait pas, âpres, amères. Ils ne faisaient du feu qu'à l'aube, parce que Saadi affirmait que les avions ne pouvaient pas les voir, à cause du brouillard.

Nejma pensait que la guerre était peut-être finie, que tout le monde était mort, dans les camps, à Tulkram, à Nour Chams. Les soldats étaient peut-être retournés chez eux.

Quand Loula avait fini de boire son biberon, Nejma restait assise avec elle, à l'ombre des tamaris. Elle regardait l'eau couler dans le bassin profond : il y avait longtemps qu'elle n'avait pas connu une telle paix. Elle pouvait rêver, les yeux à demi fermés, au mouvement de la mer sur les rochers, aux cris des mouettes quand les barques des pêcheurs revenaient vers le môle.

Saadi cherchait de la nourriture. Pieds nus, vêtu de sa robe de laine, son visage et ses cheveux cachés par son long voile blanc, il parcourait les collines de pierres à la recherche de racines et de baies de myrte. Un jour, dans un acacia il avait trouvé une ruche accrochée aux branches, comme un fruit du soleil. Avec des feuilles sèches, il avait allumé un feu, jusqu'à ce que la fumée fasse sortir les abeilles. Alors il avait grimpé à l'arbre, et il avait brisé la ruche, pour prendre les rayons. Nejma avait mangé avec délice le miel épais, mêlé aux cellules, et même Loula avait sucé les rayons.

Les journées passaient comme cela, du lever au coucher du soleil, avec seulement le bruit monotone de la rivière, les cris et les larmes de Loula, les bêlements doux de la chèvre et du chevreau. Saadi disait à Nejma : « Ma femme », et cela le faisait rire. C'était le soir qu'elle aimait surtout, quand tout était fini. Saadi se tournait vers la nuit pour appeler le nom de Dieu, puis il venait s'asseoir à côté de Nejma, et ensemble ils parlaient, tandis que Loula s'endormait. C'était comme si personne d'autre ne vivait dans le monde, comme s'ils étaient les premiers, ou les derniers, c'était la même chose. Les chauves-souris apparaissaient dans le ciel gris, à leur tour elles frôlaient le bassin d'eau profonde, à la chasse aux moustiques. Saadi et Nejma buvaient le lait de chèvre encore tiède, trempant leurs lèvres dans l'assiette de métal à tour de rôle. Les étoiles brillaient, devant eux, dans l'échancrure des collines, le vent froid de la nuit commençait à faire son bruit dans les feuilles des tamaris.

Plus tard, quand il faisait vraiment froid, Saadi se penchait doucement sur les lèvres de Nejma, et elle buvait son souffle de vie. C'était un instant si ardent, qu'il lui semblait qu'elle n'avait jamais vécu que pour cela, quand leurs corps s'unissaient, quand leur souffle, leur sueur se mêlaient, et que tout autour d'eux disparaissait. Et plus tard, tandis que Nejma sentait le sommeil engourdir ses sens, Saadi récitait un poème, un chant, à voix presque basse, tout près de son oreille, qui parlait de sa vallée natale, de son père et de sa mère, de ses frères, des troupeaux qu'ils conduisaient vers la vallée où coulait le grand fleuve. Il chantait cela pour elle et pour lui-même, puis à son tour il se couchait, enveloppé dans son manteau.

Une nuit, ils ont été réveillés par les gens qui approchaient : des ombres marchaient au bord du fleuve, s'arrêtaient devant le bassin. Saadi était attentif, prêt à se défendre. Alors ils ont entendu pleurer des enfants. C'étaient des fugitifs, comme eux, qui marchaient la nuit et se cachaient le jour. A l'aube, Nejma est allée à la rivière, portant Loula dans son voile. Elle a vu les arrivants : seulement des femmes et des enfants, qui venaient des camps, d'Attil, de Tulkarm, de Kalansaoueh, ou bien des villes de la côte, de Jaffa, de Moukhalid, de Tantourah. Les femmes racontaient des choses terribles, les villages détruits, brûlés, les bêtes tuées, les hommes prisonniers, ou enfuis dans la montagne, et les femmes et les enfants sur les routes, portant les ballots de nourriture sur leur tête. Ceux qui avaient eu de la chance avaient pris des camions pour aller jusqu'en Irak. Les soldats étaient partout. Ils parcouraient les routes dans les autos blindées, ils allaient vers al-Quds, et plus loin encore, jusqu'au lac salé.

Les vieilles femmes psalmodiaient, invoquaient les noms de leurs fils qui avaient été tués. Quelques-unes ont interpellé Saadi : « Et toi ? Pourquoi n'es-tu pas au combat ? Pourquoi fuis-tu avec les femmes, au lieu de prendre ton fusil ? » Saadi n'a pas répondu. Quand les femmes ont vu que Nejma tenait un enfant, elles ont cessé leurs invectives. « C'est ton fils ? » Elles ont écarté le voile, et elles ont vu que c'était une fille. Nejma a menti : « C'est ma première fille. Elle s'appelle Loula, première fois. » Les femmes ont éclaté de rire. « Alors, tu as eu cet enfant la première fois que tu as couché avec lui ! »

Saadi voulait partir. Il disait que maintenant, d'autres gens allaient venir, et que les soldats les emmèneraient. Il a dit cela calmement. Lui, il trouvait cela normal, de partir. Depuis qu'il était enfant, il n'avait pas cessé de faire ses paquets et de marcher dans le désert, derrière les troupeaux. Mais Nejma a regardé tout autour d'elle avec tristesse. C'était le premier endroit où elle avait pu vivre sans penser à la guerre. C'était comme autrefois, à Akka, sous les remparts, quand elle regardait la mer, et qu'il n'y avait pas besoin d'avenir.

Ils sont partis au lever du jour, poussant devant eux la chèvre et le chevreau, remontant la vallée jusqu'à ce que la rivière devienne un torrent d'eau claire courant dans les rochers. Un matin, comme ils arrivaient au sommet d'une montagne, non loin de Haouarah, Saadi a montré à Nejma une ombre verte, à l'horizon. « C'est le Ghor, le grand fleuve. »

Pour contourner les falaises, ils ont pris le chemin du

sud, vers Yassouf, Loublan, Djidjiliah. Puis, de nouveau vers le levant, jusqu'à Mejdel. Saadi regardait la grande vallée avec inquiétude. Des nuages de poussière montaient dans l'air. « Les soldats sont déjà là-bas. » Mais Nejma ne pouvait pas les voir. La conjonctivite troublait sa vue. Elle était si fatiguée qu'elle s'endormait sur le sol, sans entendre les pleurs de l'enfant.

Ils ont dormi dans les ruines de Samra, avant de descendre vers le fleuve. Le matin, en se réveillant, Saadi a vu que le chevreau était mort. La chèvre se tenait à côté de lui, elle le poussait avec ses cornes, sans comprendre. Saadi a creusé un trou dans la terre, il a enterré le chevreau. Pour que les chiens errants ne le déterrent pas, il a mis sur la tombe des pierres de la ruine romaine. Puis il a trait la chèvre. Mais les pis gercés ne donnaient que peu de lait, mêlé de sang.

Avant le soir, ils sont arrivés au grand fleuve. L'eau boueuse coulait dans la vallée, au milieu des grands arbres. Partout, près des rives, il y avait les traces des hommes, des marques de chenilles, des pneus éclatés, des traces de pas aussi, des excréments.

Ils ont marché vers le sud, vers al-Riha, la frontière. Au crépuscule, ils ont rencontré d'autres fugitifs. C'étaient des hommes, cette fois, qui venaient d'Amman. Ils étaient maigres, brûlés, en haillons. Certains marchaient pieds nus. Ils ont parlé des camps où les gens mouraient de faim et de fièvre. Les enfants mouraient si nombreux qu'il fallait jeter leurs corps dans les canaux asséchés. Ceux qui en avaient la force partaient vers le nord, vers le pays blanc, le Liban, vers Damas.

Saadi et Nejma ont traversé le fleuve avant la nuit, par le pont gardé par les soldats du roi Abdallah. Toute la nuit, ils sont restés au bord du fleuve. La chaleur était souterraine, comme s'il y avait un feu qui brûlait dans les profondeurs. Quand le jour s'est levé, Nejma a vu pour la première fois la mer de Lot, le grand lac salé. Au-dessus de l'eau, il y avait d'étranges nuages bleus, blancs, qui traînaient vers les falaises. Près du rivage, là où l'eau du fleuve se déversait, une écume jaune faisait une barrière qui tremblait dans le vent. Nejma a regardé la mer de ses yeux brûlants. Le soleil n'était pas encore dans le ciel, mais déjà le souffle du vent était chaud. Saadi a montré, vers le sud, les montagnes effacées par la brume. « C'est al-Moujib, la vallée de mon enfance. » Ses vêtements étaient en lambeaux, ses pieds nus étaient blessés par les cailloux et, sous son voile blanc, son visage était desséché et noirci. Il a regardé Nejma, et Loula qui geignait, la bouche collée au voile, pour chercher un sein à sucer. « Jamais nous n'arriverons à al-Moujib. Nous ne verrons jamais les palais des Djenoune. Peut-être qu'ils sont partis, eux aussi. » Il a dit cela avec sa voix tranquille, mais les larmes coulaient de ses yeux, traçaient des lignes sur ses joues et mouillaient le bord de son voile poussiéreux.

Sur le pont, les femmes, les enfants commençaient à traverser. Les fugitifs marchaient sur la route, vers le levant, vers Salt, vers les camps d'Amman, de Wadi al-Sirr, de Madaba, de Djebel Hussein. La poussière sous leurs pieds faisait un nuage gris qui tourbillonnait dans le vent. De temps en temps, les camions bâchés des soldats passaient sur la route, leurs phares allumés. Saadi a attaché la corde de la chèvre à son poignet, et il a mis son bras droit autour des épaules de sa femme. Ensemble, ils ont commencé à marcher sur la route d'Amman, ils ont mis leurs pas sur les traces de ceux qui les précédaient. Le soleil brillait haut dans le ciel, il brillait pour tous. La route n'avait pas de fin.

L'enfant du soleil

Ramat Yohanan, 1950

J'avais trouvé mon frère, c'était Yohanan, le garçon qui nous avait donné à manger du mouton sur la plage, quand nous étions arrivées pour la première fois. Son visage est très doux, il a toujours les mêmes yeux rieurs, les cheveux noirs et bouclés comme ceux des Tziganes. Quand nous sommes entrées au kibboutz, c'est lui qui nous a montré les maisons, les étables, la tour, les réservoirs. Avec lui, j'ai marché jusqu'à l'orée des champs. Entre les pommiers, j'ai vu briller l'étang et, sur la colline, de l'autre côté de la plaine, les maisons des Druzes.

Yohanan ne parlait toujours rien d'autre que le hongrois, et maintenant, quelques mots d'anglais. Mais ça n'avait pas d'importance. On se parlait avec les mains, je lisais dans ses yeux. Je ne sais pas s'il nous avait reconnues. Il était vif et léger, il courait à travers les broussailles, toujours avec son chien. Il faisait un grand détour et il revenait vers moi, haletant. Il riait pour un rien. C'était lui le berger. Chaque jour, à l'aube, il partait avec le troupeau de chèvres et de moutons. Il emmenait les bêtes paître de l'autre côté de la plaine, vers les collines. Il emportait dans un sac en bandoulière du pain, des fruits, du fromage et de quoi boire. Quelquefois c'était moi qui lui apportais un repas chaud. Je traversais les plantations de pommiers, et, quand j'arrivais devant la plaine, j'écoutais les bruits des moutons, pour repérer le troupeau.

Nous sommes entrées au kibboutz de Ramat Yohanan au commencement de l'hiver. Jacques était au combat, à la frontière syrienne, du côté de Tibériade. A chaque permission, il venait avec des amis, dans une vieille Packard verte cabossée, au pare-brise étoilé. Ensemble nous allions jusqu'à la mer, nous marchions dans les rues d'Haïfa, nous regardions les boutiques. Ou bien nous allions sur le mont Carmel, nous restions assis dans les pins. Le soleil brillait sur la mer, le vent faisait du bruit dans les aiguilles, il y avait une odeur de sève. Le soir, il venait avec moi au camp, nous écoutions de la musique, des disques de jazz. Dans le réfectoire, Yohanan jouait de l'accordéon, assis sur un tabouret au milieu de la salle. La lumière de l'ampoule électrique faisait briller ses cheveux noirs. Les femmes dansaient, des danses étranges qui enivraient. Je dansais avec Jacques, je buvais dans son verre du vin blanc, j'appuyais ma tête contre son épaule. Puis nous allions marcher dehors, sans nous parler. La nuit était claire, les arbres luisaient doucement, il y avait des chauves-souris autour des lampes. On se tenait par la main, comme des enfants amoureux. Je sentais sa chaleur, l'odeur de son corps, je ne peux pas l'oublier.

Nous allions nous marier. Jacques disait que ça n'avait pas d'importance, que c'était seulement un rite, pour faire plaisir à ma mère. Au printemps, quand il reviendrait de l'armée.

La permission finie, il repartait dans la voiture avec ses amis, vers la frontière. Il ne voulait pas que j'aille là-bas. Il disait que c'était trop dangereux. Je restais plusieurs semaines sans le voir. Je me souvenais de l'odeur de son corps. C'était Nora qui nous prêtait sa chambre pour que nous fassions l'amour. Je ne voulais pas que ma mère sache. Elle ne demandait rien, mais je crois qu'elle s'en doutait.

Les nuits étaient douces, couleur de velours. On entendait partout le bruissement des insectes. Les soirs du shabbat, la musique de l'accordéon arrivait par bouffées, comme une respiration. Après l'amour, je mettais mon oreille sur la poitrine de Jacques, j'écoutais battre son cœur. Je croyais que nous étions des enfants, si loin, si rêveurs. Je croyais que tout cela était éternel. La nuit bleue, le chant des insectes, la musique, la chaleur de nos corps unis sur l'étroit lit de sangles, le sommeil qui flottait autour de nous. Ou bien nous parlions, en fumant des cigarettes. Jacques voulait étudier la médecine. Nous irions au Canada, à Montréal, ou peut-être à Vancouver. Nous partirions quand Jacques aurait terminé son service dans l'armée. Nous nous marierions, et nous partirions. Le vin nous faisait tourner la tête.

Les champs étaient immenses. Le travail consistait à arracher les jeunes pousses des betteraves, pour n'en garder qu'une tous les vingt-cinq centimètres. Garçons et filles travaillaient ensemble, vêtus des mêmes pantalons et vareuse de grosse toile, et chaussée de godillots à semelles épaisses. Le matin, les champs étaient figés par le froid de la nuit. Il y avait une buée laiteuse qui s'accrochait aux arbres, aux collines. On avançait à croupetons, pour cueillir les tiges pâles des betteraves. Puis le soleil montait au-dessus de l'horizon, le ciel devenait d'un bleu très cru. Les sillons des champs étaient remplis de travailleurs, qui faisaient une rumeur d'oiseaux. De temps en temps, devant nous, s'échappaient des vols de passereaux.

Elizabeth restait au camp. Elle avait été affectée à la lingerie, pour laver et réparer les vêtements de travail. Elle se sentait trop vieille pour rester dehors toute la journée. Mais pour Esther, c'était dur et magnifique. Elle ne se lassait pas de sentir la brûlure du soleil, sur son visage, sur ses mains, sur ses épaules à travers le tissu de la chemise. Elle travaillait avec Nora. Elles avançaient au même rythme le long des sillons, remplissant les sacs de jute avec les pousses arrachées. Au début, elles bavardaient, elles riaient de marcher en

298

canard. De temps à autre, elles s'arrêtaient pour se reposer, assises dans la boue, elles fumaient une cigarette à deux. Mais à la fin de la journée elles étaient si fatiguées qu'elles n'arrivaient plus à marcher. Leurs jambes engourdies ne les portaient plus. Elles finissaient le travail en se traînant sur leurs fonds de culotte. Vers quatre heures, Esther rentrait dans la chambre, elle se couchait sur son lit, pendant que sa mère allait dîner. Puis elle se réveillait, c'était le matin, une nouvelle journée commençait.

Elle portait sur elle la brûlure du soleil. C'était pour toutes ces années perdues, ces années éteintes. Nora portait la brûlure, elle aussi, jusqu'à la folie. Quelquefois elle s'allongeait sur la terre, les bras en croix, les yeux fermés, si longtemps qu'Esther devait la secouer, l'obliger à se relever. « Ne fais pas ça, tu vas être malade. » Quand il n'y avait pas de travail dans les champs, Esther et Nora allaient apporter de la nourriture au berger, du côté des collines. Dès qu'il les voyait arriver, Yohanan sortait son harmonica et il jouait, les mêmes airs qu'à l'accordéon, des danses hongroises. Les enfants du village arrivaient, ils descendaient à travers la colline de pierres, ils s'approchaient timidement. Ils étaient si pauvres, leurs habits déchirés, à travers les trous de leurs robes on voyait leur peau brune. Quand ils voyaient Esther et Nora, ils étaient à demi rassurés, ils descendaient encore, ils s'asseyaient sur les pierres pour écouter Yohanan jouer de l'harmonica.

Esther prenait la nourriture dans le sac, du pain, des pommes, des bananes. Elle leur offrait les fruits, elle partageait le pain. Les plus audacieux, les garçons, prenaient la nourriture sans rien dire, et se reculaient jusqu'aux rochers. Esther s'approchait des fillettes, elle escaladait les pierres jusqu'à elles, elle essayait de leur parler, quelques mots d'arabe qu'elle avait appris au camp : houbs, aatani, koul ! Ça faisait rire les enfants, ils répétaient les mots, comme si c'était dans une langue inconnue.

Ensuite des hommes sont venus. Ils portaient la longue robe blanche des Druzes, ils étaient coiffés d'un grand mouchoir blanc qui flottait sur leur nuque. Ils restaient en haut, sur la ligne des collines, leurs silhouettes se détachaient contre le ciel comme des oiseaux. Yohanan s'arrêtait de jouer, il leur faisait signe de venir. Mais les hommes n'approchaient pas. Un jour, Esther a osé grimper jusqu'à eux à travers les rochers. Elle apportait du pain et des fruits, qu'elle a donnés aux femmes. C'était silencieux, effrayant. Elle a donné la nourriture, puis elle est redescendue auprès de Nora et de Yohanan. Les jours suivants les enfants descendaient dès que le troupeau arrivait auprès de la colline. Une femme est descendue avec eux, elle avait à peu près l'âge d'Esther, elle était vêtue d'une longue robe bleu ciel, et ses cheveux étaient mêlés de fils d'or. Elle a donné une cruche de vin. Esther a trempé ses lèvres, le vin était frais, léger, un peu acide. Yohanan a bu à son tour, et Nora a bu elle aussi. Puis la jeune femme a repris la cruche et elle est remontée à travers les rochers jusqu'en haut de la colline. Il y avait seulement cela, le silence, le regard des enfants, le goût du vin dans la bouche, l'éclat du soleil. Pour cela aussi Esther pensait que tout devait durer toujours, comme s'il n'y avait jamais rien eu avant, comme si son père allait apparaître et marcher lui aussi entre les rochers, en haut de la colline. Quand le soleil approchait de l'horizon, vers la brume de mer, Yohanan rassemblait les bêtes. Il sifflait le chien, il prenait la houlette, et les moutons et les chèvres se mettaient en marche vers le milieu de la plaine, là où l'étang brillait entre les arbres.

L'après-midi, quelquefois, quand le soleil déclinait, Esther allait s'asseoir avec Nora dans les plantations d'avocatiers. L'ombre des feuillages était bien fraîche, et elles restaient là un bon moment, à parler et à fumer, ou bien Esther dormait, la tête appuyée sur la hanche de Nora. La plantation était sur une hauteur, on voyait toute la vallée. Au loin, les collines sombres, du côté de Tibériade, et les taches claires des villages arabes. Plus loin encore, il y avait la frontière, là où Jacques se battait. La nuit, parfois, il y avait les éclairs des mortiers, comme des lueurs d'orage, mais on n'entendait jamais de grondement.

Nora était italienne. Elle était de Livourne, son père, sa mère et sa petite sœur avaient disparu, ils avaient été emmenés par les fascistes. Le jour où les miliciens étaient venus, elle était chez une amie, et elle avait survécu pendant la guerre en restant cachée dans une cave. « Regarde, Esther, il y a du sang partout. » Elle disait des choses étranges. Elle avait un regard perdu, un pli amer de chaque côté de la bouche. Quand elle ne portait pas les vêtements de travail, elle s'habillait de noir comme une Sicilienne. « Tu vois le sang qui brille sur les cailloux ? » Elle soulevait les pierres plates, elle s'amusait à faire apparaître les scorpions Ils fuyaient

301

sur la terre poudreuse entre les avocatiers, à la recherche d'un autre abri. Nora les prenait entre deux brindilles, sans leur faire de mal, elle regardait la glande à venin gonflée, le dard dressé. Elle disait qu'elle pouvait les apprivoiser, leur apprendre des tours.

Elle travaillait dans les champs de betteraves avec Esther, elle repérait tout de suite les araignées blotties sous les tiges. Elle les enlevait doucement avec une herbe, elle les déposait plus loin, pour qu'on ne leur fasse pas de mal. Dans sa chambre, elle laissait les araignées tisser leurs toiles au plafond. Ça faisait de drôles d'étoiles grises qui frémissaient dans les courants d'air. La première fois que Jacques était entré dans sa chambre, il avait eu un mouvement de répulsion. Il avait voulu balayer les toiles, mais Esther l'avait empêché : « Tu ne peux pas faire ça, ce sont ses amies. » Jacques s'était habitué. Lui aussi pensait que Nora était un peu folle. Mais ça n'avait pas d'importance. « De toute façon, disait-il, il faut être un peu fou pour faire ce que nous faisons ici. »

Un jour, pendant que Nora travaillait aux champs, on avait repeint sa chambre, tout avait été passé au blanc gélatineux, du sol au plafond. Nora était enragée, elle parcourait le camp en criant, en insultant ceux qui avaient fait cela. C'était à cause des araignées, elle pleurait parce qu'on les avait chassées.

Esther et Nora avaient une cachette, au bout des bâtiments, sous le réservoir d'eau. C'était Nora qui avait trouvé la cachette, et elles se réfugiaient là, l'après-midi, quand il faisait trop chaud. Nora avait trouvé la clef qui ouvrait la porte sous le réservoir. C'était une grande salle vide, éclairée par deux meurtrières. Il n'y avait rien d'autre que des caisses, de vieux sacs de jute, du câble, des bidons vides. Il y faisait sombre et froid comme dans une grotte. Il n'y avait aucun bruit, seulement le bruit de l'eau qui coulait dans les tuyaux, des gouttes qui tombaient régulièrement, quelque part. C'était étrange, inquiétant. Sous les pierres, Nora trouvait des scorpions blancs, presque transparents. D'autres, très noirs. Elle montrait à Esther les anneaux de la queue, qui indiquaient la force de leur venin. Depuis qu'on avait passé au blanc sa chambre, elle disait que c'était là qu'elle habitait. Elle voulait faire du théâtre. Elle marchait de long en large sous le réservoir, elle disait des poèmes à haute voix. C'étaient des poèmes qui lui ressemblaient, des poèmes véhéments et tragiques, qu'elle traduisait pour Esther, des exclamations, des appels. Elle disait des poèmes de García Lorca, de Maïakovski. Puis elle disait des vers en italien, des passages de Dante et de Pétrarque, des morceaux de Pavese, *Viendra la mort et elle aura tes yeux*. Esther l'écoutait, elle était son seul public. Nora disait : « Tu sais ce qui serait bien ? Ce serait d'amener les enfants ici, et de les écouter chanter, jouer. »

Il y avait un silence épais, comme une attente. C'était fini. Esther voulait que tout reste plein, qu'il n'y ait pas de place pour le vide de la mémoire. Elle avait recopié les poèmes de Hayyim Nahman Bialik dans son cahier noir le même cahier que celui où Nejma avait écrit son nom, sur la route de l'exil. Elle lisait :

« Frère, frère,
aie pitié des yeux noirs au-dessous de nous,
car nous sommes fatigués, car nous partageons ta douleur.
Je n'ai pas trouvé ma lumière dans les cours de la liberté,
je ne l'ai pas reçue de mon père,
je l'ai mordue dans ma propre chair,
je l'ai taillée dans mon propre cœur. »

La maison des enfants était au centre du kibboutz. C'étaient les salles de réfectoire qui servaient aussi pour l'école. Ils avaient des tables et des chaises à leur taille, mais les murs étaient nus, peints du même blanc gélatineux.

C'était plus fort qu'elle. Nora ne supportait plus d'être là-bas, seule dans le réservoir, avec le bruit de l'eau, et cette lumière aveuglante au-dehors. Elle marchait au-dehors, dans les hautes herbes qui poussaient autour du réservoir. Elle cherchait les serpents. Son visage pâle était éclairé comme un masque, au-dessus de sa robe noire. Elle croisait Esther sans la reconnaître. Elle avait disparu au fond de sa mémoire. Elle était à Livourne, les hommes de la milice avaient emmené sa sœur Vera. Elle errait comme une folle, elle criait ce nom. « Vera, Vera, je veux voir Vera tout de suite ! » Elle allait jusqu'à la maison des enfants, elle entrait dans la salle de cours, et le maître restait debout, sa phrase d'hébreu suspendue au tableau noir. Nora se mettait à genoux devant une petite fille, elle la serrait contre elle, elle l'étouffait de baisers, elle lui parlait en italien, jusqu'à ce que l'enfant effrayée fonde en larmes. Alors, d'un seul coup, Nora réalisait où elle était, elle avait honte, elle s'excusait, en français et en italien, elle ne savait aucune autre langue. Esther la prenait par le bras, et elle l'emmenait jusqu'à sa chambre, elle la couchait sur le lit, très doucement, comme une sœur. Esther s'asseyait sur le lit à côté d'elle, sans lui parler. Nora regardait droit devant elle, le mur trop blanc, puis elle s'endormait d'un coup.

Il y a eu la fête des Lumières. Tous l'attendaient.
C'était la première fois, comme si tout allait être
nouveau, comme si tout allait recommencer. Esther se
souvenait, son père disait cela, qu'il fallait tout recommencer depuis le commencement. La terre dévastée,
les ruines, les prisons, les champs maudits où les
hommes étaient morts, tout était lavé par la lumière de
l'hiver, le froid du matin, quand on allumait les
hanoukkas, et le feu nouveau, comme une naissance.
Esther se souvenait aussi des mots du Livre du Commencement, quand au troisième jour les étoiles
s'étaient allumées, elle se souvenait des flammes des
bougies dans l'église de Festiona.

Alors Jacques était encore avec elle. Il devait partir
tout de suite après les fêtes. Mais Esther ne voulait pas
entendre parler de cela. La cueillette des pample-
mousses avait commencé. Jacques et Esther travaillaient côte à côte, la plantation était toute bruissante
de toutes ces mains qui récoltaient les fruits. C'était un
matin magnifique. Le soleil était brûlant malgré le
froid de l'air. L'après-midi, ils étaient revenus dans la
chambre de Nora. Ils étaient restés couchés l'un contre
l'autre, leurs souffles mêlés. Jacques avait dit, simplement : « Je m'en vais tout à l'heure. » Elle avait senti

305

les larmes remplir ses yeux. C'était le premier jour, quand on avait allumé la première hanoukka.

C'était cette nuit qu'elle n'oubliait pas. La salle du réfectoire était pleine de gens, il y avait de la musique, on buvait du vin. Les filles venaient vers Esther, elles lui disaient, en anglais : « Quand est-ce que tu te maries ? » Esther était avec Nora, pour la première fois elle était ivre. Elles buvaient toutes les deux à la même bouteille, du vin blanc. Esther a dansé sans même savoir avec qui. Elle sentait un très grand vide. Elle ne savait pas pourquoi. Ce n'était pas la première fois que Jacques s'en allait vers la frontière. C'était peut-être à cause de tout le soleil qui avait brûlé leurs visages, dans la plantation. Les cheveux et la barbe de Jacques brillaient comme de l'or.

Nora riait, puis tout d'un coup elle s'est mise à pleurer sans raison. Elle avait mal au cœur, tout ce vin et la fumée des cigarettes. Avec Elizabeth, Esther l'a accompagnée dehors, dans la nuit. Ensemble elles l'ont soutenue pendant qu'elle vomissait, puis elles l'ont aidée à marcher jusqu'à sa chambre. Elle ne voulait pas rester seule. Elle avait peur. Elle parlait de l'Italie, de Livourne, des hommes qui emmenaient sa sœur Vera. Elizabeth a mouillé un linge et l'a posé sur son front, pour la calmer. Elle s'est endormie, mais Esther ne voulait pas retourner à la fête. Elizabeth est partie se coucher. Sur le lit, à côté de Nora, à la lueur de la veilleuse, Esther a commencé à écrire une lettre. Elle ne savait pas très bien à qui elle était destinée, à Jacques, peut-être, ou bien à son père. Ou peut-être qu'elle l'écrivait pour Nejma, sur le même cahier noir qu'elle avait sorti dans la poussière du chemin, et où elles avaient écrit leurs noms.

C'était le matin, Esther a su pour la première fois qu'elle attendait un enfant. Avant même d'en avoir la preuve physique, elle l'a su, elle a ressenti ce trouble, cette pesanteur, au centre d'elle-même, quelque chose qui était arrivé et qu'elle ne pouvait pas comprendre. Une joie, c'était cela, une joie comme elle n'en avait jamais ressenti auparavant. C'était l'aube, elle avait dormi la porte ouverte pour sentir la fraîcheur de la nuit, ou peut-être à cause de l'odeur de vin et de tabac qui imprégnait la chambre, les draps. Elizabeth dormait encore, sans faire de bruit. Il était si tôt que rien ne bougeait dans le camp, à peine quelques moineaux qui voletaient entre les arbres. De temps à autre, venant de l'autre côté du kibboutz, la voix éraillée d'un coq. Tout était gris, figé.

Esther a marché jusqu'au réservoir, puis elle a continué le chemin vers la plantation d'avocatiers. Elle était en robe légère, pieds nus dans les sandales bédouines achetées au marché d'Haïfa, avec Jacques. Elle écoutait la terre crisser sous ses pas. Au fur et à mesure qu'elle avançait, le jour se levait. Maintenant, il y avait des ombres, les silhouettes des arbres se détachaient au sommet des collines. Les oiseaux s'envolaient devant elle, des bandes d'étourneaux pillards qui flottaient au-dessus des champs, glissaient vers l'étang.

Peu à peu les bruits commençaient. Esther les reconnaissait les uns après les autres. Elle pensait qu'ils étaient à elle, chacun d'eux, qu'ils étaient en elle comme les mots d'une phrase qui se déroulait d'avant en arrière, plongeant ses racines dans ses plus lointains souvenirs. Elle les connaissait, elle les avait toujours entendus. Ils étaient déjà là, quand elle était à Nice, ou bien dans la montagne, à Roquebillière, à Saint-Martin. Les grincements des oiseaux, les appels des moutons et des chèvres dans l'étable, les voix des femmes, des enfants, le ronronnement de la pompe à eau, la vibration des crépines, des éoliennes.

A un moment, sans le voir, elle a entendu le troupeau de Yohanan s'éloigner vers les pâturages, du côté du village des Druzes. Puis le cow-boy qui ouvrait la porte du corral et qui emmenait les vaches boire à l'étang.

Esther a recommencé à marcher à travers les champs. Le soleil est apparu au-dessus des collines de pierres, il éclairait le haut des arbres, il allumait des reflets rouges sur l'étang. Et en elle, il y avait ce soleil, ce point brûlant et rouge, dont elle ne savait pas le nom.

Elle a pensé à Jacques. Elle ne lui dirait pas, pas tout de suite. Elle ne voulait pas que quoi que ce soit change. Elle ne voulait pas qu'il y ait quelqu'un d'autre. Avant de partir pour la frontière, Jacques avait dit qu'ils se marieraient là-bas, quand ils seraient au Canada, qu'il étudierait à l'université. Alors Esther ne voulait pas parler d'autre chose, ni à Jacques, ni à personne. Elle ne voulait pas trop penser à l'avenir.

Elle marchait à travers les champs encore déserts. Elle allait vers les collines, très loin. Si loin qu'elle n'entendait plus les bruits des gens, ni les appels du bétail. Elle grimpait au milieu des plantations d'avocatiers. Le soleil était haut à présent, il allumait l'étang, les canaux d'irrigation. Très loin au sud, il y avait la forme voûtée du mont Carmel, au-dessus de la brume de la mer. Jamais aucun paysage n'avait donné cela à Esther. C'était si vaste, si pur, et en même temps si usé, si ancien. Esther ne le voyait pas avec ses yeux, mais avec les yeux de tous ceux qui en avaient rêvé, tous ceux dont les yeux s'étaient éteints sur cette espérance, les yeux des enfants perdus dans la vallée de la Stura, emmenés dans les wagons sans fenêtres. La baie de Haïfa, Akko, le Carmel, la ligne sombre des collines telles qu'Esther et Elizabeth l'avaient vue surgir de l'horizon, devant la proue du *Sette Fratelli*, il y avait déjà si longtemps.

Quelque chose grandissait en elle, gonflait au centre d'Esther, vivait en elle, elle ne le savait pas, elle ne pouvait pas le savoir. C'était si fort, elle en tremblait. Elle ne pouvait plus marcher. Elle s'est assise sur une pierre, à l'ombre d'un arbre, elle respirait lentement. Cela venait de très loin, elle était traversée. Elle se souvenait des paroles de Joël, dans la prison, à Toulon, les mots dans la langue du mystère qui se déroulaient dans sa gorge, qui emplissaient son corps. Elle aurait voulu retrouver chacun d'eux, maintenant, sur cette terre, dans la lumière du soleil. Elle se souvenait du moment où Elizabeth et elle avaient touché pour la première fois cette terre, le sable de la plage, quand elles avaient débarqué du bateau, dans leurs habits sales et humides du sel de la mer, et leurs paquets de vieux linge.

Elle a recommencé à marcher. Elle était sortie des plantations, elle avançait au milieu des broussailles. Elle était loin du kibboutz, dans le domaine des scorpions et des serpents. Et tout à coup, elle a ressenti la peur. C'était comme autrefois, sur la route près de Roquebillière, quand elle avait senti la mort posée sur son père, et que le vide s'était ouvert devant elle, et qu'elle avait couru jusqu'à perdre haleine.

Esther s'est mise à courir. Le bruit de ses pas résonnait dans les collines, le bruit de son sang dans ses tempes, le bruit de son cœur. Tout était étrangement vide. Les champs semblaient abandonnés, les sillons réguliers brillaient durement à la lumière du soleil, pareils aux traces d'un monde disparu. Il n'y avait pas d'oiseaux dans le ciel.

Un peu plus loin, Esther a rencontré le troupeau de chèvres et de moutons. Les bêtes étaient arrêtées dans le fond d'un ravin, éparpillées le long du champ, des chèvres avaient même escaladé le talus et commençaient à manger les jeunes pousses de betteraves. Leurs voix grêles appelaient.

Quand elle est arrivée au kibboutz, Esther a vu les hommes et les femmes rassemblés devant les maisons. Les enfants avaient laissé l'école. A l'ombre du bâtiment central, à même le ciment de la terrasse, ils avaient déposé le corps de Yohanan. Esther a vu son visage très blanc renversé en arrière. Ses bras étaient serrés le long de son corps, les mains ouvertes. La lumière qui se réverbérait sur le mur faisait briller ses yeux, ses cheveux noirs. C'était terrifiant, il paraissait simplement endormi dans la chaleur de midi. Il y avait une large tache sombre sur sa chemise, là où l'assassin avait frappé.

Ce même jour, Esther a appris la mort de Jacques, tué à la frontière près du lac de Tibériade. Quand les soldats sont venus apporter la nouvelle, Esther n'a rien dit. Ses yeux étaient secs. Elle a pensé seulement : voilà, il ne reviendra pas, il ne verra pas son fils.

Montréal, rue Notre-Dame, hiver 1966

Par la fenêtre du balcon fermé, je regarde la rue inamovible. Le ciel est si lointain, si blanc, que c'est comme si on était dans les régions les plus hautes de l'atmosphère. La rue est maculée de neige. Je vois les marques des pneus qui sinuent, les traces de pas. Devant mon immeuble, il y a un jardin aux arbres dénudés hérissés contre le ciel pâle. C'est dans ce bout de jardin que Michel a fait ses premiers pas. Les talus sont encore très blancs. Seuls les corbeaux y ont laissé des traces. De chaque côté de la rue, il y a de grands réverbères recourbés. La nuit, ils font des flaques de lumière jaune. Le long des trottoirs enneigés, les voitures sont arrêtées. Certaines n'ont pas bougé depuis des jours, leurs toits et leurs vitres sont recouverts de neige gelée. Je peux voir la VW de Lola dont la batterie a lâché au début de l'hiver. On dirait une épave prise par les glaces.

Au bout de la rue, les feux arrière des voitures s'allument, quand elles freinent au carrefour. Les bus orange et blanc tournent autour du square, descendent la rue vers le carrefour. C'est là que je prends le bus pour Mac Gill. C'est là que j'ai rencontré Lola la première fois. Elle suivait des cours de théâtre. Elle attendait un enfant, elle aussi, et c'est pour ça qu'on s'est parlé. Le dimanche, on allait avec la VW à Longueil, ou au cimetière du Mont-Royal, regarder les écureuils qui habitent dans les tombes. Tout cela est si loin que cela paraît un peu irréel. Maintenant, l'appartement est vidé, il ne reste que quelques cartons, des bouquins, des bouteilles.

C'est difficile de partir. Je ne pensais pas qu'au long de toutes ces années j'avais emmagasiné tant de choses. Il a fallu empaqueter, donner, vendre. Hier il y a eu cette vente dans la cour, devant chez Lola. C'est Philip qui a tout transporté, avec Michel et Zoé, la fille de Lola. La vaisselle, les appareils ménagers, les vieux jouets, les disques, la pile des National Geographic. Après la vente, il y a eu une sorte de fête, on a bu des bières et on a dansé, Philip parlait un peu fort. Michel et Zoé sont partis très vite, ils avaient l'air d'avoir un peu honte. Ils sont allés jouer au bowling avec des amis.

C'était dimanche, il neigeait. Lola a voulu qu'on retourne ensemble au cimetière, comme quand les enfants étaient tout petits. Il faisait très froid, nous avons eu beau chercher, nous n'avons pas vu les écureuils qui logent dans les tombes.

C'est difficile de revenir. Je regarde la rue avec une attention douloureuse, pour fixer dans ma mémoire chaque détail. Mon visage est si près de la vitre que je sens le froid contre mon front, et que ma respiration dessine deux ronds de buée. La rue est illimitée. Elle descend vers l'infini des arbres nus et des immeubles de brique, vers le ciel pâle. Comme s'il suffisait de prendre n'importe lequel des autobus pour aller jusque là-bas, de l'autre côté de l'océan, auprès d'Elizabeth ma mère.

Maintenant, au moment de m'en aller, c'est le visage

de Tristan qui m'apparaît, son visage très doux, encore enfant, comme je l'ai vu dans la pénombre des marronniers, à Saint-Martin, le jour où nous avons commencé notre errance à travers les montagnes. Il y a un peu plus d'un an, j'ai su que Tristan était dans ce pays. Il paraît qu'il travaille à Toronto, dans une industrie, ou dans l'hôtellerie, je n'ai pas très bien compris. Quelqu'un a parlé de lui à Philip, un numéro de téléphone griffonné sur une boîte d'allumettes. J'y ai pensé un instant, puis j'ai perdu le numéro, j'ai oublié.

Maintenant, au moment de partir, je revois son visage, mais c'est de l'autre côté de ma vie, c'est l'adolescent qui m'irritait parce que je le rencontrais partout sur mon chemin, et que je lui reprochais de m'espionner. Ce n'est pas l'homme de quarante ans que je veux voir, bedonnant et grisonnant, avec ses affaires à Toronto. C'est l'enfant à Saint-Martin, quand rien n'avait été encore changé dans le cours du monde, et qu'on croyait encore tout possible, même s'il y avait la guerre autour de nous. Alors mon père était là, debout sur le pas de la porte, et Tristan lui serrait gravement la main. Ou bien au fond de la gorge bruissante de l'eau du torrent, Tristan appuie son oreille contre ma poitrine nue, il écoute les battements de mon cœur comme si c'était la chose la plus importante du monde. Comment tout cela a-t-il pu se défaire? J'ai mal au fond de moi, je ne peux pas oublier.

C'est difficile de revenir, bien plus que de partir. C'est pour Michel que je retourne, pour qu'il trouve enfin sa terre et son ciel, qu'il soit enfin chez lui. Je réalise tout d'un coup qu'il a exactement l'âge que j'avais quand je suis montée à bord du *Sette Fratelli*. La différence, c'est qu'aujourd'hui, avec l'avion, il ne faudra que quelques heures pour franchir l'abîme qui nous sépare de notre terre.

Je regarde cette rue, je sens le vertige. Je croyais que tout était si loin, presque inaccessible, à l'autre bout du temps, au terme d'un voyage long et douloureux comme la mort. Je croyais qu'il faudrait toute ma vie pour y parvenir. Et c'est là, demain. Juste au bout de cette rue. De l'autre côté des sémaphores, là où les autobus orange et blanc tournent et disparaissent entre les falaises rouges des immeubles.

C'est à elle que je pense, maintenant, Nejma, ma sœur au profil d'Indienne aux yeux pâles, elle que je n'ai rencontrée qu'une fois, au hasard, sur la route de Siloé, près de Jérusalem, née d'un nuage de poussière, disparue dans un autre nuage de poussière, tandis que les camions nous emmenaient vers la ville sainte. Quelquefois il me semble que je sens le poids léger de sa main posée sur mon bras, je sens l'interrogation de son regard, je la regarde tandis qu'elle écrit lentement son nom en caractères latins sur la première page de son cahier noir. C'est la seule certitude que je garde d'elle, après toutes ces années, à travers le nuage de poussière qui l'a recouverte, ce cahier noir où j'ai écrit moi aussi mon nom, comme pour une mystérieuse alliance.

J'ai rêvé de ce cahier. Je le voyais dans la nuit, couvert d'une écriture fine, marquée avec le même crayon noir que nous avions tenu à tour de rôle. J'ai rêvé que je savais déchiffrer cette écriture et que j'avais lu ce qu'elle racontait, pour moi seule, une histoire d'amour et d'errance qui aurait pu être la mienne. J'ai rêvé que le cahier était arrivé jusqu'à moi, par la poste, ou bien qu'il avait été déposé devant la porte de mon appartement, à Montréal, par un mystérieux messager, comme ces enfants qu'on abandonnait au temps de Dickens.

Alors j'avais acheté un cahier noir, moi aussi, sur lequel j'avais écrit à la première page son nom, Nejma. Mais c'était ma vie que j'y mettais, un peu chaque jour, mes études à l'université, Michel, l'amitié avec Lola, la rencontre avec Bérénice Einberg, l'amour de Philip. Et aussi les lettres d'Elizabeth, l'attente du retour, les collines si belles, l'odeur de la terre, la lumière de la Méditerranée. C'était elle, c'était moi, je ne savais plus. Un jour, je retournerais sur la route de Siloé, et le nuage de poussière s'ouvrirait, et Nejma marcherait vers moi. Nous échangerions nos cahiers pour abolir le temps, pour éteindre les souffrances et la brûlure des morts.

Philip se moquait de moi. « Tu écris tes Mémoires ? » Peut-être qu'il croyait que c'était simplement un journal de jeune fille attardée, où elles mettent leurs amours et leurs confidences.

J'ai cherché Nejma jusqu'ici. Je la guettais dans cette rue enneigée, par la fenêtre. Je la cherchais des yeux dans les couloirs de l'hôpital, parmi les pauvresses qui venaient se faire soigner. Dans mes rêves, elle apparaissait, debout devant moi, comme si elle venait d'ouvrir la porte, et je ressentais la même attirance et la même haine. Elle me regardait, je sentais sur mon bras le léger toucher de sa main. Il y avait la même interrogation dans son regard pâle. En elle, rien n'avait changé depuis le jour où je l'avais rencontrée. Elle portait la même robe, la même veste grise de poussière, le même foulard qui cachait à demi son visage. Ses mains surtout, ses mains larges et hâlées comme celles d'une paysanne. Elle était toujours seule, les autres femmes et les enfants qui marchaient à côté d'elle avaient disparu. Elle venait de l'exil, des pays de sécheresse et d'oubli, seule, pour me considérer.

Quand Jacques est mort, j'étais brisée, je ne faisais plus de rêves. Elizabeth m'avait emmenée chez elle. Elle s'était installée à Haïfa, dans un immeuble d'où on voyait la mer. Je ne savais plus où j'étais. J'ai erré à travers les rues, jusqu'à la plage où nous avions débarqué, il y avait si longtemps. Dans la foule, je rencontrais toujours la même femme, une silhouette sans âge, vêtue de haillons, le visage voilé d'un linge taché de poussière, qui marchait à grands pas le long des ruisseaux avec une allure de démente, poursuivie par les enfants qui lui jetaient des cailloux. Quelquefois je la voyais assise contre un mur, à l'abri du soleil, indifférente au mouvement des autos et des camions. Un jour, je me suis approchée d'elle, je voulais lire dans ses yeux, reconnaître la lumière de Nejma Comme je m'approchais, elle a tendu sa main, une main amaigrie de vieille femme, aux veines qui saillaient comme des cordes. Je me suis écartée, prise de vertige, et la mendiante au regard insensé a craché sur moi, et s'est enfuie dans l'ombre des ruelles.

J'étais pareille à Nora, je voyais le sang et la mort partout. C'était l'hiver, le soleil brûlait les collines de Galilée, brûlait les routes. Et j'avais dans mon ventre ce poids, cette boule de feu. La nuit, je ne pouvais plus dormir, mes paupières se rouvraient, j'avais du sel dans mes yeux. Je ne pouvais pas comprendre, il me semblait que j'étais reliée à Jacques au-delà de la mort, par cette vie qu'il avait mise en moi. Je lui parlais, comme s'il avait été là, qu'il pouvait m'entendre. Elizabeth m'entendait, elle caressait mes cheveux. Elle croyait que c'était de la tristesse. « Pleure, Estrellita, tu te sentiras mieux après. » Je ne voulais pas lui parler de l'enfant.

Le jour, je marchais dans les rues sans but. J'avais la même démarche que la folle qui mendiait du côté du marché. Puis j'ai fait cette chose insensée, j'ai pris un des camions militaires qui transportaient le matériel et les vivres, j'ai réussi à faire croire aux deux soldats, si jeunes, des enfants encore, que j'allais rendre visite à mon fiancé, sur le front. Je suis allée jusqu'à Tibériade, et là j'ai commencé à marcher dans les collines, sans savoir où j'allais, simplement pour marcher sur la terre où Jacques Berger était mort.

Le soleil brûlait, je sentais le poids de la lumière sur mes épaules, sur mon dos. J'ai grimpé à travers les terrasses d'oliviers, je suis passée devant des fermes abandonnées aux murs criblés de balles. Il n'y avait pas de bruit. C'était comme sur la route de Festiona, lorsque j'allais guetter la montagne où devait arriver mon père. Le silence et le vent faisaient battre mon cœur, la lumière du soleil m'éblouissait, mais je continuais à marcher, à courir à travers ces collines silencieuses.

A un moment, au bord du chemin, j'ai vu un tank arrêté. Ce n'était plus qu'une carcasse à demi calcinée, aux chenilles immobilisées par la terre, mais j'ai eu très peur, je n'osais plus avancer. Plus loin, je suis arrivée aux chicanes. C'étaient des tranchées renforcées de rondins, qui zigzaguaient à flanc de colline, pareilles à des fragments d'étoile, envahies par les ronces. J'ai marché le long des tranchées, puis je me suis assise sur le rebord, et j'ai regardé du côté du lac de Tibériade, pendant très longtemps.

C'est là que les soldats m'ont trouvée. Ils m'ont emmenée au Quartier Général, pour m'interroger, parce qu'ils croyaient que j'étais une espionne des Syriens. Puis un camion m'a ramenée à Haïfa.

Elizabeth a tout organisé, tout décidé. Je partirais pour le Canada, j'irais à Montréal, à l'université Mac Gill, étudier la médecine. C'est ce que Jacques Berger aurait voulu. J'ai accepté à cause de l'enfant. C'était

mon secret, je voulais qu'il naisse très loin, qu'Elizabeth n'en sache rien. A la fin mars, j'ai embarqué sur le
Providence, un petit paquebot qui apportait les vivres
et les médicaments des Nations unies pour les réfugiés
arabes, et qui emmenait les voyageurs jusqu'à Marseille. A Marseille, je suis montée sur le *Nea Hellas* qui
transportait les émigrants vers le Nouveau Monde.

C'était la fin de septembre, quand mon soleil est né. J'avais rêvé qu'il naîtrait sur ma terre, là-bas, de l'autre côté de l'océan, sur la plage où nous étions arrivées d'abord, Elizabeth et moi, quand le *Sette Fratelli* nous avait débarquées. Les derniers mois de la grossesse avaient été pénibles, j'avais cessé de venir aux cours, c'était un semestre fichu. Les professeurs étaient indifférents, sauf Salvadori, le professeur de pathologie, un vieil homme avec une moustache et de petites lunettes rondes comme Gandhi. Il m'avait dit : Vous reviendrez après, quand ça sera passé. Il m'avait gardé ma bourse, sans nécessité de repasser les examens.

C'est Lola qui s'occupait de moi, comme une sœur. Elle aussi était enceinte, mais son bébé ne devait pas arriver avant Noël. A toutes les deux, on se soutenait, on se racontait des histoires, elle se moquait de mon allure de bibendum. Elle aussi était seule. Son fiancé était parti sans laisser d'adresse. Nous vivions presque tout le temps ensemble. Elle m'enseignait le yoga. Elle disait que c'était bon pour ce que nous avions. Respirer, pousser avec le ventre, croiser les jambes en demi-lotus, fermer les yeux et méditer. Lola était drôle, si grande et nerveuse, avec son visage enfantin, ses yeux

320

bleus, ses cheveux qui frisottaient et son teint de poupée hollandaise. Elle s'appelait van Walsum, je n'ai jamais compris pourquoi ses parents lui avaient donné ce prénom mexicain.

On parlait de noms. Elle voulait une fille, elle énumérait les prénoms, elle changeait l'ordre tous les jours, Leonora, Sylvia, Birgit, Romaine, Albertine, Christina, Carlotta, Sonya, Maryse, Marik, ou Marit, Zoé, elle ajoutait toujours Hélène à cause de moi. Je trouvais que Zoé lui irait bien, surtout si elle ressemblait à sa mère. « Et ton fils ? » J'avais décidé que ce serait mon fils, mon soleil. Mais je faisais semblant de ne pas y avoir pensé. J'avais peur du destin. Je n'osais pas lui dire qu'il serait le soleil. Je lui avais dit, si c'est un garçon, il portera le même prénom que mon père. Michel. « Et si c'est une fille ? — Alors c'est toi qui donneras le prénom. » Lola n'avait jamais posé de questions, au sujet du père de mon enfant. Peut-être qu'elle croyait que c'était comme pour elle, un homme qui m'avait abandonnée. Nous étions tellement semblables, nous avions échoué à Montréal comme du bois flotté, un jour la vague nous reprendrait, nous savions que nous ne nous reverrions plus.

Il serait l'enfant du soleil. Il serait en moi depuis toujours, fait avec ma chair et avec mon sang, ma terre et mon ciel. Il serait porté par les vagues de la mer jusqu'à la plage de sable où nous avons débarqué, où nous sommes nées. Ses os seraient les pierres blanches du mont Carmel et les rochers du Gelas et sa chair la terre rouge des collines de Galilée, son sang serait l'eau des sources, l'eau du torrent, à Saint-Martin, l'eau boueuse de la Stura, l'eau du puits de Naplouse que la femme de Samarie avait donnée à boire à Jésus. Dans son corps il aurait la force et l'agilité des bergers, dans ses yeux brillerait la lumière de Jérusalem.

Quand j'errais dans les collines, à Ramat Yohanan, sur la terre poudreuse des plantations d'avocatiers, je sentais déjà cela, cette présence, cette puissance. Comme une parcelle de soleil, si brûlante et si lourde à porter. Les autres, comment pouvaient-ils comprendre ? Ils avaient une famille, ils avaient un lieu de naissance, un cimetière où ils pouvaient voir les noms de leurs grands-parents, ils avaient des souvenirs. Moi, je n'avais rien d'autre que cette boule dans mon ventre, qui devait apparaître. Pour cela j'avais le vertige, je sentais la nausée au bord de mes lèvres, un grand vide qui se creusait en moi, un trou qui s'ouvrait sur un autre monde, sur un rêve. Je me souvenais des paroles du Reb Joël, dans la prison de Toulon, quand il racontait dans sa langue mystérieuse la création d'Ayicha. Les mots me faisaient frissonner, et je pressais la main de Jacques pour qu'il traduise plus vite. Maintenant, je sentais cette même force en moi, elle passait dans mon corps, comme si c'étaient les mots qui s'étaient réalisés. Les phrases passaient, c'étaient les ondes qui avançaient comme la trace du vent sur l'eau.

Je ne savais plus où j'étais. la salle de travail de l'hôpital, les murs peints en jaune brillant, les civières roulantes sur lesquelles les femmes étaient allongées, et cette affreuse porte marron qui battait dans les deux sens quand la sage-femme emmenait une accouchée, et le plafond avec ses six barres de néon qui grésillaient, les grandes fenêtres grillagées qui donnaient sur la nuit, un ciel gris-rose, comme une lueur de neige et le silence des steppes, interrompu seulement par les plaintes des femmes et le bruit des pas pressés dans le corridor, sur les dalles de granito.

J'ai rêvé que le soleil allait apparaître de l'autre côté du monde sur la grande plage où nous étions arrivées, Elizabeth et moi, il y a si longtemps. J'ai rêvé que j'étais là-bas, étendue sur le sable dans la nuit, avec ma mère, Elizabeth, à côté de moi pour m'aider et me caresser les cheveux, et j'entendais le bruit doux des vagues glissant sur le rivage, les cris des mouettes et des pélicans qui accompagnent les bateaux de pêche à l'aube. Je fermais les yeux et j'y étais. Je sentais l'odeur de la mer, je sentais le sel sur mes lèvres. A travers mes cils je voyais la lumière si claire du premier matin, la lumière qui vient d'abord de la mer et qui coule doucement jusqu'au rivage.

Jacques était avec moi, je sentais sa main dans la mienne, je voyais son visage si clair, la lumière d'or sur ses cheveux et sur sa barbe, c'était pour cela que mon fils était enfant du soleil, à cause de la couleur de ses cheveux. J'entendais sa voix qui traduisait pour moi les paroles du Livre du Commencement, *Et il laissa tomber, Lui, le plus grand des Etres, le sommeil mysté-rieux sur Adam qui s'endormit, et il rompit une de ses enveloppes, et il lui donna sa forme et sa beauté, et il donna toute sa volonté à cette enveloppe qu'il avait rompue d'Adam, et il fit Ayicha, et il la conduisit à Adam. Et il dit, Adam, celle-ci est maintenant substance de ma substance, forme de ma forme, et il l'appela Ayicha, parce qu'elle avait été rompue et faite selon sa volonté.*

C'était la plus longue nuit que j'avais jamais vécue. J'étais si fatiguée que je m'endormais dans la salle de travail, entre les contractions. « Quand est-ce que ça va commencer ? » J'ai demandé cela à la sage-femme, j'étais découragée. Elle m'a embrassée. « Mais, ma chérie, c'est déjà commencé. » Je savais que mon fils naîtrait au lever du soleil, il était son enfant, il aurait sa force, et la force de ma terre, la force et la beauté de la mer que j'aime. C'était encore la traversée du port d'Alon vers Eretz Israël, et en fermant les yeux je sentais le balancement doux des vagues, je voyais l'étendue très lisse de la mer à l'aube, quand l'étrave du bateau s'approchait du rivage, avec la voix très rauque qui chantait le blues. Et puis le bébé a commencé à naître, et les vagues me portaient jusqu'à la plage où je m'étais endormie, pendant qu'Elizabeth veillait à côté des bagages. C'était extraordinaire. C'était si beau. J'avais mal, mais j'entendais le bruit des vagues sur le sable, elles me portaient, je glissais sur la mer qui s'ouvrait, la plage était tout illuminée du soleil en train de naître. « Respirez, poussez poussez poussez poussez. » La voix de la sage-femme résonnait étrangement dans la solitude de cette plage. Je respirais, je ne criais pas. J'avais des larmes dans mes yeux, les vagues passaient dans mon ventre. Et Michel est né. J'étais aveuglée par toute la lumière. Je ne sais pas qui m'a emmenée, je ne sais pas ce qu'il y a eu. J'ai dormi longtemps, couchée sur la grande plage lisse où j'étais enfin arrivée.

Elizabeth

Nice, été 1982, Hôtel de la Solitude

Elizabeth, celle qui a été ma mère, est morte hier, il y a déjà si longtemps, et j'éparpillerai, selon sa volonté, ses cendres sur la mer qu'elle aime, ce soir au crépuscule, quand il n'y aura plus personne sur les plages seulement quelques pêcheurs immobiles sur la digue, engourdis dans la torpeur de la soirée trop chaude. Je ferai cela sans larmes, sans rien ressentir presque. Puis je marcherai dans les rues, celles qui longent la mer et qui ont des noms en i, comme Ribotti, Macarani, Verdi, Alexandre Mari. Par bouffées, aux carrefours, je sentirai le vent de la mer, l'odeur qu'elle a toujours aimée.

Le soleil a brûlé toutes ces semaines, tous ces mois. Les incendies ont ravagé les collines, et le ciel était étrange, moitié bleu, moitié obscurci par la fumée. Chaque soir, il y avait une pluie de cendres sur la mer.

Aux terrasses des cafés, les touristes allemands, italiens, américains, argentins ou arabes. Les gens parlaient fort, si fort, les femmes étaient si parfumées. Il y avait des couples d'homosexuels frileux, des nurses, des marins grecs, chypriotes, tunisiens, soviétiques. Il y avait des clochards germano-pratins, micheloboulevardiers, des pizzaiolos, des gigolos, des maquereaux. Il y avait des agents de change, des retraités de la S.N.C.F., des filles absentes aux cheveux chlorés, des adolescents drogués jusqu'à la mort. Il y avait des baigneurs hollandais rouge vif, des travailleurs kabyles, des anciens combattants, des coiffeurs, des ambassadeurs, des garagistes, des ministres, que sais-je encore ?

Je voyais ce monde, je ne le connaissais pas. Je ne le reconnaissais plus. Tous ces gens qui allaient et venaient, se dépassaient, s'arrêtaient, se parlaient, se touchaient, cette foule qui s'écoulait comme un résidu épais le long d'une rainure. Il y avait ce bruit de pas, surtout, ce bruit de voix, malgré les grondements des moteurs. Dans leurs coques hermétiques, les hommes ont un regard durci, lointain, pareil à un reflet.

Elizabeth est partie en 1973 pendant la guerre du désert de Sin, et c'est cette année-là que j'ai épousé Philip et que j'ai ouvert un cabinet de consultation de pédiatrie, dans une rue bruyante de Tel-Aviv, près du théâtre Habima. Comment l'ai-je laissée partir ? J'aurais dû comprendre qu'elle était déjà malade, qu'elle souffrait sans rien dire. Le cancer rongeait son ventre. Et moi je voulais vivre, vite et fort, sans chercher à deviner, sans hésiter.

Elizabeth est partie, vêtue de noir, avec sa petite valise, la même qu'elle avait quand elle est arrivée sur le bateau, j'ai essayé de la retenir, mais je savais bien que c'était inutile. Je lui ai parlé de mon métier, de Philip, de Michel qui aurait besoin d'elle. Elle a eu un sourire, un geste de la main pour dire qu'il ne fallait rien exagérer. Elle a dit : « Ce n'est pas moi qui lui manquerai. C'est lui qui me manquera. » Elle a ajouté, avec une gaieté feinte : « Quand il voudra, il voyagera pour venir me voir. Il aimera cela. » Quand elle s'est embarquée, à l'aéroport, elle a dit, avec un calme cruel qui a fait battre mon cœur : « Naturellement, tu as compris que je ne m'en vais pas pour revenir. Je pars pour toujours. » Maintenant je sais pourquoi elle disait cela.

J'avance dans les rues de cette ville que je ne connais pas. C'est là que mon père et ma mère ont vécu toute leur jeunesse. J'ai vu le lycée où il enseignait l'histoire-géo, cette magnifique prison de pierre grise, avec ses tourelles, ses meurtrières, ses grilles ornées de piques. J'ai vu l'olivier rabougri qu'on a planté dans le gazon, symbole de la paix. J'ai vu le cadran solaire avec sa devise en latin qui m'a fait penser aux formules du Pickwick Club. J'ai cherché l'immeuble où mon père et ma mère ont vécu, avec son balcon qui donnait sur la rivière. Mais aujourd'hui la rivière a été comblée par des parkings et des constructions prétentieuses en béton armé. Non loin, dans un immeuble ancien, il y a un hôtel qui a un nom que j'aime, Hôtel Soledad, Hôtel de la Solitude. J'ai pris une petite chambre, du côté de la cour à cause du chahut de la circulation. Quand je suis allongée sur le lit étroit, j'entends les roucoulements des pigeons, et une rumeur vague de radio et de cris d'enfants. Il me semble que je suis n'importe où, partout, nulle part.

Tous ces jours, passés dans cette ville inconnue, dans la brûlure des incendies. Chaque jour apportait le bruit de la guerre, au Liban, et les nouvelles des feux qui éclataient, dans les Maures, dans l'Esterel, dans les collines du Var. Chaque jour, dans la chambre étroite de l'hôpital, devant le corps exsangue et décharné de ma mère, chaque jour, voyant avancer son effacement, sa disparition. J'entends sa voix, fragile, lointaine, je sens sa main dans la mienne. Elle parle d'autrefois, de mon père. Elle dit : Michel, elle parle de Nice, d'Antibes, elle parle des jours heureux, des promenades le long de la mer, des vacances en Italie, à Sienne, à Florence, à Rome. Elle me parle de cela comme si j'avais été là, quelque part, déjà grande, une amie, une sœur, une jeune fille qu'un couple rencontre au hasard d'un hôtel, au bord d'un lac, et qui partage un instant son bonheur, comme une effraction. Le restaurant d'Amantea, la mer si bleue, les promontoires qui avançaient dans le crépuscule. J'avais été là avec elle, avec mon père, j'avais mangé ces pastèques fraîches, bu ce vin, entendu la musique des vagues et les cris des mouettes. Tout le reste s'effaçait alors, pendant qu'elle me parlait d'Amantea, des journées de cet été qui avait suivi leurs noces, comme si j'avais été là, moi aussi, et que j'avais vu leurs visages éclairés par la jeunesse, entendu leurs voix, leurs rires complices. Elle parlait, et sa main serrait très fort la mienne, comme elle avait dû serrer alors la main de mon père, quand ils étaient partis sur cette barque, glissant sur la mer étincelante du soir, entourés par les cris enivrants des mouettes.

La voix d'Elizabeth devenait de plus en plus faible chaque jour, elle racontait interminablement la même histoire, elle disait les mêmes noms, les mêmes villes, Pise, Rome, Naples, et toujours ce nom d'Amantea, comme si cela avait été le seul lieu du monde où la guerre n'était jamais arrivée. Sa voix était si faible, les derniers jours, que je devais me pencher jusqu'à ses lèvres, sentir le souffle qui emportait ces mots, ces morceaux du souvenir.

Chaque jour, sortant de l'hôpital au crépuscule, et marchant au hasard des rues, la tête pleine de vertige, entendant ce nom qui se répétait indéfiniment, jusqu'à devenir obsédant, Amantea, Amantea... Lisant dans le journal les nouvelles des incendies qui brûlaient sur toutes les montagnes, qui dévoraient les forêts de chênes verts et de pins, à Toulon, à Fayence, à Draguignan, dans le massif du Tanneron. Les incendies qui éclairent Beyrouth en train de mourir.

Alors je marchais dans les rues brûlantes, la nuit, cherchant des ombres, des souvenirs. Et la main d'Elizabeth, serrant ma main, et sa voix murmurant des mots incompréhensibles, les mots d'amour qu'elle prononçait sur la plage, à Amantea, serrée contre le corps de mon père, les mots qu'il lui disait, comme un secret, et la mer semblait encore plus belle, pleine d'étincelles de lumière, chaque vague avançant éternellement jusqu'à la plage. Les derniers jours, elle ne pouvait même plus parler, mais les mots étaient encore en elle, ils arrivaient jusqu'au bord de ses lèvres, et je me penchais pour les capter avec le souffle, pour les entendre encore, les mots de la vie. Je lui parlais, à présent, puisqu'elle ne pouvait plus le faire, c'était moi qui lui parlais de tout cela, de Sienne, de Rome, de Naples, d'Amantea, comme si j'avais été là, comme si c'était moi qui avais tenu la main de mon père sur la plage, regardant les vols disloqués des mouettes dans le ciel du soir, écoutant la musique des vagues, regardant la lumière s'éteindre derrière l'horizon. Je serrais sa main et je lui parlais, en regardant son visage, sa poitrine qui soulevait à peine le drap, en tenant sa main serrée, pour lui donner un peu de ma force. Dans la ville assiégée, il n'y avait plus d'eau, plus de pain, seulement la lumière vacillante des incendies, le grondement des canons, et les silhouettes des enfants errant au milieu des décombres. C'étaient les derniers jours d'août, les montagnes brûlaient tout entières au-dessus de Sainte-Maxime.

La nuit, quand je marchais dans la colline, en sortant de l'hôpital, je voyais cette lueur dans le ciel, pareille à un crépuscule. Dans le Var, sept mille hectares étaient en flammes, il y avait un goût de cendres dans l'aïr, dans l'eau, jusque dans la mer. Les cargos s'éloignaient de la ville en ruine, emportant les cargaisons d'hommes. Leurs noms étaient en moi, maintenant, ils s'appelaient *Sol Georgios*, *Alkion*, *Sol Phryne*, *Nereus*. Ils partaient pour Chypre, pour Aden, pour Tunis, pour Port-Soudan. Ils avançaient sur la mer lisse, et les vagues de leurs sillages devaient s'agrandir jusqu'à mourir sur les rives, sur les plages. Les mouettes les accompagnaient longtemps, dans le ciel clair du crépuscule, jusqu'à ce que les immeubles de la côte deviennent de minuscules taches blanches. Dans les dédales des rues, les visages m'interrogeaient, les yeux me regardaient. Les femmes, les enfants, je les voyais bouger comme des ombres, dans les ruelles effondrées, dans les rainures des camps de réfugiés, à Sabra, à Chatila. Les bateaux s'éloignaient, ils allaient vers l'autre bout du monde, vers l'autre extrémité de la mer. L'*Atlantis* glissait lentement le long de la jetée, il avançait sur la mer lisse, dans le vent chaud du crépuscule, il était haut et blanc comme un immeuble. Il allait vers le nord, vers la Grèce, vers l'Italie peut-être. Je guettais la mer, cette mer grise de cendres, comme si j'allais le voir apparaître, dans la pénombre, ses feux allumés, glissant sur son sillage, dans son tourbillon de mouettes.

Elizabeth était si faible que ses yeux ne pouvaient plus me voir. Je lui parlais, longtemps, tout près de son oreille, sentant contre mes lèvres les mèches de ses cheveux gris. J'essayais de dire les mots qu'elle aimait, ces noms, Naples, Florence, Amantea, parce que c'étaient ces mots qui pouvaient encore entrer en elle et se mêler à son sang, à son souffle. Les infirmières avaient essayé de m'éloigner, mais je restais accrochée aux barreaux du lit, la tête appuyée contre le même oreiller, j'attendais, je respirais, je vivais. L'eau coulait dans ses veines, par le tube, goutte après goutte, et mes mots étaient comme ces gouttes, ils venaient l'un après l'autre, imperceptibles, très bas, très lents, le soleil, la mer, les rochers noirs, le vol des oiseaux, Amantea, Amantea... Les médicaments, les piqûres, les soins brutaux, terribles, et la main d'Elizabeth qui tout à coup se crispait dans la mienne, avec la force de la souffrance. Les mots, à nouveau, encore, pour gagner du temps, pour rester encore un peu, pour ne pas partir. Le soleil, les fruits, le vin pétillant dans les verres, la silhouette effilée des tartanes, la ville d'Amantea qui s'endort dans la chaleur d'un après-midi, la fraîcheur des draps sous la peau nue, l'ombre bleue des volets fermés. J'avais connu cela moi aussi, j'étais là, avec mon père, avec ma mère, j'étais dans cette ombre, dans cette fraîcheur, dans la pulpe des fruits. La guerre n'était jamais arrivée, rien n'avait jamais troublé l'immensité de la mer si lisse.

Elizabeth est morte pendant la nuit. Quand je suis entrée dans la chambre, j'ai vu son corps allongé sur la civière, enveloppé dans le drap, son visage très blanc, très maigre, avec ce sourire apaisé qui n'avait pas l'air réel. La souffrance s'était éteinte avec la vie dans ses viscères. Je l'ai regardée un moment, puis je suis partie. Je ne sentais plus rien. J'ai rempli les papiers qu'il fallait, et un taxi m'a menée jusqu'au centre de crémation, pour le rituel sinistre. Le four chauffé à huit cents degrés a transformé en quelques minutes celle qui avait été ma mère en un tas de cendres. Puis, en échange de l'argent, on m'a donné un cylindre de fer avec son couvercle vissé, que j'ai mis dans mon sac en bandoulière. Il y avait des années que j'étais dans cette ville, il me semblait que jamais plus je ne pourrais en repartir.

Chaque jour qui a suivi, j'ai erré dans les rues avec mon sac, dans la chaleur métallique des incendies autour de la ville. Je ne savais pas ce que je cherchais. Peut-être les ombres que poursuivaient dans cette ville les agents de la Gestapo, tous ceux qu'elle avait condamnés à mort et qui se cachaient dans les caves, dans les combles. Ceux que l'armée allemande avait capturés dans la vallée de la Stura, enfermés dans le camp de Borgo San Dalmazzo, près de la gare, et qui sont partis dans les wagons blindés, qui ont traversé la gare de Nice durant la nuit, qui ont continué leur voyage vers le nord, vers Drancy, et plus loin encore, vers Dachau, vers Auschwitz? Je marchais dans les rues de cette ville, les visages flottaient devant moi, éclairés par la lueur des réverbères. Des hommes se penchaient vers moi, murmuraient des phrases à mon oreille. Des jeunes gens riaient, avançaient en se tenant par la taille. Ceux que le préfet Ribière avait condamnés à mort, lançant contre les Juifs son ordre d'expulsion. Sur une plage, de l'autre côté de la mer, tandis que la ville semble figée dans sa destruction, les enfants et les femmes des camps de réfugiés regardent les grands bateaux qui s'éloignent sur la mer si lisse. Et ici, dans cette ville, les gens vont et viennent dans les rues, devant les vitrines pleines de lumières, ils sont indifférents, lointains. Ils passent devant les angles où les corps des enfants martyrs ont été suspendus par le cou, accrochés aux impostes des lampadaires comme à des crocs de boucher.

La journée qui a suivi la disparition d'Elizabeth dans le crématorium, j'ai marché à travers la colline de Cimiez, dans des rues calmes brillantes de soleil, avec l'odeur des cyprès, des pittospores. Il y avait des chats qui couraient entre les voitures, des merles insolents. Sur les toits des villas, les tourterelles dansaient. L'odeur de l'incendie avait disparu, à présent, et le ciel n'avait plus de nuages. Je ne savais pas ce que je cherchais, ce que je voulais voir. C'était comme une plaie au cœur, je voulais voir le mal, comprendre ce qui m'avait échappé, ce qui m'avait jetée vers un autre monde. Il me semblait que si je trouvais la trace de ce mal, je pourrais enfin m'en aller, oublier, recommencer ma vie, avec Michel, avec Philip, les deux hommes que j'aime. Enfin je pourrais voyager de nouveau, parler, découvrir des paysages et des visages, être dans le temps présent. J'ai peu de temps. Si je ne trouve pas où est le mal, j'aurai perdu ma vie et ma vérité. Je continuerai à être errante.

J'ai marché tous ces jours à travers les jardins, mon sac sur l'épaule, devant les immeubles de luxe qui regardent la mer. Puis je suis arrivée devant une grande bâtisse blanche, si belle, si calme, éclairée par les derniers rayons du soleil. C'était elle que je voulais voir. Belle et sinistre comme un palais royal, entourée de son jardin à la française, avec son bassin d'eau tranquille où venaient boire les pigeons et les merles. Comment ne l'avais-je pas encore vue ? Cette maison était visible de tous les points de la ville. Au bout des rues, au-dessus de l'agitation des voitures et des humains, il y avait cette maison blanche, majestueuse, éternelle, qui regardait infiniment le soleil et suivait sa course d'un bout à l'autre de la mer.

J'ai approché lentement, avec précaution, comme si le temps n'était pas passé, comme si la mort et la souffrance étaient encore là, dans les appartements somptueux, dans le parc régulier, sous les charmilles, derrière chaque statue de plâtre. Je marche lentement dans le parc, j'entends le gravier crisser sous les semelles de mes sandales, et dans le silence du domaine c'est un bruit qui me paraît résonner avec une dureté sèche, presque menaçante. Je pense à l'hôtel Excelsior, que j'ai vu hier, près de la gare, ses jardins, sa façade baroque et blanche, sa grande entrée ornée d'angelots en plâtre, devant lesquels devaient passer les Juifs avant l'interrogatoire. Mais ici, dans le calme et le luxe du grand parc, sous les fenêtres de la maison blanche, malgré les roucoulements des tourterelles et les cris des merles, c'est le silence de la mort qui règne. Je marche, et j'entends encore la voix de mon père, dans la cuisine de notre maison, à Saint-Martin, comme il parle de ces caves où l'on torture et l'on tue, chaque jour, ces caves cachées sous l'édifice somptueux, et le soir, les cris des femmes qu'on bat, les cris des suppliciés qui s'étouffent dans les buissons du parc et dans les bassins, ces cris aigus qu'on ne pouvait pas confondre avec ceux des merles, et alors peut-être fallait-il se boucher les oreilles pour ne pas comprendre. J'avance sous les hautes fenêtres du palais, ces fenêtres où les officiers nazis se penchaient pour surveiller à la jumelle les rues de la ville. J'entends mon père prononcer le nom de la maison, l'Ermitage, presque chaque soir je l'entends dire ce nom, dans l'ombre de la cuisine, quand les fenêtres sont bouchées avec du papier journal à cause du couvre-feu. Et ce nom était resté en moi tout ce temps, comme un secret détesté, l'Ermitage, ce nom qui pour les autres ne veut rien dire, ne signifie rien d'autre que le luxe des grands appartements ouverts sur la mer, le parc tranquille où se bousculent les pigeons. Je marche devant la maison, en regardant la façade, fenêtre après fenêtre, et ces bouches sombres des soupiraux d'où montait la voix des suppliciés. Il n'y a personne aujourd'hui, et malgré la lumière du soleil et la mer qui brille au loin, entre les palmiers, je sens comme le froid au fond de moi.

Le dimanche qui a suivi la mort d'Elizabeth, j'ai pris l'autocar jusqu'au village de Saint-Martin. Dans la rue du ruisseau, j'ai cherché la porte de notre maison, en contrebas, avec ses trois ou quatre marches de pierre qui descendaient. Mais tout est devenu étranger, ou c'est moi qui suis étrangère. Le ruisseau qui galope au centre de la ruelle, qui était autrefois puissant et dangereux comme un fleuve, n'est plus qu'un mince filet qui emporte quelques papiers. Les caves, les anciennes écuries sont des restaurants, des pizzerias, des marchands de glaces et de souvenirs. Sur la place, il y a un immeuble neuf, anonyme. J'ai même cherché l'hôtel mystérieux, inquiétant, où avec mon père et ma mère nous avons fait la queue chaque matin, pour pointer nos noms sur le registre des carabiniers. Là où Rachel avait dansé avec l'officier italien, là où les carabiniers avaient installé le piano du pauvre M. Ferne. J'ai fini par comprendre que c'était cet hôtel modeste, deux étoiles, avec ses parasols-réclame et ses drôles de rideaux bonne femme aux fenêtres. Même la maison de M. Ferne, la villa du mûrier, si étrange et abandonnée, où il jouait pour lui tout seul sur son piano noir les valses hongroises, maintenant est devenue un pavillon de vacances. Mais j'ai reconnu le vieux mûrier. En me haussant sur la pointe des pieds, j'ai cueilli une feuille, large, finement dentelée, d'un beau vert sombre.

J'ai marché sous le village, jusqu'au virage d'où on peut voir le torrent et la sombre gorge où nous allions nous baigner, comme au fond d'une vallée secrète, et j'ai senti encore sur ma peau tous les poils hérissés par l'eau glacée et la brûlure du soleil, et j'ai entendu les bourdonnements des guêpes, et sur ma poitrine la joue lisse de Tristan qui écoutait les battements de mon cœur. Peut-être que j'ai entendu les rires des enfants, les cris stridents des filles que les garçons éclaboussent, les voix qui appelaient, comme autrefois : « Maryse ! Sonia ! » Ça m'a serré le cœur et je suis vite remontée vers le village.

Je n'ai osé parler à personne. D'ailleurs les vieux sont morts, les jeunes sont partis. Tout a été oublié, sans doute. Dans les ruelles, les touristes se promènent, avec leurs enfants, leurs chiens. Dans la vieille maison où les femmes allumaient les lumières du shabbat, maintenant il y a un garage. Sur la place, là où les Juifs s'étaient assemblés, avant leur départ à travers la montagne, tandis que les troupes de la IVe Armée italienne remontaient la vallée et abandonnaient le village aux Allemands, j'ai vu les joueurs de boule, les voitures arrêtées, les touristes qui prenaient des photos, un glacier belge. Seule la fontaine continue à couler dans le bassin, comme autrefois, crachant de l'eau par ses quatre bouches, pour les enfants qui viennent boire, debout sur la margelle.

Comme il n'y avait pas d'autre moyen, j'ai fait de l'auto-stop sur la route de Notre-Dame-des-Fenestres. Une voiture conduite par une jeune fille blonde s'est arrêtée. A bord, il y avait un jeune homme brun, l'air italien, et une autre fille, très brune, avec de beaux yeux noirs. En quelques minutes, la voiture a monté la route à travers la forêt de mélèzes, jusqu'au sanctuaire. J'ai regardé sans émotion la route où nous avions marché, Elizabeth et moi, j'ai cherché en vain à apercevoir la clairière où nous avions dormi, près du torrent. Les jeunes gens dans la voiture essayaient de me parler. Le jeune homme a dit quelque chose comme : « C'est la première fois que vous venez ici ? » J'ai dit que non, ce n'était pas la première fois, j'étais venue il y a très longtemps. Au bout de la route, au-dessus du cirque de montagnes, les nuages cachaient déjà les sommets. Les bâtisses où nous avions dormi, les baraquements des soldats italiens, la chapelle, tout était là, mais c'était comme si on avait enlevé quelque chose, comme s'ils n'avaient plus la même signification. Dans le bâtiment où nous avions dormi, en face des baraquements des soldats, maintenant il y a un refuge du Club Alpin. C'est là du reste que les jeunes gens ont mis leurs sacs pour la nuit. Un instant, j'ai eu envie de les accompagner, de dormir là, mais c'était impossible. « Même en cette saison, il faut réserver son lit au moins une semaine à l'avance. » Le gardien du refuge m'a dit cela, d'un air indifférent. On était moins difficile autrefois !

Comme il était déjà tard, je n'ai pas eu le courage de marcher sur le sentier de pierraille, où revenaient les touristes. Alors je me suis assise sur le talus, non loin des baraques, abritée du vent par un muret de pierre, et j'ai regardé la montagne, exactement là où j'avais regardé, jusqu'à brûler mes yeux et trembler de vertige, quand j'attendais mon père qui devait nous rejoindre. Mais maintenant, je sais qu'il ne pourra pas venir.

Le jour même où nous sommes parties, ma mère et moi, sur la route de l'Italie, mon père accompagnait un groupe de fugitifs sur le chemin de la frontière, au-dessus de Berthemont Vers midi, ils ont été surpris par les Allemands. « Courez ! Fuyez ! » a crié l'homme de la Gestapo. Mais comme ils cherchaient à s'enfuir à travers les hautes herbes, une rafale de mitraillette les a fauchés, et ils sont tombés les uns sur les autres, les hommes, les femmes, les vieillards, les jeunes enfants. C'est une jeune femme qui s'est cachée dans les buissons, puis dans une bergerie abandonnée, qui a raconté cela, et Elizabeth est revenue en France pour cela, pour être sur la terre où son mari était mort. Elle l'a écrit dans une seule longue lettre, sur des pages de cahier d'écolier, de son écriture fine et élégante, elle a écrit le nom de mon père, Michel Grève, et les noms de tous ceux et de toutes celles qui sont morts avec lui, dans l'herbe, au-dessus de Berthemont. Maintenant, elle aussi, elle est morte sur la même terre, et son corps est enfermé dans un cylindre d'acier que je porte avec moi.

J'ai marché un peu sur la route, dans la direction de Saint-Martin. J'entendais le bruit tranquille du torrent, et les grondements de l'orage, derrière moi, dans le cirque de nuages. Ce sont des touristes anglais qui m'ont prise à bord de leur voiture et m'ont ramenée jusqu'au village. Malgré la saison, j'ai pu trouver une petite chambre dans un hôtel, au bas de la rue Centrale, dans une vieille maison que je ne connaissais pas.

J'ai quand même voulu voir l'endroit où mon père était mort, à Berthemont. Tôt le lendemain matin, j'ai pris l'autocar jusqu'à l'embranchement de la route, et j'ai marché jusqu'au fond de la vallée, jusqu'au vieil hôtel abandonné, là où étaient autrefois les Thermes. J'ai suivi l'escalier au-dessus du torrent soufré, puis le sentier qui grimpe vers la montagne. Le ciel était magnifique. J'ai pensé que Philip et Michel auraient aimé voir cela, la lumière du matin qui brillait sur les pentes d'herbes, sur les rochers. De l'autre côté de la vallée de la Vésubie, les hautes montagnes bleues semblaient légères comme des nuages.

Il y avait si longtemps que je n'avais pas écouté ce silence, goûté cette paix. J'ai pensé à la mer, telle que je l'avais vue un matin, en sortant ma tête de la cale du *Sette Fratelli*, il y a si longtemps que cela semble une légende. J'ai imaginé mon père sur ce bateau, à l'instant où le soleil frôle le bord du monde et illumine les crêtes des vagues. C'était comme cela qu'il parlait de Jérusalem, de la ville lumière, comme d'un nuage ou un mirage au-dessus de la terre nouvelle. Où est cette ville ? Existe-t-elle vraiment ?

Je me suis arrêtée sur le bord de la montagne, à l'endroit où commencent les grands champs d'herbes où Mario cherchait les vipères, où j'ai rêvé de voir marcher mon père. Le soleil frappait fort, il brillait au centre du ciel, il ramassait les ombres en tas. La vallée était encore dans l'ombre brumeuse du matin, il n'y avait aucune forme humaine, aucune maison, aucun bruit. La pente d'herbes montait vers le ciel, comme à l'infini. La seule trace, le chemin.

J'ai compris que c'était là qu'ils étaient passés, mon père en tête, les fugitifs derrière lui, à la file indienne, femmes enveloppées dans leurs châles, enfants plaintifs ou insouciants, et les hommes derrière, portant les valises, les sacs de vivres, les couvertures de laine. Le cœur battant, j'ai continué à monter à travers les hautes herbes. C'était la fin de l'été, comme il y a quarante ans, je m'en souviens très bien : le ciel immense, bleu, comme si on voyait le fond de l'espace. L'odeur des herbes brûlées, les bruits stridents des criquets. Au-dessus des vallées sombres, les milans qui tournoyaient en poussant leurs gémissements. J'ai le cœur qui bat parce que je vais vers la vérité. Tout cela est encore là, je n'ai pas oublié, c'était hier, quand nous marchions, ma mère et moi, sur le chemin de pierres aiguës, vers le fond de la vallée, vers l'Italie, à travers les nuages d'orage. Les femmes étaient assises au bord du chemin, leurs paquets posés à côté d'elles leur regard vide, fixe. Ici l'herbe enivre, à la manière d'un parfum capiteux, peut-être que les fermiers du village l'ont fauchée et qu'elle a commencé à fermenter. La sueur coule sur mon visage, dans mon dos, tandis que je marche le long du sentier, vers le haut de la pente d'herbes. Maintenant, je suis dans une prairie immense qui va jusqu'aux rochers des sommets. Je suis si haut que je n'aperçois plus le fond de la vallée. Le soleil est redescendu vers les montagnes bleues, sur l'autre versant. Les nuages sont gonflés, magnifiques, j'entends quelque part le grondement du tonnerre.

Devant moi, il y a les cabanes des bergers. Ce sont des huttes de pierre sèche, sans âge. Peut-être qu'elles étaient déjà ici avant que les hommes ne construisent leurs villes, leurs temples et leurs citadelles. Au fur et à mesure que j'approche des cabanes, je sens comme un frisson au fond de moi, qui grandit, malgré la chaleur du soleil et l'odeur enivrante des hautes herbes qui fermentent. Tout d'un coup, je le sais, j'en suis sûre. C'est ici. Ils étaient cachés ici, dans les cabanes de pierre. Quand les fugitifs sont arrivés dans la plaine, les tueurs sont sortis, leur mitraillette à la hanche, quelqu'un a crié, en français : « Fuyez ! Vite, vite, fuyez ! Partez, on ne vous fera aucun mal ! » C'est un homme de la Gestapo qui a crié cela, il était vêtu d'un complet-veston gris élégant, coiffé d'un feutre. A travers les hautes herbes, les femmes et les enfants ont commencé à courir, les vieilles femmes, les hommes, pareils à des bêtes affolées. Alors les S.S. ont appuyé sur la détente, et les mitraillettes ont balayé le champ d'herbes, couchant les corps les uns sur les autres, et les cris aigus de la peur se noient dans le sang. D'autres sont encore vivants, des hommes cherchent à fuir vers le bas de la pente, le long du sentier par lequel ils sont montés, mais les balles les frappent dans le dos. Les paquets, les valises, les sacs de farine sont tombés dans les herbes, il y a des vêtements éparpillés, comme pour un jeu, des chaussures. Les soldats ont laissé les bagages. Ils ont tiré les corps par les jambes jusqu'aux cabanes de bergers, et ils les ont abandonnés là, à la lumière du soleil.

Le soir, la pluie a commencé à tomber sur la pente d'herbes, sur les cabanes de pierre. Le sentier descend à travers les hautes herbes, vers la vallée pleine d'ombres, comme autrefois, quand les lames coupantes étaient à la hauteur de mes lèvres, et que je ne savais plus où j'étais. Plus personne ne vient ici. Peut-être, à la fin de l'été, les troupeaux de moutons conduits par un vieux sourd qui parle en sifflant avec son chien, qui s'assoit sur une pierre pour regarder glisser les nuages.

J'ai descendu la montagne, presque en courant, à travers les hautes herbes, sur le sentier glissant. Y a-t-il toujours des vipères enlacées dans leur combat amoureux ? Y a-t-il encore quelqu'un qui sache les appeler, comme Mario, doucement, en sifflotant entre ses dents ? Tout tourne autour de moi, comme si j'étais le seul être vivant, la dernière femme échappée aux guerres. Maintenant, il me semble que la ville de lumière, Jérusalem, celle que mon père voulait voir, c'était là-haut, sur cette pente d'herbes, tous ses dômes célestes, et les minarets qui relient le monde terrestre aux nuages.

Dans la vallée, l'ombre était tiède. La pluie glissait sur la route avec un bruit doux. C'est un camion conduit par un Italien qui m'a ramenée jusqu'à Nice. J'ai appris ce que je suis venue chercher. Dans deux jours, Philip et Michel seront là. Je les aime. Avec eux, je repartirai de l'autre côté de la mer, dans mon pays où la lumière est si belle. C'est dans les yeux des enfants qu'elle brille surtout, dans leurs yeux d'où je veux chasser la souffrance. Je sais que tout va commencer. Et je pense encore à Nejma, ma sœur perdue il y a si longtemps dans le nuage de poussière du chemin, et que je dois retrouver.

La mer est belle, au crépuscule. L'eau, la terre, le ciel se mélangent. Il y a une brume qui traîne et cache l'horizon, imperceptiblement. Et le silence, malgré le mouvement des autos, malgré les pas des habitants. Tout est calme sur la digue, là où Esther est assise. Elle regarde devant elle, presque sans ciller. Il y a plusieurs jours qu'elle vient à cet endroit, quand le soleil décline, pour regarder la mer. Ce soir, c'est la dernière fois. Demain, Philip et Michel seront là, ensemble ils prendront le train pour Paris, pour Londres. Il faut partir, pour oublier.

Chaque soir, à la même heure, les pêcheurs viennent s'installer. Sur les dalles de ciment des brise-lames, ils préparent avec soin les appâts, les cannes, les moulinets, ils ont des gestes précis et sûrs. Esther aime les regarder. Ils sont si affairés, si soigneux, c'est comme si tout le reste n'était que rêves, délire, l'imagination d'un fou divaguant tout seul dans le couloir de son asile. Alors Esther pense que c'est cela, la réalité, ces pêcheurs dans la lumière du crépuscule, leurs lignes qu'ils lancent maintenant dans la mer, les plombs qui sifflent et cinglent les vagues molles, et le miroitement de la lumière tandis que le soleil dilaté disparaît dans la brume. Le regard d'Esther se perd dans l'immensité

346

bleu-gris, devant elle, puis se fixe sur un seul petit bateau, une seule voile mince et triangulaire qui traverse lentement la brume.

C'est la fin de l'été, encore. Les journées sont plus courtes, la nuit vient brusquement. Esther frissonne, malgré la douceur de l'air. Sur les brisants, les pêcheurs ont allumé un poste de radio. La musique arrive par bouffées dans le vent, une voix de femme qui chante fort, on dirait faux, et les grésillements des parasites à cause des orages dans les montagnes.

Les pêcheurs se retournent de temps à autre, ils la regardent d'un air goguenard, ils disent des choses en nissart, et elle se doute bien qu'ils parlent d'elle, parce qu'ils rient un peu. Certains sont de tout jeunes hommes, qui ont l'âge de son fils, très bruns, l'air italien, avec des chemises roses à manches courtes. Que peuvent-ils dire d'elle ? Elle a du mal à l'imaginer, vêtue comme elle l'est, comme une vagabonde, avec ses cheveux courts qui grisonnent, son visage encore enfantin, noirci par les journées au soleil, dans la montagne. Mais d'une certaine façon, elle est contente d'entendre leurs voix, leur musique vulgaire et leurs rires. C'est la preuve qu'ils sont réels, que tout cela existe, cette mer lente, ces blocs de ciment, cette voile qui avance dans la brume. Ils ne vont pas disparaître. Elle se sent envahir par la légèreté de l'air, par la brume lumineuse. La mer est entrée en elle, avec son ressassement, les éclats de la lumière réfractée. C'est l'heure où tout bascule, où tout se transforme. Il y a si longtemps qu'elle n'a pas connu une telle paix, une telle dérive. Elle se souvient, le pont du bateau, la nuit, quand il n'y avait plus de terre, ni de temps. C'était après Livourne, ou plus au sud peut-être, pour le passage du détroit de Messine. Malgré l'interdiction du capitaine, Esther avait grimpé l'échelle, elle était sortie par l'écoutille entrebâillée, et elle avait rampé sur le pont, dans le vent froid, jusqu'au poste avant, avec des précautions de voleur. C'était Silvio qui était de quart, et il l'avait laissée faire, sans rien lui dire, comme s'il ne l'avait pas vue. Esther se souvient maintenant comme le navire glissait sur la mer lisse, invisible dans la nuit, elle se souvient du bruit doux de l'étrave, de la vibration des moteurs sous le pont. Dans le gaillard d'avant, la radio était allumée et les marins écoutaient une musique nasillarde et crachotante comme celles qu'écoutent les pêcheurs en ce moment. C'était la radio des Américains, en Sicile, à Tanger, la musique de jazz trouait la nuit par bouffées, comme aujourd'hui, on allait on ne savait où, perdus dans l'espace. Cela s'éloignait, revenait, la voix puissante, rauque, Billie Holiday qui chantait *Solitude* et *Sophisticated Lady*, Ada Brown, Jack Dupree, les doigts de Little Johnnie Jones sur le piano. C'est Jacques Berger qui lui avait appris les noms, plus tard, quand ils écoutaient les disques sur un vieux phono, dans la chambre de Nora, à Ramat Yohanan. *Jealous Heart*. Esther se souvient de l'air, elle le chantait à voix basse, quand elle marchait dans la rue, et tout cela qu'elle avait retrouvé au Canada, la musique dans l'appartement de l'avenue Notre-Dame, qui l'aidait à vivre dans la solitude et le froid, dans l'exil. Maintenant, sur le brisant, devant la mer qui devient noire, elle glisse encore sur la musique qui vient de la radio des pêcheurs. Elle se souvient comme c'était, alors, d'aller vers l'inconnu, vers l'autre côté de la mer. Mais son cœur se serre, parce qu'elle pense que pour Elizabeth, cela n'existe plus, qu'il n'y aura plus de voyage. Le navire a cessé de glisser sur la mer lisse, porté par la musique de Billie Holiday, quand Elizabeth a cessé de respirer. Elle est morte pendant la nuit, seule dans son lit de sangles, sans personne qui lui tienne la main. Esther est entrée dans la chambre, et elle a vu le visage si blanc renversé sur l'oreiller, la tache sombre sur les paupières. Elle s'est penchée sur le corps froid et dur, elle a dit : « Pas maintenant, je t'en prie. Reste encore un peu ! Je veux te parler de l'Italie, d'Amantea. » Elle a dit cela à voix haute, en serrant la main froide, pour faire entrer un peu de chaleur dans les doigts morts. L'infirmière est entrée, elle est restée debout près de la porte, sans rien dire.

Maintenant, tout cela s'éloigne. C'est comme dans un autre monde, un monde où la lumière était différente, où tout avait une autre couleur, une autre saveur, où les voix disaient d'autres choses, où les yeux avaient un autre regard. La voix de son père qui disait son nom, comme cela, Estrellita, petite étoile, la voix de M. Ferne, la voix des enfants qui criaient sur la place, à Saint-Martin, la voix de Tristan, la voix de Rachel, la voix de Jacques Berger quand il traduisait les paroles de Reb Joël, dans la prison de Toulon. La voix de Nora, la voix de Lola. C'est terrible, les voix qui s'éloignent. Maintenant qu'il fait nuit, Esther sent les larmes qui peuvent venir, pour la première fois depuis des années, depuis qu'elle a quitté son enfance. Les larmes débordent de ses yeux et coulent sur ses joues. Elle ne sait pas pourquoi elle pleure. Quand Jacques est mort, dans les collines de Tibériade, trois soldats sont venus au Kibboutz apporter la nouvelle, deux hommes et une femme. Ils ont dit, comme s'ils s'excusaient, Jacques Berger est mort le 10 janvier, il a été enterré. Ils sont repartis tout de suite. Ils avaient des visages très doux.

Alors Esther n'a pas pleuré. Peut-être qu'il n'y avait pas de larmes à ce moment-là dans son corps, à cause de la guerre. Peut-être que c'était à cause de la lumière du soleil sur les champs, sur les plantations, de la lumière qui s'accrochait aux cheveux noirs de Yohanan, à cause du silence et de l'éclat du ciel. Maintenant, elle sent les larmes venir comme si c'était la mer qui remontait jusqu'à ses yeux.

Dans le sac qu'elle a porté tous ces jours, à travers les rues de la ville et jusqu'en haut des montagnes, sur la pente d'herbes où son père est mort, Esther prend le cylindre de métal où sont enfermées les cendres. De toutes ses forces, elle tourne le couvercle. Le vent qui souffle sur les blocs de ciment est tiède, il arrive par rafales, apportant le bruit de la musique nasillarde, on dirait bien la voix de Billie Holiday qui chantait *Solitude* du côté du détroit de Messine. Mais c'est sûrement autre chose. Le vent de la nuit prend les cendres qui sortent de la boîte métallique, les disperse vers la mer. Parfois un tourbillon ramène les cendres sur Esther, l'aveugle, parsème ses cheveux. Quand la boîte est vide, Esther la jette au loin, et le bruit dans la mer fait tourner la tête des pêcheurs. Ensuite, elle referme le sac, et elle saute de bloc en bloc le long de la jetée. Elle marche le long des quais. Elle sent une grand fatigue, une grande paix. Il y a des chauves-souris qui dansent autour des réverbères.

DU MÊME AUTEUR

Aux Éditions Gallimard

LE PROCÈS-VERBAL. (Folio n° 353)

LA FIÈVRE. (Imaginaire n° 253)

LE DÉLUGE. (Imaginaire n° 309)

L'EXTASE MATÉRIELLE. (Folio Essais n° 212)

TERRA AMATA.

LE LIVRE DES FUITES. (Imaginaire n° 225)

LA GUERRE. (Imaginaire n° 271)

LES GÉANTS. (Imaginaire n° 362)

VOYAGES DE L'AUTRE CÔTÉ. (Imaginaire n° 326)

LES PROPHÉTIES DU CHILAM BALAM.

MONDO ET AUTRES HISTOIRES. (Folio n° 1365 et Folio Plus n° 18)

L'INCONNU SUR LA TERRE.

DÉSERT. (Folio n° 1670)

TROIS VILLES SAINTES.

LA RONDE ET AUTRES FAITS DIVERS. (Folio n° 2148)

RELATION DE MICHOACAN.

LE CHERCHEUR D'OR. (Folio n° 2000)

VOYAGE À RODRIGUES, *journal.* (Folio n° 2949)

LE RÊVE MEXICAIN OU LA PENSÉE INTERROMPUE. (Folio Essais n° 178)

PRINTEMPS ET AUTRES SAISONS, *nouvelles.* (Folio n° 2264)

ONITSHA. (Folio n° 2472)

ÉTOILE ERRANTE. (Folio n° 2592)

PAWANA.

LA QUARANTAINE. (Folio n° 2974)

POISSON D'OR.

HASARD *suivi de* ANGOLI MALA.

GENS DES NUAGES. (Folio n° 3284)

Dans la collection Folio Junior

LULLABY. *Illustrations de Georges Lemoine (n° 140).*

CELUI QUI N'AVAIT JAMAIS VU LA MER *suivi de* LA

MONTAGNE DU DIEU VIVANT. *Illustrations de Georges Lemoine (n° 232).*

VILLA AURORE *suivi de* ORLAMONDE. *Illustrations de Georges Lemoine (n° 302).*

LA GRANDE VIE *suivi de* PEUPLE DU CIEL. *Illustrations de Georges Lemoine (n° 554).*

Dans la collection Enfantimages

VOYAGES AU PAYS DES ARBRES. *Illustrations d'Henri Galeron (repris en Folio Cadet, n° 49 et Folio Cadet Rouge, n° 187).*

Dans la collection Albums Jeunesse

BALAABILOU. *Illustrations de Georges Lemoine.*
PEUPLE DU CIEL. *Illustrations de Georges Lemoine.*

Aux Éditions Stock

DIEGO ET FRIDA *(repris en Folio/Gallimard, n° 2746).*

Aux Éditions Skira

HAÏ.

Aux Éditions Le Promeneur/Gallimard

LA FÊTE CHANTÉE.

*Composition Bussière
et impression Bussière Camedan Imprimeries
à Saint-Amand (Cher), le 20 novembre 2001.
Dépôt légal : novembre 2001.
1ᵉʳ dépôt légal dans la collection : avril 1994.
Numéro d'imprimeur : 014756/1.*
ISBN 2-07-038889-1./Imprimé en France.

10145